이 세계와는 다른 '저편'에서 나타난 자.
'저편'의 문화를 전하고, 때로는 번영을
부르며, 때로는 불길함을 가져오는,
희소한 역할의 방문자. 그 검호는
최악의 불길함과 함께 왔다.

"── 야규 소지로.

이 몸이 지구 최후의 야규다."

버드나무 검의 소지로

이세계에서 나타난 최강의 검호.
한눈에 상대의 살해 방법을 간파하는 초직관과
정점의 검기를 가진다.

질주하는 별의 아르스

자신의 힘으로 모은 전설의 무기,
도구를 세 개의 팔로 동시에 다루는 조룡의 영웅.

"…………하는군……레그네지……"
"………시시한 소리를"

히렌진겐의 빛의 마검이 세 마리를 함께 후려치며 그 육체를 증발시켰다.
손안에서 초고속으로 채찍이 뻗치며 의지를 가진 듯 주위의 조룡병을
때려눕혔다. 두 마리는 강렬한 타격을 받아 그 충격으로 갈가리 찢어지며
장기를 흩뿌렸다. 질주하는 별의 아르스는 집요하게 모이는 병력을
혈혈단신으로 끌어내어 무자비하게 섬멸했다. 하지만 조룡병을 이끄는
석양의 날개 레그네지는 초조해하지 않았다. 아군의 죽음조차도
전술에 포함되었다는 듯———.

"제법 오랫동안 도망쳐다녔군.
세 팔의 아르스."

석양의 날개, 레그네지

그 천재적인 두뇌로 무리를
일국의 군으로까지 키워낸 조룡(鳥竜)의 영웅.

"전쟁의 시작은 내가 연다. 그 재능과 무예를 떨칠 수라의 세계야말로 네놈들이 바라는 바일 테지."

『진짜 마왕』이 쓰러진 지금도 남겨진 힘만이 잔뜩 꿈틀거린다.

경계의 타렌

통일국가 황도(黃都)의 전 장군.
『진짜 마왕』이 쓰러진 지금,
다시금 공포로 세계를 지배하고자
최강 개체의 힘을 이끌며 일어섰다.

이수라

I

신마왕전쟁

케이소

ILLUSTRATION
크레타

CONTENTS

ISHURA

AUTHOR: KEISO
ILLUSTRATION: KURETA

1 절

수라 이계

이것은 첫 번째 인물의 이야기다.

머나먼 갈고리발톱의 유노에게 그것은 동창의 친구, 뤼셀스의 기억에서 시작된다.

뤼셀스는 아름다운 소녀였다. 햇빛을 받아 일렁이는 은발. 가지런한 속눈썹 사이로 엿보이는 길게 찢어진 푸른 눈. 미니어인^{인간}데 엘프나 뱀파이어보다도 매력적이며 같은 여자인 유노가 봐도 그럴 정도로 양성교(校)에서—— 아니, 그녀가 사는 나간시(市)에서 누구보다도 빛나 보였다.

그래서 반을 배정하고 초반의 사술(詞術) 수업 중에 뤼셀스가 가르침을 청했을 때, 유노는 내심 기쁨을 억누를 수 없었다.

사술 중에서는 다소 역술(力術) 분야가 주특기인 유노는 많은 동급생 중에서 그녀가 자신을 발견하여 자신의 유일한 장점을 인정해주자 처음으로 긍지를 느꼈다.

유노는 타고 나길 말수가 적지만 최선을 다해 그녀와 대화했다.

이야기를 나누어 보자 뤼셀스도 화려한 외모만 봐서는 의외일 정도로 겁이 많고 성적이 좋지 않아 고민하기도 하는 평범한 소녀였다. 하지만 그녀의 말투는 늘 사려 깊고 다정하여 유노의 동경이 헛되지 않았다. 이윽고 식물학 분야에서 놀랄 만큼 말이 잘 통한다는 것을 알아챘다.

그녀들은 어느새 함께 행동하는 일이 많아졌고, 새로 발견한 별의 이름이나 왕국의 병합 이야기, 마음에 둔 남자 후보생에 대해 이야기하기도 했다.

나간시는 대미궁을 중심으로 발전한 신흥 학술 도시였다. 이 시에는 복잡한 내력을 가진 자도 많다. 부모 곁을 멀리 떠나 탐색사 양성교까지 지원한 뤼셀스에게도 어쩌면 유노가 모르는 뭔가 복잡한 사정이 있었으리라.

하지만 그런 이야기를 하지 않아도 두 사람은 친구로 지낼 수 있었다.

마왕 자칭자인 키야즈나가 만든 나간 대미궁에는 두 사람이 어른이 되어도 분명 다 캐낼 수 없을 정도로 무수한 비밀과 유물이 남아 있을 것이다. 이 시라면 어떠한 과거를 가진 자라도, 어떠한 신분의 종족이라도 영광을 누릴 길이 펼쳐져 있다.

『진짜 마왕』이 죽고 공포의 시대는 끝났다. 파멸에 두려워할 필요도 없어진 이 시대라면 미래에 그런 꿈을 꿀 수도 있었다.

———그 미래가 지금이었다.

"크헉."

불꽃에 에워싸인 나간시의 석단 위에 뤼셀스의 몸은 짓밟혀 있었다.

그녀의 가녀린 등을 내려다보는 것은, 금속광택이 초록색으로 빛나는 텅 빈 거구의 갑옷이었다. 굵고 묵직한 사지. 머리는 그 대부분이 몸통에 묻혀 있고, 푸른 외눈의 빛만이 보였다. 톱니

바퀴가 장치된 골렘.^{기마(機魔)}

"앗, 큭."

뤼셀스의 아름다운 팔은 유노의 눈앞에서 마구 두 번 비틀려 찌지직 찢어졌다.

"뤼세, 뤼셀스……."

그것이 유노가 아니라 뤼셀스였던 것은 그저 우연에 지나지 않았다. 뤼셀스가 왼쪽으로 도망쳤기에 돌길의 왼쪽에서 튀어 나온 골렘에게 그녀가 붙잡혔다.

칼도 통하지 않은 중금속 장갑으로 무장한 골렘에게는 말의 몸통도 비틀어 끊을 힘이 있다고 한다. 평범한 소녀인 두 사람에게는 맞서기는커녕 도망치기도 불가능했다.

그게 다였다.

"싫어! 그럴 수가. 싫어!"

유노는 외쳤다. 아름다운 뤼셀스의 어깻죽지에서 엿보인 추한 뼈와 살을 그저 볼 수밖에 없었다. 늑골과 함께 폐가 뭉개진 뤼셀스는 마지막 비명도 지르지 못하는 모양이었다.

뤼셀스는 잠긴 목소리를 토해냈다.

"아파…… 아, 으…… 아아……."

친한 누군가가 죽어갈 때, 자신이 무력하다는 것보다 더한 절망이 이 세상에 또 있을까?

———아아. 아니면 절망이 아니었나?

마지막 말이 "살려줘"라는 애원이 아니었다는 안도를 가슴 한편에 품지는 않았던가?

사랑하는 뤼셀스. 누구에게나 동경의 대상이던 뤼셀스는…….

그대로 왼쪽 다리도 쑥 뽑혔다. 마치 고깃덩이처럼 지방막이 죽 늘어졌고, 버둥대던 무릎 관절은 축 처졌다.

골렘은 조금의 감정도 보이지 않고 다른 시민을 모조리 그렇게 했듯 유노가 숭배하는 아름다운 뤼셀스도 산 채로 해체했다.

화려한 외모만 봐서는 의외일 정도로 겁 많은 평범한 소녀였다.

뤼셀스의 고통스러운 단말마를 들으며 유노는 엉망진창이 된 나간시를 벗어났다.

"아아……! 으아아아아아아아아아!"

달리는 풍경이 일그러진 아지랑이에 녹아 흘러갔다.

의식마저 놓고 자포자기하며 도망치면서도 거리를 배회하는 골렘 중 하나에게 한 번도 붙잡히지 않은 것은 하늘이 준 불운이었을지도 모른다.

상처투성이인 다리가 마침내 걸음을 멈춘 곳은 언젠가 뤼셀스와 휴일에 왔던 추억의 언덕 위였다.

더러운 피가 턱을 타고 떨어졌다. 땋아 내린 머리카락이 지저분하게 흐트러진 것을 신경 쓸 여유조차 없었다.

———나간 미궁 도시. 마을의 중심에 우뚝 솟은 철과 톱니바퀴 장치의 미궁 주위를 황동색으로 둘러친 상점과 학교가 에워싼 학문과 공예의 도시.

이 언덕 위에서 초록빛이 무성한 나무들의 가지 사이로 보인 광경은 주위의 자연과는 다른 세상 같았고, 하지만 신기할 정도로 조화로운 멋진 풍경이었던 것을 기억한다.

이제 아무것도 없다. 도시도, 풀과 꽃도, 모든 것이 불탔다. 잔혹한 불꽃 속에는 아직도 움직이는 그림자가 있다. 불에 타지 않는 무자비한 골렘의 무리였다.

"……으면, 좋았을 것을."

다양한 것들이 변해버린 모습에 유노는 멍하니 중얼거렸다.

저 불꽃 속에 뤼셀스가 있었다. 밀 가게의 미라 아주머니도, 동창인 젠드도, 그렇게 강했던 키비라 선생님도, 엘프인 메노브도, 눈먼 시인 힐도, 모두가 있었다.

그녀는 머리를 마구 헝클었다.

"나, 나도…… 찢겨서, 죽었으면, 좋았을 것을……!"

아무것도 몰랐다. 누구도 전혀 몰랐다.

『진짜 마왕』이 출현하며 희미해졌다지만, 과거에 마왕이라 주장했던 자들——— 마왕 **자칭자**들 역시 인간을 협박하는 최악의 위협이었으며 마왕이었다는 것을.

……마왕 자칭자 키야즈나가 만든 나간 대미궁에는 분명 두 사람이 어른이 되어도 다 캐낼 수 없는 비밀과 유물이 남아 있을 것이다.

그야말로 그랬다. 이날, 전에 없는 규모로 골렘을 생성하기 시작한 대미궁 때문에 오전이 채 지나기도 전에 나간시는 멸망했다.

왜, 무엇 때문이냐고 이유를 생각하는 것조차 허용되지 않았다. 그럴 수 있었을 교수들은 교원동에서 나오지도 못한 채 가장 먼저 타 죽었다.

유노와 뤼셀스에게 구름 위의 존재였던 정규 탐색사들은 벌레보다 더 군집한 골렘의 병력을 앞에 두고 믿을 수 없을 정도로 다만 죽어갔다. 1급생도, 2급생도. 유노 키의 절반도 되지 않는 24

급생에 이르기까지 산 채로 해체되어 죽어가는 모습을 보았다.

"이제…… 이제……싫어……."

수풀 속에 골렘의 푸른 눈빛이 있었다. 이런 마을의 변두리에까지. 유노처럼 마음이 꺾인 소녀마저.

지금은 유노의 왼쪽에서 걷는 뤼셀스는 없다. 마찬가지로 죽으리라고 깨달았다.

"싫어……. 〔uno io shyipice. un2 lino————.〕"
<small>유노에서 휘피케의 화살촉으로   축은 검지</small>

"지익."

무기질적으로 삐걱거리는 소리와 함께 골렘의 돌진이 지면을 도려냈다.

그때는 외치고 있었다.

"〔————corro enuha, 8dihine, viradma!〕"
<small>격자의 별. 폭발하는 불꽃. 돌아라</small>

축 안에서 연마된 철로 만든 돌멩이가 튀어나왔다. 재빨리 원을 그리는 궤도로 골렘의 장갑 틈에 박혔다.

새가 지저귀는 듯 금속이 마찰하는 명중음. 끼이익. 끼긱끼긱 끼익.

"직, 지직, 직…… 끽."

그것이 골렘 내부의 어딘가 치명적인 부분을 건드려 거대한 몸체는 정지했다.

골렘은 정교한 기계 장치 인형이지만, 그것에는 기계마다 다른 위치에 각인된 목숨 사술이 생명을 불어넣는다. 그것은 수업 시간에 배워서 알고 있었다.

……하지만 지금 유노가 한 행동은 기적적이기까지 한 우연이었다. 노린 것도 아니다. 완전히 자포자기하여 괴로움을 떨치기

위한 역술에 지나지 않았다.

그녀는 직접 연마한 돌멩이에 속도의 힘을 부여할 수 있었다. 별명은 머나먼 갈고리발톱의 유노.

"어, 어떻게…… 어째서?!"

자신의 기술로 목숨을 건진 유노는 오히려 당혹과 절망에 뒷걸음질 쳤다.

사술 중에서도 역술 분야에 조금 능했다. 그것만이 장점이었다.

"어…… 어째서, 이런 걸로, 죽냐고?! ……그때, 흑, 구…… 구할 수 있었잖아!"

뤼셀스의 일이 있었을 때는 그러지 못했는데.

그녀와 마찬가지로 찢겨 죽는 것만이 속죄하는 길이라고까지 생각했는데, 지금 살아남기 위해 술법을 이용했다.

참으로 한심스럽고 비열한 머나먼 갈고리발톱의 유노다. 뤼셀스에 대한 우정마저 그 정도였구나.

"정말 싫……어어어어어……! 뤼셀스…….."

양손으로 얼굴을 덮고 상처투성이인 맨발로 유노는 재차 도망쳤다.

불길이 미치고 있는 이런 숲의 어디에 숨는대도 무시무시한 골렘과 맞닥뜨릴 것이 틀림없었다. 하지만 이 죄와 후회를 짊어진 채 사는 것 역시 지옥과 다름없지 않은가.

……과연 나무들을 빠져나간 광장에도 철의 거병 여섯이 그녀를 기다리고 있었다.

비명과 함께 돌멩이 탄환을 쏘았다. 하지만 기적은 두 번 일어나지 않았고, 그것들은 모두 갑옷의 곡면에 맞고 튕겨 나갔다.

유노가 저항할 기술은 더 이상 어디에도 없었다.

"직."

"지지직."

"죽, 죽여……. 응……? 내가 무슨 말을 해도 당신들은 나를 죽일 거잖아! 그러니까 모두 내가 바라는 대로 되는 거야! 죽기를 바란다고! 그래. 나는……!"

사신 무리는 유노의 지리멸렬한 말을 당연하다는 듯 무시하고 움직였다.

나간 대미궁의 골렘에게 입력된 행동 지령은 지극히 단순한데, 시야에 포착한 움직이는 것을 해체할 뿐이었다.

여섯 기의 골렘은 그렇게 하고자 자세를 앞으로 기울였다.

───그와 동시에 맨 오른쪽의 개체가 흙에 미끄러졌다. 허리 위로만.

풀썩.

불타는 낙엽이 흩어졌다.

골렘의 허리 아래는 여전히 직립한 상태였다. 무겁고 두꺼워 칼도 통하지 않는 장갑이 몸통 부분에서 깔끔하게 가로로 절단되었다.

"응……?"

나무들 사이에서 무언가가 흔들린 것 같았다. 착각 같은 속도는 과연 빛일까? 그림자였나?

그 알 수 없는 현상을 보고 시선을 되돌렸을 때는 남은 다섯

기도 절단되어 있었다.

어느 한 기는 세로로 쪼개졌고, 어느 한 기는 어깨의 한 점이 관통되었으며, 어느 한 기는 머리가 없어졌다. 단면은 마치 거울처럼 매끄러워서 불꽃의 붉은빛을 분명하게 비추었다.

너무나도 날카로운——— 그리고.

"위."

"히익?!"

유노의 바로 옆이었다. 홀연히 목소리가 들렸다.

어느새 그곳에 온 걸까? 등을 동그랗게 만 단신의 남자가 그녀의 발밑에 웅크리고 있었다.

기다란 검을——— 후보생용 연습 검을 오른쪽 어깨에 짊어졌다. 이 살육의 바다에 쓰러진 누군가의 검이 틀림없었다.

"아아…… 너 뭐야? 죽는 게 좋아?"

유노의 발밑에서 등을 진 채 수상쩍은 남자는 말을 이었다.

'전부.'

지금까지 살아온 유노의 상식이 눈앞의 현실을 부정했다.

'전부 꿈이야.'

여섯 기의 골렘이 순식간에 꺾였다.

후보생은 물론이거니와 정규 탐색사의 검으로도 자를 수 없던 장갑을 연습 검으로 그토록 깔끔하게 절단할 수 있을 리가 없다.

머리를 떨어뜨리고 팔을 떨어뜨려도 움직임을 멈추지 않는 골렘을, 유노 자신조차 쓰러뜨린 이유를 알 수 없는 불명확한 상황을 마치 필연인 양 모두 필살할 수 있는 도리는 없다.

'대미궁이 움직여서 골렘이 나타났을 때부터 모두 꿈이었던

거야.'

"응? 죽는 게 좋냐고 묻잖아."

"으. 네…… 아니요."

"뭔 소리야?"

남자는 웃음 섞어 중얼거리며 무릎을 일으켰다.

"이상한 녀석이구나?"

그 남자는 일어서고도 이상하게 등을 구부린 자세라 아직 열일곱인 유노와 비교해도 조금 시선이 낮았다.

틀림없이 미니어지만, 매끈한 인상의 얼굴과 대굴대굴 움직이는 두 눈은 어딘가 뱀이나 파충류를 연상시키는 안면 구조였다.

"죽는 건 아까워. 야, ……인간은 이제부터 재미있어질 거야."

무엇보다 몸에 두른 의복이 이상했다. 칙칙한 붉은색에 유연하게 수축하는 매끄러운 질감의 옷감. 거기에 팔다리를 따라가듯 하얀 선이 내달리고 있었다.

"재, 재미있다니."

"……위. **경험상** 그래. 싹 다 없어진 다음이 좋아. 어딜 가고 뭘 하든 네 마음대로 할 수 있지. ……얼마나 좋은데."

유노는 남자의 말을 멍하니 들으며 수업에서 배운 그 옷의 이름을 떠올렸다. 이곳 지상에서 가장 먼 이문화의 옷이었다.

───추리닝이라고 했다.

"……'손님'."

"아…… 이 마을에서도 그렇게 부르네? 뭐. 좋을 대로 불러."

이 세계와는 문명도 생태계도 달의 개수조차도 다른 '저편'에서 나타난 자.

'저편'의 문화를 전하고 때로는 번영을 부르며 때로는 불길함을 가져오는, 희소한 역할의 방문자.

멀리 이세계에서 전이한 자들. 그것은 '손님'이라 불린다.

"저기, 당신…… 지, 지금, 골렘을……."

"응."

남자는 다만 기슭 쪽을 돌아보았다. 유노도 그 시선을 좇았다.

그 끝에 펼쳐진 것을 보았다.

"그, 그럴 수가……?! 저, 전부…… 이거……."

"시시해."

손님은 검을 짊어진 채 입의 반만 웃었다.

철의 잔해가 바다를 이루었다.

언덕 위에서는 보이지 않던 구덩이에는 절단되어 기능을 정지한 골렘이 잔뜩 쌓여 있었다. 장갑 안쪽에, 그것도 개체별로 다른 위치에 목숨의 핵이 숨겨진 생명체가 모조리 가차 없는 일도(一刀)에 참살된 모양이었다.

골렘의 약점을 겉모습으로 유추하기란 불가능하다. 그런 행위가 가능하다고?

"이런 세계에도 기계가 있구나. 뭐랬더라? 골렘? 떼거리로 벤대도 별거 아니야……."

"──별거, 아니라……니."

잔해를 내려다보며 유노는 멍하니 중얼거렸다.

이 도시에 사는 모든 사람이─── 지속적으로 구조를 바꾸는 기계 미궁에 도전하고자 단련해 온 자들 모두가 이 철의 병력

앞에 무너졌다.

골렘의 생태를 몰라서가 아니다. 방위 기구로서 골렘을 생성해 온 나간 대미궁에 도전한 자들은 오히려 다른 어떤 도시의 전사보다도 골렘을 상대로 한 전투에 밝았다. 최대의 중앙 국가인 황도(黃都)의 정규병이라도 이 재앙 앞에서는 똑같은 결과를 맞이했을 것이다.

그렇다면 이 남자는 도시 하나를 멸망시키고도 남는 악몽을 혈혈단신으로, 단 한 자루의 검으로 웃돌 정도의 진정한 괴물이라는 소리인가?

불의 열기를 띤 바람이 유노의 젖은 뺨을 식혀주었다.

"웩."

한편, '손님'은 가까이에 있는 들풀을 입에 머금더니 뱉었다.

"이거 먹을 수 있는 풀이 아니었어?"

"저, 저기…… 그거, 근속초라면 독초인데."

"그럴 줄 알았어. 너, 밥은 없어?"

"다…… 당신 도망치는 게 좋을 거야……!"

하지만 세계의 이치에서 벗어난 절대적인 힘을 목격하고도 유노는 그렇게 말할 수밖에 없었다. 이미 알고 있기 때문이다. 마왕 자칭자 키야즈나가 만든 나간 대미궁이, 그녀와 뤼셀스가 살던 이 마을이 지옥 그 자체인 마경이었다는 것을.

"절대로…… 아무리 강해도, 이제, 이 마을은, 무리야……!"

"왜 그래? 화내지 마. 무리라니 뭐가?"

"뭐, 뭐냐니……. 당신이야말로 저게 안 보여?"

유노는 언덕에서 내려다보이는 나간의 광경을 가리켰다.

운하가 파괴되어 마을을 뒤덮은, 무한히 떼 지은 골렘을 말하는 것이 아니다.

불꽃의 아지랑이 그 너머였다.

"그 검 한 자루로 저것도 죽일 수 있다는 거야?!"

시의 그 어느 건물보다 큰, 산에도 비견되는 거대한 그림자가 흔들리고 있었다.

그것은 인간의 형태였다.

……아아, 이게 바로 악몽이다. 그녀가 자란 도시의 마을을 보니 그곳에는 광기 어린 꿈이 있었다.

나간 대미궁이 움직이며 골렘 무리가 나타났다. 그것은 절대로 비유가 아니었다.

아무것도 몰랐다. 누구도 전혀 몰랐다.

그것은 절대적인 군사력을 과시하기 위한 구축물일까? 아니면 전설적인 골렘 제작자이자 마왕 자칭자인 키야즈나조차 세계의 앞뒤를 불문하고 공포에 빠뜨린 『진짜 마왕』을 쓰러뜨릴 시험을 하기 위해 그런 것을 만들 수밖에 없었을까?

불꽃 너머에서 나간 대미궁은 낮은 파도 소리처럼 포효했다.

───누구도 전혀 몰랐다. 도시가 번영하길 10년, 이 땅에 뿌리내린 마왕 자칭자 키야즈나의 대미궁은 그야말로 그 자체가 거대한 하나의 던전^{미궁} 골렘^{기마}이었다는 것을.

"위."

……대답도 없이 남자는 유노에게 검 끝을 향했다.

유노의 온몸에 오싹하게 소름이 돋았다.

미숙한 그녀에게는 살기를 느낄 힘도 없었지만, 그 검이 띤 무시무시한 죽음의 예감은 알 수 있었다.

검 끝이 희미해졌다.

"———좌앗!"

"직."

유노의 등 뒤에서 골렘이 칼에 찔렸다.

그는 낮은 자세를 더욱 낮게 구부린 동작으로 유노의 가랑이 사이로 파고들어 검을 내지른 것이다. 겉모습으로는 알아볼 수 없는 골렘의 목숨의 핵 오직 한 점에.

칼자루는 다리로 차넣었다.

"이런, 기술…… 어, 어떻게……."

가랑이 사이로 사람이 지나갔다는 수치심조차 없었다. 그 순간을 인식하지도 못했으니까.

정상적인 검술이 아니다.

이 세계는 물론이거니와 다른 어떤 세계에도 이런 검술 체계가 있을 리 없다. 유노는 공포를 느꼈다. 그것은 인식의 바깥쪽에 선 존재에 대한 공포였다.

발끝만으로 칼자루 끝을 능숙하게 차올리고 '손님'은 재차 검을 짊어졌다.

"밥 없어? 딱히 풀이든 벌레든 괜찮은데. 아직 아침을 못 먹었거든."

"휴, 휴대식량이라면…… 이…… 있어. 하지만 이건 별로 맛이 없는데."

"준비성이 좋네. 그럼 교환하자, 교환. 그 밥을 이리 줘."

검사는 아지랑이 너머를 바라보았다.

"──대신 저 덩어리를 처리해줄게. 슬슬 처리하려고 했어."

"가능할…… 리가 없어."

유노는 검을 보았다. 유노에게도 지급된 것과 똑같은 낡고 가벼운 연습 검. 남자가 짊어진 무기는 확실히 그것 한 자루뿐이었다.

이 남자가 무엇을 할 수 있을까? 대단한 지략이 있을까? 강한 동료가 어딘가에 있나? 뭔가 하나라도 공격의 사술을 쓸 수 있는 건가?

"해치우자. 좋지? 재미있을 거야."

"…….."

"즐거울 것 같아."

전투를. 살육을. 죽음의 극한을, 이 남자는 즐기고 있었다.

고향이 지옥으로 변하는 모습을 보았다. 하지만 이 색다른 외모의 작은 남자는 그 이상의 지옥의 끝에서 온 악귀일까?

"당신은…… 뭐…… 뭐야?! 그 기술은 뭐고?! 어디에서 온 누구야?!"

정신없이 묻는 유노에게 남자는 입가를 비대칭으로 일그러뜨렸다.

그리고 대답했다.

"야규 신카게류."

이 남자의, 이세계의 속성을 안다고 뭐가 어떻게 될까?

그 자칭이 과연 진실일까, 아닐까. 유노는 알 턱이 없었다.

"──야규 소지로. 바로 내가 지구 최후의 야규야."

이 세계와는 다른 '저편'에서 나타난 자.

'저편'의 문화를 전하고, 때로는 번영을 부르며, 때로는 불길함을 가져오는, 희소한 역할의 방문자.

그 검호는 최악의 불길함과 함께 왔다.

◆

"이봐. 하나만 물을게. 아까 그 기술, 그게 사술이야? 어떻게 해?"

"응⋯⋯?"

"했잖아. 돌멩이를 던진 그거 말이야. 그 정도는 가르쳐 줘."

유노는 '손님'과 자신들의 차이가 짐작 갔다. 수업에서 그것을 배운 적이 있었다.

이계의 검호의 눈에는 그녀가 쓴 역술이 신기하게 보였을 것이다. 유노가 목숨을 건진 이유는 어쩌면 그 정도에 지나지 않았는지도 모른다.

"저기, '손님'은⋯⋯ 이 세계에서 태어나지 않은 자는 쓸 수 없는 힘이 있다고 배웠어⋯⋯. '손님'의 세계에서는 소리의 언어로 이야기하기 때문에 인식이 따라오지 못한다고."

"소리의 언어? 아아~ 그래. 이쪽의 말은 일본어가 아니지?"

"⋯⋯당신과 내가 이렇게 대화할 수 있는 게 사술이야. 역술과 열술은⋯⋯ 그 사술로 움직이거나 불태우도록 부탁해. 공기나 물체를⋯⋯ 상대로."

소지로가 말하는 '일본어'는 유노 측이 정의하는 언어가 아니라 공기를 통한 음성을 구분하는 기술일 것이다.

확실히 소리는 대화에 필요한 매개다. 어떤 소리든, 수족(獸族)의 울음소리라도 그곳에 담긴 말을 다른 종족과 소통할 수 있다.

이 세계의 마음을 가진 종족이라면 누구나 그럴 수 있지만, '손님'의 세계에서는 다른 모양이라고 들었다.

"그래? 그럼 딱히 됐어. 재미있지만 귀찮아. 칼이 더 좋아."

반응은 그뿐이었다. 본래부터 단순한 흥미 때문에 물은 질문에 지나지 않았으리라.

심상치는 않았다. 어떤 허풍도 허세도 아니라 이 남자는⋯⋯ 끝없는 던전 골렘에 한 자루의 연습 검만으로 덤빌 셈이다.

"그, 그러다 죽어⋯⋯!"

"관계없어."

"말도 안 돼⋯⋯! 그런 걸 베어도 소용없다고! 쓰러뜨린대도 아무도 감사하지 않아! 당신은 외부에서 왔을 뿐이니까! 당연히 도망치는 게 나을걸?!"

"왜지?"

"그⋯⋯그야⋯⋯ 죽으면 끝이니까."

"끝?"

소지로는 소박하게 물었다.

"⋯⋯윽."

"적이 이길 수 없는 괴물이면 거기서 끝이야?"

"하지만 그렇다고 해서 내가 뭘 할 수 있지⋯⋯! 그런, 그런, 재해나 다름없는 놈과⋯⋯나는 싸우라고 할 수 없어⋯⋯."

"너랑은 관계없어. 나는 즐거워서 하는 거야. 저놈은 분명 재미있을 거야. 안 그래?"

동그란 눈빛은 불꽃의 붉은 빛을 반짝반짝 비추었다.

그것은 절망의 끝에 있던 유노의 의식을 깨울 정도로 깊은 전투의 광기였다.

"갈까?"

소지로는——— 마치 시장에 쇼핑이라도 가는 듯한 발걸음이었다. 유노가 불러 세울 새도 없이 불꽃의 바다 한가운데로 나아갔다.

아담한 체구는 언덕을 넘었다. 이내 골렘의 그림자가 모였다. 그것들은 모두 난반사하는 빛과 같은 검의 괴도에 베여 떨어졌다.

작은 그림자의 점은 복잡하게 뒤얽힌 시가지에 뒤섞여 금세 보이지 않게 되었다. 그림자가 뒤섞인 지점에는 더 많은 골렘이 모여들었지만, 소지로를 건드릴 수는 없다. 그것을 알 수 있었다.

적을, 불꽃을, 공기까지도 절단하며 거대한 괴물에게로 돌진했다.

밝은 불꽃이 물러나자 어둡고 좁고 곧바른 길이 뻗쳐갔다.

유노가 아는 한 가장 발 빠른 탐색사도 그 정도의 속도로 거리를 달려갈 수는 없다———. 설령 이 지평 전체를 둘러본대도 검은 연기가 두텁게 시야를 가로막고 불꽃의 폭굉이 청각을 차단한 가운데, 불에 탄 건물 잔해로 뒤덮인 지형을 답파할 수 있는 자가 있을까?

소지로가 돌진했다. 거대한 그림자도 흔들거리며 모양을 바꾸었다. 던전 골렘이 팔을 휘둘렀다.

"HWOOOO———OOO———."

낮게 으르렁거리는 소리가 울리며 언덕도 흔들었다. 소지로가 존재하는 지점을 때린 주먹의 맹위는 풍압의 여파만으로 건물 잔해를 원형으로 날려버릴 정도였다.

그렇다면 훨씬 왜소한 미니어인 소지로는 먼지로 날려 없어질까?

아니다. 방금 대지에 꽂힌 장대한 왼쪽 팔을 소지로는 뛰어 올라갔다.

불가능한 짓은 아닐 것이다———. 이론적으로는.

하지만 그 경사는 미니어의 체감상 벼랑과도 비슷할 터였다. 작은 그림자가 몸 표면의 굴곡을 발판 삼아 달리며 그 속도를 전혀 떨어뜨리지 않는 게 과연 어느 정도의 역량일까?

"HWOOOOOOOOOOO———."

시가지의 불꽃을 찌르르 흔드는 악몽 같은 파도 소리에 시가지의 다양한 소리가 묻혔다.

어깨까지 도달한 소지로의 그림자를 순간적으로 뒤덮은 검은 구름은 멀리서 보면 날벌레 떼 같기도 했다. 아니다. 그것은 던전 골렘의 온몸에 열린 기구에서 발사된 요격 화살과 엄청난 물량으로 소지로를 삼키려는 골렘 병력이었다.

던전 골렘은 그저 힘만 넘치는 괴물이 아니다. 그 거대한 몸속에 병기의 물량을 함께 갖춘 재해인 것이다.

그것은 인간의 모습으로 재앙을 초래하는 하나의 골렘임과 동시에 10년 가까이 탐색사를 막았을 정도로 답파할 수 없는 대미궁이다. 공세를 막는 성벽을, 사격을 펼치는 망루를, 기계병을 생산하여 투입하는 병영을, 올려다볼 정도로 큰 체구에 모두 포함하고 있다.

소지로의 모습은 검은 구름에 사라졌다. 초월의 검사는 이해할 수 없는 괴물에게 싸움을 걸었고 무위에 그쳤다———. 그렇게 생각되었다.

하지만 틀렸다. 던전 골렘은 아직 요격 체제를 취하고 있었다.

거대한 푸른 빛의 외눈은 자신들의 팔에 생긴 이상을 포착했다. 검고 긴 참선(斬線)이 있었다. 던전 골렘의 왼쪽 팔뚝을 비스듬히 달리듯 명확한 상처가 새겨져 있었다.

"위."

소지로는 참선의 끝에 연습 검을 박은 채 짐승처럼 웃었다. 아까 순간적으로 왼쪽 어깨에서 뛰어 내려오며 수많은 병력을 회피하고 낙하하는 위력으로 던전 골렘의 거대한 팔을 참격한 것이다.

이제 인지의 영역이 아니다.

활. 포. 그리고 나아가 골렘. 소지로는 순식간에 옮겨 다니고 달렸다. 쏟아지는 살의의 폭풍 속에서 단 한 점의 그림자만 어지러이 위치를 바꾸었다.

던전 골렘의 윤곽도 크게 움직였다. 소지로가 공격한 왼쪽 팔을——— 거대한 몸에 걸맞게 그곳에 선 당사자를 향해 무시무시한 속도로 휘둘렀다.

"COOOOOOOO———."

"……!"

장절한 원심력이 소지로를 골렘의 병력과 함께 죽음의 우주 공간으로 내던졌다. 그것이 한 명의 미니어인 한, 아무리 절묘한 기술과 신의 속도를 가졌어도 뒤집을 수 없는 막대한 질량의 차이가 나는 공격.

"LLLL———— LUUAAAAAAA————."

던전 골렘의 포효는 지금까지의 파도 소리 같은 으르렁거림과는 명확히 다른, 금관악기 같은 음색이었다.

철과 바위가 복잡하게 맞물린 흉부장갑이 크게 열리며 그 안쪽에서 끓어오르는 푸른빛의 초자연적 용강(溶鋼)의 빛이 나간의 폐허를 밝게 비추었다.

나간에서 나가네르야의 심장으로   밤이 낮인 듯이
"【luulaaal lel leee. luolaue eeolu.】"

유노는 일종의 체념과 함께 그 종말을 바라보았다.

'……아아. 그거다.'

나간을 활활 태운 빛이다.

던전 골렘은 마왕 자칭자 키야즈나의 마(魔)와 기술 전체를 응집한, 혹은 『진짜 마왕』을 쓰러뜨리기 위한 병기였다. 그것은 사고하여 인간의 영역을 뛰어넘는 명수인 소지로에게까지 대응하며, 그 지성은 인간처럼 열술을 이용할 수조차 있었다.

금관의 음색은 영창이었다.

각운(角雲)의 흐름   천지의 축제   흘러가는 대해   타올라라
"【lea lelooro. looau luuaao. leeo luouu————. laaa.】"

파멸이 번쩍이며 불꽃은 하늘까지 관통했다.

빛의 궤도로 구름은 아가미가 열리듯 찢어졌다.

바람과 열기가 파도치며 퍼졌고, 지상의 불꽃은 그 충격에 오히려 사라졌다.

하늘을 사선으로 곧장 뚫고, 강이 증기로 변해 사라지며, 석양 그 자체와 비슷하게 하늘이 타오르는 모습이 멀리 언덕에 선 유노의 시선에도 보였다.

―――과연.

이계에서 온 '손님'인 소지로 또한 그 증기의 한 줄기로 변했을까?

유노는 눈앞의, 하늘을 찌른 골렘의 그림자를 보고 있었다.

적 없는 황야를, 이미 유린할 뿐인 철의 기구를.

폭염을 비치며 멸망의 별과 같은 두 눈이 빛나고 있었다.

빛이.

빛이 주르륵――― 미끄러졌다.

던전 골렘의 목이 떨어졌다.

"……위. 그렇군. 그랬어. 이게 사술인가?"

경부 단면의 뒤.

공중에 내던져져 멸살의 열 충격에 흔적도 없이 소멸하였을 터인 기이한 검사가 어째서인지 그곳에 있었다.

소지로의 시점이 아니라면 일련의 동작을 포착하기란 불가능했을 것이다―――. 푸른 용강의 열술이 발사되기 직전, 소지로가 어떻게 움직였는지.

하지만 그 진실은 불가사의한 마술을 이용하여 죽음의 폭염을 회피한 것과 얼마나 차이가 있었을까?

자신과 마찬가지로 공중에 내던져진 무수한 골렘 무리를 공중에서 징검다리처럼 건너가다니——— 심지어 그 도착점이 머리가 되도록 순식간에 도약 궤도를 확인하다니 그 아닌 다른 누가 믿을 수 있을까?

그 초인의 솜씨로 그는 유노에게 들은 사술의 특성을 공략했다.

사술은 현상을 명령한다. 파괴의 열술에도 방향과 범위를 지정한다.

따라서 자기 자신을 끌어들이는 방향으로 공격할 수는 없다. 자신의 머리 뒤로도.

신전의 기둥만큼 굵은 돌로 만든 목이 떨어졌다. 단면은 주황색으로 물들었다. 거울처럼 불꽃의 빛을 반사한 것이다. 부조리하리만큼 선명한 절단면이었다.

물리의 천측을 초월한 그런 현상조차 검의 마기의 짓이라고 불러야 할까?

"WWWWWOOOOOOOHHHHHH———."

소지로가 검을 재차 짊어진 그때. 비명 같은, 몸속 깊은 곳의 울림이 바람을 뒤흔들었다. 단말마조차도 아니었다. 그것이 상식을 초월하는 거대한 것일지라도 던전 골렘은 목숨의 각인에 의해 움직이는 골렘이다. 목숨이 없는 거병은 죽을 일이 없다.

"그래. 너는 여기가 아니야……."

목의 단면에 선 소지로를 괴물이 오른쪽 손바닥으로 치려 하던 그때였다.

검사는 또다시 도약했다. 거병을 인간으로 친다면 그 검사는 작은 벌레였다. 하지만 크게 휘두른 일격을 회피한 그 속도 또

한 인간과 작은 벌레였다.

　머리라는 중요 기관을 잃은 거병은 시야를 잃은 채 지금은 자신의 오른쪽 어깨에 선 적을 자신의 왼팔로 쳐내려 했다.

　아무리 절묘한 기술과 빠른 속도를 가졌더라도 뒤집을 수 없는 막대한 질량 차이―――.

　"―――거기가, 목숨이야."

◆

　에이로쿠 8년.

　당대의 검성이라 불리던 카미이즈미 노부츠나는 문하생인 진고 이즈노카미와 함께 야규의 고향을 방문했다.

　이때, 야규 신카게류의 창시자인 야규 무네요시는 진고 이즈노카미를 상대로 진검을 박아 넣으며 동시에 그 수중의 검을 빼앗는――― 이른바 '무도탈취'로 항복시키고 노부츠나에게 신카게류의 인가를 받았다고 여겨진다.

　달인 영역의 검사가 진검을 휘두를 경우, 일설에 따르면 그 검 끝의 속도는 시속 130㎞에 달한다고 한다. 그리고 평균적으로 휘두르는 칼몸의 길이는 약 0.8m.

　그렇다면 맨손인 사람이 실전에서 이 0.8m 반경을 시속 130㎞의 검이 달리는 것보다도 빠르게 빠져나가 검을 든 손을 제압하고 순식간에 검을 빼앗는 것이 과연 가능할까?

　현대에서 '무도탈취'는 이 기술 그 자체를 가리키는 게 아니라 검 없이 검을 든 자를 제압하는 종합적인 방어 기술…… 혹은 단순히 활인검(活人劍)의 마음가짐이라고도 해석된다.

앞서 말한 '무도탈취'가 과장되게 창작된 일화라는 시선도 있다.

―――그 속도보다 빠르게 빠져나가 사정권에서 제압하는 게
가능할까?

◆

"네 목숨을 봤어."

조금 전까지 던전 골렘의 오른쪽 어깨에 서 있던 소지로는 지
금 공중에 있었다. 자신을 떨어뜨리려는 왼쪽 팔의 동작을 알고
공격을 피하며 교차하듯 전방으로 도약했다.

―――엄청난 도약력으로 제 몸을 탄환으로 삼은 듯한 그것은
참격이었다.

"거기다."

우둑, 하는 소리가 났다.

균열이 생기는 소리였다. 던전 골렘의 왼쪽 팔뚝, 일직선으로
새겨진 홈에서 울리는 소리였다. 그가 노린 것은 처음부터 던전
골렘의 무기――― 왼팔 그 자체였다.

그것은 조금도 틀리지 않고…… 첫 일격으로 새겨진 왼쪽 팔
뚝의 상처를 더욱 길게 연장했다.

표층을 베었을 뿐이었다.

탑보다도 굵은 거인의 팔을 연습 검을 휘둘러 자르기는 불가
능하다.

하지만 왼팔을 휘두르는 동안만은. 직선으로 낸 칼집에서 앞으로 가해지는 부하는 거대한 몸의 중량에 비례한 장절한 원심력이며———,

"HOO———O."

폭렬음이 들렸다.

오른쪽 어깨 부분에서 도약한 소지로를 노린 거병의 왼팔은 그 자체의 막대한 질량에 의해 칼집을 낸 부분에서 갈라졌다.

그리하여 끊어져 날아간 왼팔 끝은 그 기세 그대로 자신의 오른쪽 어깨 부분에 폭격하듯 꽂혀 그 안쪽까지 파괴했다.

소지로가 진짜로 노린 곳은 참격한 왼팔 부분이 아니었다. 직접 검이 닿지 않는 위치에 두텁고 깊게 감춰진 목숨의 각인. 왼팔의 거대한 질량 때문에 터진 오른쪽 어깨 안쪽이었다.

———적의 칼을 앗았다.

검의 전설 전부는 창작된 환상에 지나지 않을까?

자신의 수십 배에 달하는 거체의 팔이 그 속도로 검사를 짓뭉개려던 때.

그 속도보다도 빠르게 빠져나가 사정권에서 제압하는 것이 가능할까?

"———'무도탈취'."

가능하다.

기이한 검사는 결말을 지켜보지도 않았다. 불안정한 팔뚝을 그대로 미끄러져 내려가 몸통으로. 허리로. 당연한 섭리로 그렇게 되듯 매우 거대한 구조체 위를 상처도 없이 뛰어다녔다.

그 작은 그림자의 동작보다 늦게 커다란 그림자도 온몸의 구조가 파괴되고 붕괴되어 땅에 잠겨갔다. 목숨 사슬의 각인을 잃은 골렘은…… 마왕 자칭자 키야즈나의 던전 골렘일지라도 그렇게 되었다.

나간 미궁 도시를 하루도 채 지나지 않아 멸망시킨 던전 골렘은 하루도 채 지나지 않아 죽었다.

◆

거꾸로 소용돌이치는 폭포처럼 먼지와 재가 솟구쳤다.

머나먼 갈고리발톱의 유노는 그런 광경을 처음부터 끝까지 멍하니 보고 있었다.

"……정말로, 쓰러뜨렸어."

아무 일도 없었던 듯 언덕으로 돌아온 소지로는 미니어로 보였다. 기간트도 드래곤도 아니었다. 유노와 마찬가지로 그저 미니어인 듯했다.

"베었어. '엠원' 녀석을 베는 것보다 즐거웠어."

"어떻게 소지로…… 당신은 그게 가능한 거야……! 그런 건…… 절대로 아무도 벨 수 없다고 생각했는데…… ."

"응. 만든 녀석의 기분에 이입하면 가능해. 지면에서 바로 닿는 다리가 아니야. 허리는 하중이 많이 걸려. 가슴은 불을 뿜는 무기. 가장 먼저 타격에 사용한 건 왼손. 남은 오른팔의 위쪽이지."

"…… ."

분명 이 남자는 오늘 벤 모든 적을 그런 판단으로 읽어냈을 것이다. 추측인지 직감인지 모를, 아마 사나운 살육자의 본능만으로.

───언젠가 유노가 '손님'에 대해 배운 것은 하나 더 있다.

그들이 오는 '저편'은 사술의 힘이 작용하지 않는다. 말이 아니라 물리 법칙만으로 모든 것을 유지해야 하는 몹시 취약한 세계라고 한다.

"소지로, '엠원'이라는 게······."

"응, M1 에이브람스? 이쪽 패거리는 어차피 모를 거야."

그런 '저편'의 법칙에서 크게 벗어난 힘을 가져 그 세계에 있을 수 없게 된 개인이 바로 이 세계에 흘러들어오는 '손님'의 정체라고.

이 세계에 사는 엘프도 드워프도 오거도^{산인(山人)} 드래곤도^{대귀(大鬼)}─── 그 최초의 선조는 '저편'의 세계에 탄생한 돌연변이 '손님'이었을지도 모른다고.

"그럼 나는 갈게."

"······기다려."

유노는 '손님'의 뒷모습을 보며 불러세웠다.

평범한 소녀에 지나지 않는 유노와는 매우 다르게 세계 수준을 벗어난 검사다.

미니어의 모습이지만, 나간을 멸망시킨 던전 골렘을 능가하는 괴물이다.

"소지로, 이건 휴대식량이야."

"아······ 그러고 보니 배가 고팠지? 재미있어서 까맣게 잊어버렸네. 고마워."

꺼림칙하다. 끔찍하다. 무시무시하다.

"위, 맛있다……. 헤헤. 벌레나 풀보다 훨씬 나아. 이쪽 세계
도 나쁘지 않네."

하지만 그 싸움을 보고 수차례 목숨을 건지고서야 마침내 자
각한 감정이 있었다.

'그렇구나. 나는———.'

손이 닿지 않는 영역에서 모든 것을 생각대로 파괴하고 비극
조차 유린하는 모습에 떠오른 감정.

'이 남자를 용서할 수 없다.'

그것은 분노다.

던전 골렘도 이 '손님'도 본질은 똑같다.

부조리한, 장난 아닌 힘이 그녀가 살아온 인생을 왜소하고 보
잘것없다는 듯 깎아내렸고, 유노처럼 무력한 소녀에게는 그것
을 부정할 권리조차 없었다.

"다음. 다음은 더 재미있는 게 좋겠어. 어느 쪽으로 갈까?"

"……황도."

"뭐?"

"강한 사람들을 찾는다면…… 황도가 좋을 거야. 지금은 그곳
이 가장 큰 나라가 되었으니까."

"그래? 강한 놈들도 있을 것 같아?"

"……있지. 황도의 의회가 전 세계에서 영웅을 모으고 있어.
아주 큰 무언가를 결정하기 위해. 그러니까…… 분명 당신과 싸

워도 지지 않을 적이 있을 거야."

"그래. 그거 좋네."

몹시 애매한 예감이 들었다.

———왜 오늘 이날 나간 대미궁이 기동했을까?

그것은 이를테면, 외부에서 찾아온 이계의 말도 안 되는 검사. 마왕에 필적할 정도로 강대한 위협에 대한 자동적인 방위 기구가 아니었던가?

아니면…… 이 소지로가 강자와 싸우기만을 바라며 그것을 위해서라면 어떤 무모한 짓도 마다하지 않는 진정한 전투 괴물이라면 자기 자신이 즐기기 위해 제 손으로 그 미궁을 기동했을 가능성도 있을지 모른다.

'———복수다.'

이제 그것밖에 남지 않았다.

잘못된 방향의 증오일지라도, 환상 같은 가능성일지라도…… 모든 것을 잃은 유노는 지금 눈앞에 있는 무언가로 자기 자신을 지탱할 필요가 있었다.

이 남자를 죽인다.

그렇다. 이 세계에는 그것이 가능한 강자가 있다.

나간 대미궁도 만들어낸…… '저편'이 자아낸 모든 일탈을 받아들인 이 세계에는 아직 아무도 다 캐낼 수 없을 정도의 무수한 위협과 진실이 남아 있다.

모두가 그 이름을 아는 황도의 제2장군, 절대적인 로스클레이가 있다. 멀리 와이테의 산악 지방에 숨은 역겨운 트로아의 이름을 알고 있다. 인간에게 알려지지 않은 제5의 사술 계통을 밝혀냈다는 진리의 마개 크라프닐. 9년 전에 극심한 아이스 바운드를 해방한 '손님', 검은 음색의 카즈키가 온다. 아니면 아무도 본 적이 없는 겨울의 루크노카까지.

맞설 수 있다는 사실을 보여야 한다.

이 남자가 누구인지, '저편'의 세계는 무엇인지를 알아야 한다.

그리고 무적의 전이자를 죽일 수 있는 강자를 지평 전체에서 찾는 것이다.

"소지로. 내가…… 안내할게. 나간의 학사로서 말이야. 어쨌든 황도에 의심받지 않는 신분은 되니까."

"위. 그 표정 좋다."

"……뭐가?"

"아니야. 고마워. 이제부터는 너도 마음대로 행동할 수 있다는 거겠지. 자유야."

"……그래. 나도 고마워."

입가를 일그러뜨린 뱀 같은 미소에 유노도 엷은 미소로 답했다.

그 옆에 뤼셀스는 없었다. 그녀가 지난 마을은 모두 불탔다.

자유다. 모조리 잃은 지금은 아주 터무니없는 일도 할 수 있을 것만 같았다.

"이름은?"

"유노. ……머나먼 갈고리발톱의 유노."

증오를 버팀목 삼아 걸어갔다.

그들의 여행은 그렇게 시작되었다.

―――그리고.
독자 여러분은 이미 알고 있을 것이다.

이것은 첫 번째 인물의 이야기다.

이 지평에 꿈틀대는 무수한 백귀마인의 수라 중 한 명이다.
『진짜 마왕』이 쓰러진 이 세계에 계속해서 투쟁을 바라는 그
첫 번째 인물에 지나지 않는다.
이것은 그가 끌어들이는 이야기가 아니라 그가 말려드는 이야
기다.

그것은 단독 진검만으로 사상 최대의 골렘을 격파할 수 있다.
그것은 보편적으로 전설을 그저 사실로 끌어내리는 정점의 검
기를 휘두른다.
그것은 모든 생명의 치명적 급소를 아는 살육 본능을 지닌다.
세계 현실에 잡아둘 수조차 없는 최후의 검호다.

블레이드. 미니어.

버드나무 검의 소지로.

2 ◈ 리치아 신공국

황도의 서쪽. 거대한 운하에 접한 리치아 신공국은 서쪽과 북쪽의 육로로만 왕래할 수 있는 요충지다. 수산 자원이 풍부한 이 마을은 경제적으로도 안정되었고, 돌바닥으로 포장된 도로도 낮에는 대상(隊商)의 행렬이 끊이지 않는다.

단, 이날 그중 한 대의 마차가 옮기려는 짐은 반죽이나 철강 종류가 아니었다.

"와이번이 접근하고 있군. 틀림없어."

아담한 여인이 작은 창문에서 내민 상반신을 객차 안으로 되돌렸다. 겉보기에는 마치 어린아이처럼 작았지만, 이미 성인의 나이였다. 월람(月嵐)의 라나라는 미니어 여인이었다.

"인족 무리를 습격할 때는 놈들도 저렇게 하나로 뭉쳐서 오지. 저건 틀림없이 와이번이야. 상인 중 누군가의 짐 냄새라도 맡았나⋯⋯? 군이었다면 처형감이야."

푸른 공기에 희미하게 떠오른 가느다란 그림자는 이 거리에서 보면 새떼 같았다. 한 마리의 크기도 미니어의 두 배 정도의 길이에 지나지 않았다.

하지만 와이번은 새와는 전혀 달랐다. 깃털도 부리도 없는 틀림없는 용족이며, 이 세계의 하늘을 제압하는 가장 빠른 종족이다. 지금은 지평선 끝에 보이는 어렴풋한 무리지만, 이 대상의 마차 정도의 속도로는 금세 따라잡힐 것이다.

라나는 덮개 너머로 마부에게 외쳤다.

"와이번이 이쪽으로 오기 전에 리치아에 도착할 순 없을까? 바로 코앞이잖아?"

"저 무리가 눈에 보인다면 무리예요! 라나 씨야말로 거기 있는 용병에게 어떻게 좀 해달라고 할 수 없을까요?"

라나는 동업자 한 명을 보았다. 이 객차에 탄 사람은 그녀를 포함하여 세 명뿐이었다.

"혹시 몰라 묻겠는데, 히그아레. 얼마나 자신 있지?"

"네. 물론 전멸시킬 수는 있습니다."

안쪽에 앉아 있던 물체는 담담히 꿈쩍도 하지 않고 대답했다.

히그아레라 불린 그 용병은 미니어가 아니었다. 치밀한 나무뿌리 같은 것으로 정체를 뒤덮은 괴한 존재였다. 얽히고설킨 식물의 덩어리가 마치 인족처럼 앉아 있었다.

"하지만 그 전에 질문을 드려도 되겠습니까? ……마왕 자칭자에 대해."

뿌리 사이로 안면에 해당하는 어둠 속에서 눈빛으로 추정되는 것이 빛났다. 삼림 깊은 곳에 생식하는 지성 식물——— 맨드레이크라 불리는 수족(根獸)은 인족의 생활권에서 매우 보기 드문 존재라고 할 수 있었다.

"리치아를 통치하는 타렌 공에 대해 그런 이야기를 전해 들었습니다. 『진짜 마왕』의 공포와 참극에 대해서는 저도 알고 있습니다. 제 다음 주인은 악당일까요?"

"뭐야? 그런 것도 모르고 왔어?"

히그아레는 라나가 신공국에 초빙한 용병 중 한 명이었다. 라나는 마왕 자칭자 타렌이 모든 영토에 보낸 첩보병으로서 이날 귀환할 예정인 부대 중에서도 특히 우수한 성과를 거두었다.

"마왕 자칭자는 왕국 측 시점의 호칭이야. 굳이 마왕을 자칭하는 자가 어디 있겠어."

"네. 변경에서도 들은 적은 있습니다. 확실히 인족 사회는 세 왕국이 지배한다지요."

"……얼마나 뒤떨어진 거야? 지금은 황도뿐이야. 다른 곳은 전부 멸망했지. 『진짜 마왕』때문에. 그 황도에서 본다면 자신들만이 '정당한 왕'이지. 정통 왕족의 피를 이어받지 않고 왕을 자칭하는 놈들은 '사악한 왕'을 자칭하는 셈이지———. 즉, 마왕 자칭자를 뜻해."

조직이나 사술의 힘을 과하게 가진 개인. 새로운 종족을 확립하려는 변이자들. 이단의 정치 개념을 가진 '손님'.

힘 있는 자들이 제각기 왕을 자칭하고 영지의 소유와 자치를 주장하던 시대가 있었다. 그리하여 난립한 소국가의 왕은 정통성을 가지지 못하고 복종하지 않는 왕——— '사악한 왕'이라 불렸다. 그것은 황도에서 이반하여 영지를 독립시킨 과거의 맹장, 경계의 타렌일지라도 예외는 아니었다.

……불과 25년쯤 전까지는 그런 마왕 자칭자들이 마왕이라 불렸다. 『진짜 마왕』이 나타나기 전까지.

"『진짜 마왕』은 자칭자가 아니었나요?"

"그건…… 그야 '진짜'지. 그놈 이외의 마왕을 마왕이라 부를 수 있을 리가 없어. 네 솜씨는 익히 들었지만, 정말 세상 물정을 모르는구나. 리치아에서 학교라도 다닐래?"

그 이전에 존재했던 마왕은 어차피 '자칭자'에 지나지 않았다는 것을 지금은 모두가 알고 있다. 인족, 귀족(鬼族), 결국에는 수족과 용족까지도 침투한 공포와 악의.

『진짜 마왕』이야말로 유일한 악이었다.

만성적인 대립을 이어온 3개국은 『진짜 마왕』의 위협을 앞에 두고 해체와 통합을 이루게 되었다. 대부분의 마왕 자칭자도 질서에 따라, 혹은 『진짜 마왕』에게 덤벼 모습이 사라졌다.

악은 무엇 하나 자아내지 않은 채 다만 파멸과 비참함만을 펼쳤고——— 현재 시대가 왔다.

"······히그아레라고 했나?"

차 안에 있던 나머지 한 명이 끼어들었다.

"변경에서 사는 게 의외로 평화로웠던 모양이군."

이것도 인족은 아니었다. 한쪽 무릎을 세우고 앉은 존재에게는 피부도 살도 없었다. 그 모습은 넝마를 두른 인간의 뼈 그 자체였다.

사실 과거에는 목숨을 가지지 못한 인간의 뼈일 터였다. 생물의 골격을 재료 삼은 스켈톤이라는 사술의 피조물도 자연에 탄생해야 할 '정당한 생명'은 아니다. 따라서 골렘 등과 마찬가지로 마족으로 총칭된다. 동란기의 마왕 지칭자가 자아낸 시대의 산물 중 하나다.

"'손님'이라도 조금은 알아야지. 그래놓고 용병 일을 하다니 배짱 한번 두둑하군."

"네. 사정이 있어서 검을 휘두르기만 하는 삶을 살았어요. 남들에게는…… 바다의 히그아레라고 불리죠. 당신은요?"

"……. 소리 절단의 샤르크."

샤르크는 언짢은 듯 대답했다.

가벼운 도발에도 히그아레의 대답은 아주 평탄한 음색을 유지했다. 애초에 식물이 기원인 생물에게 인족에 가까운 정동이 존재할까?

"여하튼 사이좋게 지내. 만약 도착 전에 살육전이라도 벌였다가는 타렌 님을 뵐 면목이 없어———. 그 전에 내 몸이 못 버티려나? 하하. 연약한 소녀니까."

"글쎄."

"나 같은 녀석이 뭘 할 수 있을 것처럼 보여?"

라나는 어깨를 움츠렸지만, 이것은 정확한 사실이었다.

바다의 히그아레. 소리 절단의 샤르크. 이 마차가 태운 두 명의 용병이야말로 월람의 라나가 지평 전체를 탐색하여 모은, 세상에 알려지지 않은 용감무쌍하며 뛰어난 기술을 가진 부하였다. 라나의 실력과는 비교도 되지 않는 진정한 강자.

그리고 리치아의 주인인 마왕 자칭자, 경계의 타렌이 바라는 병사는 그러한 소수의 강자였다.

"라나 님."

"왜?"

"와이번과는 다른 상대가 와 있는 모양입니다만."

히그아레가 중얼거린 직후, 마차 밖에서 메마른 소리가 울려 퍼졌다. 남은 길도 얼마 되지 않을 무렵이었다.

"마차를 세워! 짐을 버리지 않은 패거리부터 쏜다!"

"저항하는 놈들은 땅바닥을 질질 끌고 다니며 죽이겠다! 가진 것을 하나도 남김없이 꺼내라!"

덮개 사이로 라나가 밖을 엿보자 대상의 최후미에 말을 탄 행렬이 보였다. 얼굴을 감추고 활이나 머스킷으로 무장한 채 신원을 감추기 위해 얼굴을 가렸다.

"……짐을 노리는 도적이야."

마을을 목전에 두었지만, 그래서 방심하기 쉬운 지점이다. 리치아의 병사가 달려가기보다 빨리 일을 끝낼 수 있을 만큼 기마술에 자신이 있으리라.

"와이번에 도적이라니. 사면초가로군."

물론 샤르크의 말은 그저 농담에 지나지 않았다. 통상적인 대상에게는 이것이 절망적인 상황일지라도 소리 절단의 샤르크에게는 그랬다.

"그보다…… 이런 수를 쓰는 놈들이군. 와이번에게 쫓기는 대상을 옆에서 혼란시켜 대열에서 벗어나거나 앞지르는 마차를 습격한다. ……예를 들어 앞서 숙소에서 짐을 훔쳐놓고 와이번의 소굴에 던진다거나. 와이번에게 냄새를 쫓게 한 것도 이놈들이 꾸민 짓이군."

"도적놈들도 와이번에게 습격당하는 건 마찬가지잖아? 어쩔 셈이지?"

"뭐? 간단하잖아? ……와이번이 모여들 법한 신선한 시체를 만들고 도망치면 돼."

"그렇군. 그런 수를 쓰는 놈들이로군."

폭발음이 울려 퍼졌다. 도적 일당이 폭약으로 말을 위협한 것이다. 라나 일행을 태운 마차도 발밑이 크게 흔들려 거친 물결 속에 있는 듯 덮개가 좌우로 기울었다. 라나는 객차의 가죽끈을 붙잡고 나풀거릴 듯한 작은 몸으로 버텼다.

"……이런! 하지만 안심해도 돼……! 이놈들이라면 말이야."

도적이 이끄는 한 필의 말이 움직임을 무너뜨린 마차에 달려오기 시작하는 모습이 보였다. 도적은 마부에게 투석을 조준했다.

"네놈들이 나설 때가 아니야."

화살이 발사되기 전에 방아쇠가 당겨지며 도적의 말이 지상에서 사라졌다.

적어도 평범한 사람의 시선으로는 그렇게 보였다.

차 안에 앉아 바닥을 바라본 채 맨드레이크인 히그아레가 중얼거렸다.

"———위쪽."

그 말대로 도적은 상공에 있었다. 그림자조차 보이지 않은 채 급격히 낙하한 와이번의 발톱이 그를 낚아채어 하늘 높이 데려간 것이다. 말과 함께.

"꾸엑, 아…… 오, 윽?!"

"쿠르."

숨통을 끊어 남자의 목숨을 앗아간 대형 와이번은 대상의 후방에 있던 무리의 개체가 아니었다. 그 한 마리는 마치 미니어처럼 판금 갑옷을 입었고, 등에 두른 천에는 소속을 나타내는 문장이 그려져 있으며——— **리치아의 시가지 방향에서** 날아왔다.

"마…… 말도 안 돼!"

"뭐 해! 뒤에서 와이번이…… 크헉!"

습격을 꾀하던 도적의 말은 흐트러져 저마다 혼란의 노성이 일었다.

대열을 이루어 리치아 신공국에서 나타난 의문의 와이번 무리는 짐을 옮기는 대상이 아니라 도적만을 표적으로 삼았다.

무리를 이룬 와이번이 울음소리를 냈다.

"크으으, 쿠르르르…… 다음. 다음 고기……고기!"

"와이번이다! 와이번이 마을에서 온다!"

"와이번 병사?! 마…… 말도 안 돼!"

바깥에서 들려오는 곤혹스러운 비명을 들으며 마차 안의 샤르크도 의아한 듯 중얼거렸다.

"라나. 이놈들은 뭐야?"

그것은 습격받는 도적이 아니라 용감무쌍한 용병. 소리 절단의 샤르크의 상식에 비추어도 말이 안 되는 사태였다. 인간과 동떨어진 종족인 그조차도 그렇게 생각했다.

"설마 인족이 와이번을 **길들인다**는 거야?"

"훗. 그 설마가 맞는다면?"

"제정신이 아니지."

이 세계의 사술은 인족과 그 이외의 지성 종족 사이에 차별 없이 의사를 소통할 수 있다. 바다의 히그아레처럼 모습이 다른 수족이라도 사술이 통하는 존재인 한, 문자 그대로 마차를 끄는 말 같은 '짐승'과는 명확히 구별된다.

———하지만 의사소통과 교섭 가부는 전혀 다른 문제라는 것

이 자명한 사실이었다.

와이번은 매우 사나운 종족이며, 무리를 통치하는 통솔 개체의 지휘만 따른다. 자신이 속한 무리를 제외한 생명체는, 설령 같은 와이번이라도 포식의 대상이다.

따라서 그들은 이 세계에서 유일하게 하늘을 지배하는 종족인 것이다.

널리 지상 생물의, 하늘의 대적.

"꾸물대지 마라! 쏴라! 덤벼라!"

"바, 바로 위로 활을 쏜 적은——— 키익."

철 갑옷을 입은 와이번이 끊임없이 하강을 이어갔다. 도적은 활을, 혹은 투석을 발사하려 했다. 하지만 초저공으로 활강하는 무리가 그것을 정확히 겨냥하여 발톱으로 그 팔을, 혹은 몸통을 쉽사리 절단했다.

상공의 습격을 경계시키며 올려다본 시야의 사각지대에서—— 그것도 하늘의 우위를 점한 병력에 가장 큰 위협이 될 원거리 공격 무기를 판별한 뒤의 기습.

와이번 중 한 마리가 울었다.

"샤아아아…… 저, 전멸…… 사수를, 전멸."

남은 자들에게는 쏟아지는 물량을 막을 방법이 없었다. 공포로 낙마하거나 도망치는 다른 자들에게 짓밟혔다.

일방적인 유린. 붉은 피와 훤히 드러난 하얀 뼈가 절규와 함께 튀었다.

야생적인 공격이 아니었다. 그곳에는 명백하게 전술이 존재했다.

"———제2부대는 언덕 너머로 보내."

높은 하늘에서 지령을 내리는 자가 있었다. 다른 와이번보다 훨씬 명료한 언어를 구사하는 그 개체는 이곳 지상에서는 식별할 수 없었다.

"습격의 경로로 보아하니 짐을 옮기기 위한 도적의 마차가 숨어 있군. 고기는 절대로 먹지 마. 모두 곱게 다져서 하나의 짐칸에 죄다 집어처넣어. 신공국에 맞선 얼간이의 말로가 잘 보이도록. ……노인도 여자와 아이도 누구 하나 놓치지 말고 죽여라. 제4부대, 제5부대, 그리고 제7부대는 이어지는 **야생 무리**와 교전에 대비하라. 어차피 굶주려서 인간 마을까지 쫓아올 기아 상태의 추악한 쓰레기들이다. 우리 군이라면 그 세 부대로 충분하다. 적당히 숫자를 줄인 뒤, 젊은 병사는 연습 삼아 죽여라. 와이번의 사체는 이 자리에서 먹는 것을 허락한다."

와이번 군이 나타난 시점부터 그랬을까? 그 목소리는 계속해서 지령을 내렸다. 도적이 사냥감을 포착하는 순간을 즉각 파악하고 그때까지 상공에 접근하는 것을 들키지도 않은 지극히 효율적인 기습 작전을 통솔했다. 마치 미니어 군대 같았다.

"제1부대 에르게. 뒷다리를 다쳤지? 멍청하기는. 제4부대 미로는 익막에 빗나간 화살의 촉이 꽂혀 있어. 멍하니 있지 말고 물러가. 네놈들에게 고기는 없다."

마차 밖에서 유창하게 외치는 소리를 들으며 라나는 이름을 중얼거렸다.

"……레그네지."

습격에 한 번 흐트러진 대상의 대열은 지상에 내려온 와이번에 의해 리치아 신공국으로 유도되었다. 앞으로 나아가는 마차의 양쪽 옆에서 와이번의 울음소리가 울려 퍼졌다.

"그르르."

"키익…… 크르르르르."

병력을 이루는 와이번 무리는 아직 숨이 붙은 도적을…… 혹은 진즉에 죽은 자도 와이번의 본능에 따라 살을 찢어발기고 안구를 도려내기 시작했다. 무참하기 그지없는 광경이 펼쳐지는 한편, 대상의 상인들에게는 눈길도 주지 않았다. 그들은 명확히 사냥감을 구별하고 있었다.

자연의 섭리에 반한 와이번의 이상한 거동이었다.

"월람의 라나."

레그네지라 불린 자가 용병의 마차 근처에서 말했다.

"───이제 돌아온 건가? 느려 터진 얼간이 같으니라고. 네가 없는 동안 나는 쓰레기 같은 도적 떼를 일곱이나 처리했어."

첩보병도 덮개 너머로 대답했다.

"시간이 걸린 보람은 있다고 생각하지만. 나는…… 레그네지. 너도 깜짝 놀랄 법한 녀석들을 데려왔어. '소리 절단'과 '바다'야."

"……흠. '세계사'는 데려오지 않았나?"

"'세계사'는 그저 소문이야. 그런 건 없어."

"그렇다면 대단한 놈들도 아니지."

레그네지의 조소를 조용히 듣던 스켈톤은 앉은 채 옆에 있는 창을 들었다.

"……."

"어이……쿠, 이봐, 그만둬. 샤르크. 시비 걸지 마."

라나가 황급히 제지했다. 망나니 샤르크의 성질은 호전적이다.

"나보고 그만두라고? 레그네지라는 놈의 평가가 옳은지 실제로 누가 가르쳐줘야지."

"원래 이런 녀석이야. 레그네지는 누구에게나 이래."

한편, 또 한 명의 용병——— 바다의 히그아레는 바닥을 내려다보고 있었다. 샤르크와는 달리 매우 조용했지만, 이것도 라나에게는 무서웠다.

레그네지의 병력에게 호령이 울려 퍼졌다.

"그르르…… 야생의 놈들이 온다. 쉬지 마라. 고작 쓰레기 도적을 처리했을 뿐이다."

그는 이미 마차 안의 용병에게 흥미를 잃은 모양이었다.

"시시해. 시시한 쓰레기 떼야. ———출격! 공대공 전투 준비!"

펑 하고 공기가 폭발했다. 일제히 이륙한 와이번의 날갯짓이 정확히 포개지며 우레와 같은 충격음이 발생한 것이다.

지상에 있는 자들은 하늘로 날아가는 두 개의 거대한 무리를 보았다. 하나는 야생. 하나는 군. 미니어라도 병사와 그렇지 않은 자의 차이가 역력하듯 그 전력 차이 또한 처음부터 명백했다.

앞선 몇 마리의 와이번병에게 덤비려던 야생 개체는 스쳐 지나자마자 압도적으로 적은 숫자의 와이번병 발톱에 목이 끊어졌다.

와이번병을 무시하고 지상의 인족을 잡아먹으려는 자도 있었다. 강하하는 도중에 사각지대인 위쪽에서 공격을 받아 머리가 뜯겨 나가며 그대로 추락했다.

무리의 틈을 누비며 붉은 쐐기 모양의 섬광이 수없이 내달렸다. 그 궤적을 따라 와이번이 불에 타 떨어졌고 한 덩어리였던 무리가 분리되었지만, 그렇게 추락하는 것은 야생의 개체뿐이었다. 전투의 속도로 실시되는 대단히 정밀한 사술 제어였다.

"레그네지의 열술이야. 붉은빛이지."

"……레그네지 공은 와이번입니까?"

용병의 마차 안에서 히그아레는 라나에게 물었다.

"그래. 와이번 무리에는 반드시 통솔 개체가 있어. 레그네지가 바로 그것이지."

"아까부터 생각했는데, 상당히 신중한 분인 것 같군요. 늘 병력의 밀집부에 있고 정확한 위치를 노출하지 않아요."

"……히그아레, 너는 한 번도 밖을 내다보지 않았잖아?"

"네. 소리로 알 수 있거든요."

조용히 앉은 맨드레이크의 체표에는 듬성듬성 달린 잎이 흔들릴 뿐이었다.

"아무튼 녀석들이 지키는 이상, 신공국 방어는."

말을 가로막으며 공기를 지글지글 달구는 소리가 울려 퍼졌다. 라나는 아담한 상반신을 덮개 밖으로 내밀고 눈부신 듯 하늘을 노려보았다. 역시 레그네지의 짓이라고 생각되는 열술의 빛이 도망치려는 야생 개체를 뒤에서 불태운 참이었다.

리치아 신공국의 첩보병인 월람의 라나는 이러한 레그네지의 방식을 이전부터 알고 있었다. 격렬하고 철저한 수법.

"……방어는 완벽해. 와이번을 항공 전력으로 운용한 도시는 역사상 어디에도 없었거든. 하늘에서 전부를 내려다보며 진행

방향의 어디로도 보낼 수 있는 부대가……. 그것도 모든 개체가 용족의 힘을 지닌 무리로 이루어진 군대라면 어떻게 싸우겠어? 무적이야."

"……. 왜 도적이 습격하지?"

스켈톤인 샤르크가 끼어들었다.

"놈들의 머릿속에는 내 두개골과 달리 뇌가 있을 거야. 정말로 신공국이 무적이라면 도적놈들도 저 정도의 세력으로 습격하려 하지는 않을 테지."

"……그래. 결국 그게…… 샤르크. 히그아레. 이곳 신공국에 당신들이 필요한 이유야."

"진짜 적은 도적 정도의 무리가 아니라는 뜻인가?"

도적에게 잘못된 판단을 유도한 자가 있다는 뜻이다. 도적을 움직이고 간접적으로 리치아 신공국을 공격시킴으로써 이익을 얻는 자가.

히그아레가 다시 한번 중얼거렸다.

"리치아의 주인…… 타렌 공은 마왕 자칭자라던데."

경계의 타렌이라는 이름을 가진 장군이 인족의 유일한 왕국── 황도에서 이반했다. 개인 영지로 가졌던 운하 근처의 풍요로운 지방 도시를 독립시켜 리치아 신공국이라 부르고 있다. 그것은 황도의 변경 지배를 위협하는 중대한 군사적 도발이기도 했다.

『진짜 마왕』이 죽은 시대에 출현한 새로운 마왕.

"그렇군. 무슨 소린지 알겠어."

백골 용병의 음색은 가까이에 기다리고 있는 전화(戰火)의 예감에 웃는 것 같기도 했다.

무적의 병력으로 리치아는 인족 최대의 세력에 맞서려 하고 있었다.

"황도가 우리의 상대로군."

왕궁에서 약간 동쪽. 임시 정부 기관으로 설치된 중추의사당은 황도의 다른 건조물과 비교해도 눈에 띄게 새로워 보인다.

황도는 인족에게 남겨진 마지막 왕을 모시는 최대의 도시지만, 이 도시의 정치를 실질적으로 움직이는 주체는 왕 본인이 아니라 『진짜 마왕』의 위협을 오래도록 방어해 온 29명의 관료였다.

이 한정된 자리 중 하나를 차지한 왕도 제20경, 걸쇠의 히도우는 외모와 태도는 무례한 젊은 도련님처럼 보인다. 하지만 입장에 걸맞은 재능과 인망을 갖춘 청년이었다.

"―――리치아 이야기는 들었어."

히도우는 접시 위의 훈제 고기를 거침없이 집으며 입을 열었다. 중추의사당 내의 일대일 만찬 자리지만 그는 쓰고 있는 모자를 벗지 않았다.

"여하튼 장군이 경계의 타렌이야. 교섭을 하든 함락을 시키든 하루아침에 해결될 법한 안건은 아니겠지. 더욱 느긋하게 공략할 수는 없을까?"

"그게 불가능해졌으니 이렇게 말하는 거야."

히도우는 얼굴을 들었다. 맞은편에 앉은 남자는 날붙이처럼 예리한 인상이며 문관의 느낌을 풍기는 남자였다. 늘 착용하는 얇은 안경과 언짢은 듯 찌푸린 눈썹은 아마 왕국이 멸망하는 날까지 변하지 않을 것이다.

황도 제1경, 빠른 먹의 제르키다. 히도우보다 열 살 이상 많지만, 모든 황도 29관은 표면적으로 서열과 관계없이 동격인 입장이다.

제르키는 안경다리를 손가락으로 밀어 올렸다.

"······'용사'를 결정하는 상람 시합은 아마 지금껏 없던 최대 사업이 될 거야. 이 절차를 움직일 수는 없어. 하지만 아직 공공연히 황도에 대적하는 리치아 신공국에 대한 대응은 이 세계를 하나로 집약하는 데 있어 최대의 걱정거리야. 조약과 경제 제재로 상대를 무너뜨릴 시간적 유예는 없어······. 신공국 측도 그것을 알고 강건한 태도를 취한다고 생각해."

"그럼 전쟁을 하자고? 설마 아니지? 제르키."

"물론 그건 최후의 수단이야———. 안 그래도 『진짜 마왕』 때문에 소모한 국력을 더 이상 쓸 여유는 없으니까. 상람 시합에 써야 할 인적 자원을 감안하면 더욱 그렇지. 하지만 신공국 측은 달라."

지상에서 유일한 우위성을 가진 와이번 병력. 조사 부대를 파견하고, 본질이 분명하지 않은 용병을 확보.

리치아 신공국은 명확히 전쟁 준비를 하기 시작했다. 황도가 전쟁 돌입을 꺼리는 상황은 적국에서 보자면 공략하기 가장 좋은 상황이리라. 이 상태로 그들의 움직임을 간과한다면 국력을 크게 웃도는 황도일지라도 막대한 희생을 면치 못할 것이다.

"도적을 이용한 통상 공격 정도로는 결국 늦을 거야. 근본적인 해결 방법은?"

"······신공국에는 체제상의 약점도 많다고 생각해. 하나는, 경계의 타렌 한 명을 구심력으로 이루어진 정치야. 그들은 젊은 국가이기 때문에 충분한 관료나 후계자를 아직 양성하지 못했어."

"하하. 나와 같은 생각을 하는군———. 타렌 개인을 노린 소수의 암살이지."

"전쟁 회피를 목적으로 하는 이상, 대규모 병사를 투입하는 건 허락받지 못할 거야. 그리고 이쪽에서 먼저 움직인다면 그것이 비밀리에 실시되어야 해. 가능할 것 같나? 히도우."

"그렇군. 하지만 내가 생각하기에 한 가지 예외는 늘릴 수 있어."

히도우는 접시 위의 채소구이를 모으듯 포크를 꽂았다.

"상대가 **먼저** 손을 댄다면 이쪽은 당당히 할 수 있겠지, 제르키."

"백성에게 피해가 미치는 수단은 적극적으로는 취하고 싶지 않은데. 전후 처리에 돈이 들거든."

"알아. 전선에 나서는 병사를 최소한으로 하고 철벽 수비하는 신공국을 뛰어넘어 타렌의 목을 직접 딸 방법을 생각해야 해. 제17경…… 에레아의 암살 부대는 벌써 움직이고 있나?"

히도우는 젊기도 하여 황도 29관 중에서는 특정 부문을 총괄하는 입장이 아니었다. 하지만 29석 내에는 암살이나 첩보와 같은 부문을 노리는 자도 있다.

"녀석의 밀정은 오래전부터 침입시켰어. 제17경 본인은…… 마찬가지로 중요도가 높은 다른 안건을 조사하는 중이야. 하지만 그녀가 귀환하기를 기다린 뒤 움직이기 시작해서는 늦어. 와이번 토벌 임무라면 제6장군 하르겐트의 부대가 전문이지만———."

"아니, 그 녀석은 말하지 않아도 알아. 하르겐트 아저씨는 오히려 다른 일을 해주는 게 좋아."

"나도 그렇게 생각해. 그 사람은 드래곤 토벌대를 편성 중이야."

"드래곤? ……그건 무리야. 바보냐?"

히도우는 한숨에 가까운 웃음소리를 냈다.

제6장군은 명확히 맛이 갔다. 애초에 이 공략전에서 활약은 바라지도 않았을 것이다.

"그래서 내게 순서가 돌아온 거구나."

그리고 남은 두 명―― 히도우와 에레아는 29관 중에서 특출나게 젊다. 젊다는 것은 필연적으로 쌓은 공적이 적다는 뜻이기도 하다.

리치아 신공국을 함락시킨 실적이 있다면 그 뒤에 기다리는 '용사'를 결정하는 상람식에서도 큰 발언권을 얻을 것이 틀림없다. 나아가 눈앞의 제3경 제르키가 제17경 에레아를 꺼려서 그녀에게 공적을 부여하고 싶어 하지 않는다는 것도 알고 있다.

걸쇠의 히도우는 그러한 권력 및 공적을 원하는 게 아니다. 지금보다 더 큰 지위를 갖는대도 다만 성가신 일이 늘어날 뿐이라고까지 생각했다.

'……하지만 내 생각을 관철하려면 이 길뿐이야.'

석양빛을 반사하는 제르키의 안경을 옆눈으로 엿보았다.

"표면적으로는 황도와 **관계없는** 놈들이라면 이용해도 된다는 뜻이지?"

"……되도록 최대한의 재량은 줄 거야. 뭘 이용할 셈이지?"

"암살이라고 반드시 조용할 필요는 없어. 예를 들어 큰 사고에 휘말려 죽을 수도 있지. 주모자까지 당도하지 않으면 돼."

결코 실패는 허용하지 않고, 여차하면 젊은 자신이 책임을 질수밖에 없으며, 복잡하고 중대한 안건. 어느 일면을 보면 그저 그뿐인 일이다.

하지만 히도우는 정치가 그렇게 흘러가는 것을 알고 있었다.

그는 오늘 이렇게 불려오기 전부터 이 상황에서 최적인 전력을 계속 검토해왔다. 통상적으로는 운용되지 않는 위험한 힘이야말로 최적의 답이 되는 국면도 있다.

"———'남회능력(濫回凌轢)'을 석방할 수 있나?"

4 ✛ 질주하는 별의 아르스

황도 제6장군인 정숙의 하르겐트 같은 남자도 드물게 악의 정의를 생각할 때가 있다.

모두가 유일하게 절대악이라고 믿은『진짜 마왕』이 쓰러진 지금 시대에 믿어야 할 악의 정의를.

―――그것은 스스로를 배신하는 일이다.

하르겐트는 그렇게 생각했다. 멸망한 3왕국이 황도의 이름 아래 통합되어 정치 체제가 크게 변하려는 지금도 그는 개인의 욕망을 버리지 않았다. 지금이 바로 새로운 실적을 주장할 다시없을 기회이기 때문이다.

설령 잔챙이 사냥꾼이라는 험담을 듣더라도, 권모술수에 심신이 닳더라도, 그것은 어울리지 않는 권력을 유지하기 위해 필요한 것이다. 보다 많은 재산, 보다 높은 명성, 보다 안정된 삶.

얼굴에 철판을 깔고 나아가면 어울리지 않는 그 힘을 조금 더 뻗칠 수 있다.

―――따라서 지금, 다른 어떤 장군의 도움도 빌리지 않고 이 토벌을 이뤄내야 한다. 그가 상대해야 할 적은 진짜 전설이다. 옛 흑룡의 한 기둥인 자욱한 연기의 비케온.

북쪽 변경, 틸리토 협곡에 파견된 토벌대의 숫자는 총 36기. 메마른 공기가 불어오는 이 야전 진지도 그 토벌을 위해 존재했다.

"피곤해 보입니다. 단장 각하."

얼굴을 들자 따끈한 호박(琥珀)차가 눈앞에 놓이는 참이었다.

참모장의 안색은 평소와 똑같이 지친 기색이 없었다. 어딘가 중성적인 외모에 어울리는 부드러운 미소였다.

그리고 분명 다크서클을 드리운 하르겐트의 피곤한 얼굴이 그것과 대조를 이룰 것이다.

"———잠시 눈을 붙이신 모양이네요. 병사에게 들키지 않아서 다행입니다."

"그래. 피케. 이건 당연한 도리이기는 해."

호박차를 입에 대자 희미한 단맛이 몸속에 스며들었다.

하르겐트는 눈썹을 찌푸리며 되도록 험악한 표정을 지으려했다.

"여하튼 황도에서 행군하는 데 닷새나 걸렸으니까. 중간에……뭐냐, 어느 구빈원에서 묵기까지 했어. 누구나 부담이 클 거야."

"잘 알고 있다마다요. 과실향은 첨가하시겠습니까?"

"실제로 움직여보고 생각했는데, 이 거리 자체로 '자욱한 연기'가 몇백 년 동안 토벌을 피한 요인…… 음. ……응, 넣어줘."

"몰이꾼은 지시하신 대로 배치했습니다. 단장 각하와 달리 단련되어 피로에도 걱정 없습니다."

참모장의 말이 옳다. 야망은 비대해질 따름이지만, 하르겐트의 체력은 나이를 먹을수록 쇠약해질 따름이다.

"……그래. 고마워. 라디오병은 몇 명이 순회하지?"

"인원을 3군으로 나눴습니다. 상시 두 명이 협곡 위에서 순회하고, 상시 네 명을 교대로 본진에서 쉬게 하며, 그중 한 명이 수신을 담당합니다."

"적어. 용을 토벌하는 데 척후를 동원하는 건 바람직하지 못

해. 내일부터 외부에 세 명을 둬. 낮과 밤으로 반나절씩 교대해."

"알겠습니다."

정숙의 하르겐트는 '날개 제거자'라는 별명으로 불린 적도 있다. 와이번만을 몇백이나 토벌해온 실적에 대한 경칭——혹은 멸칭일지도 모르겠지만.

하르겐트의 와이번 사냥은 정석과는 조금 다르다. 사냥감이 소굴에 있는 동안에는 손을 대지 않고 무리가 날아오르기 시작한 뒤, 화살과 사술로 도망칠 길을 막아 계곡 사이에 숨은 사수가 처치한다.

소굴을 기습하는 방법은 안전한 방법처럼 보이지만 그렇지 않다고 생각한다. 와이번은 개체마다 지성의 차이가 현저하다. 교활한 개체라면 소굴에 설치한 함정 때문에 토벌대가 역으로 당하는 일도 있다. 소굴 안의 물품은 와이번이 쓰는 사술의 초점도 될 수 있다.

상대가 주도면밀하고 강대하다고 알려진 사룡, 자욱한 연기의 비케온이라면 와이번이 상대일 때를 넘어서는 경계로 맞서는 것이 당연한 흐름이었다.

"——'자욱한 연기'는 다치기는 하는 걸까요? 20년을 살면서 그런 소문을 들은 적은 없었는데요."

"나는 55년이야. 조사 부대를 수없이 의심하며 증거를 찾아오른 원정길이지. 다른 장군들이 눈치채기 전에 잡은 절호의 기회이기도 해."

"오른쪽 눈의 백탁. 왼쪽 앞다리가 떨어졌고 장창으로 생각되는 무기가 복부에 관통. 꼬리는 썩어 짓무름. 갑자기, 심하게.

······가령 그것들이 모두 사실이라고 해도 그게 모습을 보일 것 같으십니까?"

틸리토 협곡의 악몽. 마음대로 마을을 불태우고 한 번의 브레스로 만 명의 군을 물리치며, 엄청난 재화를 독점했다는 자욱한 연기의 비케온.

그 존재는 재해와도 같았다. 이러한 천재일우의 호기를 만나지 않는 한 승리할 가능성은 영원히 없을 상대다. 토벌을 이룬다면 그야말로 역사에 이름을 남기게 될 것이다.

그리고 통합된 황도에서도 이 공적으로 중직의 자리를 얻을 것이다. 잔챙이 와이번이나 죽인다며 야유받을 일 없는 진정한 용 사냥꾼이 된다.

"피케. 이건 성을 공략하는 것과 같아. 흑룡의 팔이나 눈은 단순히 치유할 수 있는 상처가 아닐 거야. 그리고 소굴의 비축은 무한하지 않아. 반드시 굶주려서 날아오를 때가 올 거야."

"정보가 사실이라면 말이죠."

더구나 이 숫자의 병사를 보란 듯이 파견한 것은 비케온에게 압력을 주기 위해서이기도 하다. 언제 소굴에 공격해 올지 모르는 긴장 때문에 쉬지 못하게 하고 교만하다고 알려진 그의 짜증을 돋우어 직접 사냥터로 끌어낼 심산이다.

피케의 걱정은 오래 이어지는 싸움을 지켜보며 척후의 혹사 정도를 약화시켜 달라고 에둘러 말한 간언이기도 할 것이다. 하지만 하르겐트는 싸움이 그렇게 길게 이어질 거라 생각하지 않는다———. 아니면 당장이라도.

◆

과연 해가 기울기도 전에 그것은 증명되었다.

작전 본부로 달려간 라디오병의 표정은 창백했다.

"참모장님! 단장 각하! 긴급 연락입니다! 사수 여섯 명이 사망했습니다!"

비케온 발견의 전조에 지나지 않았다. 갑자기 믿기는 힘든 흉보였다.

"……뭐라고?"

"우선은 통신을 연결하십시오. 당장이요!"

참모장의 지시에 따라 병사는 라디오를 기동했다. 투명한 광석에 복잡한 형상의 철사가 감긴 기재였다. 하르겐트의 전술에서 원격통신을 이용한 라디오병은 특히 중요한 병종이었다.

"하르겐트다. 상황을 보고하라! 정확히!"

〈오른쪽 기슭을 감시 중인 디오입니다! 검은 연기가 자욱합니다……! 협곡 밑을 뒤덮었습니다! 벼랑 아래 전개된 사수 여섯 명의 안부는 확인 불능! 아마 '자욱한 연기'는 지상…… 지상을 뻗어 나가 각하의 본진으로 진행 중일 것입니다!〉

"지, 지상으로……!"

하늘에서 내려온 검은 연기로 전부 불태우고 땅을 뻗어 나가는 유상무상을 내려다보았다……. 그 거만한 자욱한 연기의 비케온이. 소굴에서 날아오르는 것이 아니라 협곡의 지상을 빠져나가 전진한다고?

미니어의 요격이 두려워서 숨은 채 마치 뱀이나 도마뱀처럼 땅을 기며 병사의 사각지대에서 브레스를 퍼부으며 기습을 하다니 드래곤의 행동이라고는 볼 수 없는 사태였다.

"왜, 왜지······! 왜 그런 일이 일어난 거지?! 자, 자욱한 연기의 비케온——— 용족의 긍지를 잃어버렸나!"

틸리토 협곡의 지형은 면밀히 조사했다. 하늘에서는 사각지대에서 사선을 이용하여 사냥감의 의식을 유도하고 최소한의 희생으로 거대한 용을 처리한다. 적의 움직임에 따른 퇴각 경로도 확보했다. 하르겐트가 몇십 년의 경험으로 짠 절대적인 대공 포진이었다.

하지만 오랜 경험이기에 그 확실한 전술을 의심하지 못했다. 경계해야 할 것은, 모든 가능성을 상정하지 못한 하르겐트 자신의 무능이다.

"단장 각하. 퇴각하시지요. 모두 실패했습니다. 드래곤이 전진하는 속도는 아무도 모를 테지만, 지금 이 본진이 위험합니다. 운이 좋지 않았던 것일 테지요."

"그, 그 정도의······ 그 정도로 끝날까 보냐! 이······ 이런 실수가 어디 있어······! 말도 안 되는 일은 바로잡아야지!"

하르겐트도 알고 있었다. 그의 병사는 허위나 오해로 보고할 법한 바보가 아니다. 실패를 인정하지 못하는 하르겐트 같은 남자와는 달리 말이다.

피케의 말대로 이 토벌은 실패로 끝났다. 여섯 병의 병사가 공연히 연기에 타올랐다. 지금, 무엇보다도 위험한 것은 그 자신의 목숨인데.

"망설일 때가 아닙니다. 지금——— 【pike io hargent. himal.

피케에서 하르겐트로　기울어진 태양

참모장의 말은 즉각 자아낸 역술로 변했다. 무슨 일이 일어났는지 이해할 새도 없이 눈에 보이지 않는 역술의 힘이 하르겐트를 날려버렸다.

"무슨 짓을……."

휘잉, 하고 바람이 불었다.

어둠보다도 어두운 검은 연기였다.

작전 본부의 진막에서 튕겨 나온 하르겐트는 암막 같은 칠흑을 목격했다.

드래곤이 행사하는 사술의 브레스였다. 자욱한 연기의 비케온의 그것은 연기로 감은 모든 것을 소각하는 초고온의 열술이며, 작전 본부의 병사들은 그 내부에서 불꽃조차 발하지 않고 모조리 검게 탔다.

참모장 피케. 라디오병 라이니. 근위사수 밀리드, 히케아.

"네놈이——— 우두머리로군."

머지않아 그 학살을 일으킨 존재가 연기를 가르고 나타났다.

자욱한 연기의 비케온. 자신의 브레스가 발하는 열기를 개의치도 않고 거의 모든 공격 수단을 차단하는 칠흑의 용린(竜鱗). 키가 크고 황도의 대형 병사(兵舍) 하나에도 필적하는 거구.

"혼자 남길 생각은 없었지만, 그것도 괜찮지."

이글이글 타오르는 공기를 사이에 두고 지금 전설의 악몽이 협곡을 메웠다. 공기가 띠는 열기에도 개의치 않고 생물의 본능이 하르겐트의 신경 전체에 한기를 전달했다.

존재만으로 모든 것을 압도하는 영혼. 이 지평의 진정한 최강종.

"……'자욱한 연기'……! 이 자식!"

설령 오른쪽 눈이 뿌옇더라도, 왼쪽 앞다리가 떨어졌더라도, 장창이 복부를 관통했더라도, 꼬리가 썩어 문드러졌더라도. 그것은 하르겐트가 끊임없이 사냥해 온 와이번과는 근본적으로 존재의 격이 달랐다.

"대답을 허락하지. 네놈들 말고 토벌하는 무리가 있나?"

"무슨 소리를……! 인간의 토벌을 겁내는 건가? 자욱한 연기의 비케온! 용족의 영원한 웃음거리나 되어라! 그 영혼은 네놈의 몸과 함께 땅에 떨어졌다!"

【go gipyaeis. jyguegyuorg———.】
<small>틸리토의 바람이여   뿌연 달을 메말려라</small>

하르겐트의 머리 위로 치사량의 검은 연기가 빠져나갔다.

일부러 빗나가게 한 것이다.

"대답해. 토벌군은 네놈들뿐이냐? 대답하지 않으면 태우는 게 아니라 괴롭혀서 죽이겠다."

"……뭐지?"

흑룡의 목소리에는 초조한 기색이 있었다.

비케온이 한 일련의 행동은 모두 드래곤으로서 이상했다.

홀로 흑룡과 대치하며 하르겐트는 물었다.

"……무, 무슨 일이 네놈의 몸에 일어난 거냐? '자욱한 연기'……! 내게…… 정숙의 하르겐트에게 이렇게 비열함과 굴욕을 주며 자신의 굴욕을 감추는 것이냐! 누…… 누가 네놈을 쳤지!"

"……영웅을."

철퍽, 하는 소리를 내며 사룡은 굵은 왼팔을 당겼다.

그 상처가 부끄러운 건가?

"영웅을……! 그 눈으로 본 적이 있나? 약한 하르겐트. 수많은 무리――― 미니어 속에서 숫자의 원리에 따라 나타나는 희소한 변이종. 그것은…… 그것은 끝없는 희망으로 스스로를 연구하고 욕망에 따라 힘을 수집하며 욕망의 끝에 아득히 강대한 생명을 모두 쳐낸다――."

"미니어 영웅이 네놈을 쳤다고……?"

"우쭐대지 마라!"

비케온은 증오와 함께 고함쳤다.

―――아니. 지금은 하르겐트도 알 수 있었다. 그것은 증오가 아니라 공포였다.

"미, 미니어 영웅은……! 질릴 만큼 제거했어! 세계를 돌며 내게 도전했고…… 그 오만 때문에 마지막에는 모은 목숨과 보물을 내게 바치는…… 욕망에 우쭐대고 잡히고 죽는, 그게 영웅이야! 누구나 다 먹잇감에…… 어리석은 먹잇감에 지나지 않아!"

"비케온!"

"그래, 미니어. 어리석은 미니어여! 그 인식이 바로 드래곤보다 더 구제하기 어려운 오만이야! 영웅을 탄생시키는 무리는 네놈들 인족 말고 없나?! 지혜와 힘에 축복받은 강자는 네놈들 인족 말고 나타나지 않나?!"

상처의 고통에 몸부림치고 공포의 기억에 신음하며 타오르는 한쪽 눈이 하르겐트를 노려보았다.

틸리토 협곡의 악몽. 마음껏 마을을 불태우고, 한 번의 브레스로 만군을 물리치며, 엄청난 재물을 독점했다는 자욱한 연기의 비케온.

재해와도 같은 그 존재를 이미 쓰러뜨린 자가 있을 터였다.

무슨 말을 하든 하르겐트의 죽음은 이미 면할 수 없다. 비케온이 모든 것을 자세히 밝히는 일은, 이 왜소한 한 명의 미니어까지 두려워할 수는 없다는 타락한 고룡(古竜)의 마지막 긍지의 조각이었다.

"모든 것이 무력하다. 진실을 말해라, 미니어! 운명에 사랑받은 영웅이 미니어뿐만 아니라…… 와이번 중에도 **똑같이 있다는 것을!**"

하르겐트는 알고 있었다. 왜 짐작하지 못했을까? 그가 아는 한 그것이 가능한 자는 처음부터 그 한 마리밖에 없을 터였다.

생각이 미치지 않았던 것은…… 그게 바로 100마리의 와이번 무리를 토벌해 온 장군이 가장 꺼려야 할 이름이었기 때문이다.

"와이번의 **영웅──** 질주하는 별의 아르스."

그 한 마리가 그런 것일까? 와이번보다 훨씬 거대한 이 고룡의 한쪽 눈을 빼앗고, 왼쪽 팔을 절단하고, 옆구리를 관통하고, 꼬리를 문드러지게 한 것일까?

떼로 덤벼 다친 상대를 잡지 않고서는 싸움을 걸지도 못하는 미니어와 달리, 같은 약종(弱種)에서 튀어나온 그 개체에게는…… 이미 그것이 가능하다는 말인가?

"나는 나의 굴욕을 말했다……! 정숙의 하르겐트!"

"토…… 토벌대는 내가 마지막이야. 나의 부대 뒤로는 네놈을 치려는 황도의 병사는 오지 않아. 모든 것이 공리에 치우친 내 어리석은 독단이야. 첫 질문에 대답했어. 자욱한 연기의 비케온."

"―――좋아. 그렇다면 네놈의 목숨을 불에 지펴 미니어의 우행을 용서하지."

"그렇게 두지 않겠다. 내가 얼마나 많은 날개를 제거했는지 네놈은 상상도 못 할 것이다……! 내 머리 위의 하늘은 모두 정숙해질 것이다! 황도 제6장군의 힘을 깨닫도록 하여라!"

사술의 영창과 함께 녹아내린 철재가 맞춰졌다. 아까까지 임시로 만든 작전 본부의 골재였던 그것은 하르겐트가 대어난 황도에서 가져온 철이며, 따라서 무기를 짜 맞추는 공술을 소통할 수 있었다.

별명은 정숙의 하르겐트. 그가 자랑하는 공술에 의해 편성된 것은 마차 같은 질량을 갖는, 고정된 기구 활이었다. 필사적인 대공 병기――― 드래곤 슬레이어였다.

그것이 비케온을 제거할 수 있을지는 시험해볼 것까지도 없이 알 수 있었다.

그런데도 자신의 마음을 배반하는 것이 하르겐트의 사악함이었다.

흑룡은 아래턱을 열었다.

"크르르르…… 무력해. 모두 무력해!"

그저 한 호흡에 끝날 전투였다. 비케온은 날숨의 동작 그 자체를, 모든 것을 태울 열술의 숨결로 바꿀 수 있었으니까.

"―――."

하지만 사룡은 그 숨을 삼켰다.

그는 취약한 미니어 너머, 그 등 뒤에 펼쳐진 협곡을 보고 있었다.

그곳에는 석양의 붉은빛이 펼쳐져 있었다.

지평의 끝——— 부풀어 오른 태양의 윤곽이 열기의 잔재에 흔들리는 낙양의 광경이었다.

그 종말의 석양을 등진 그림자를 보았다.

"왜 또 오지? ……왜?"

가늘고 부드러운 그림자가 한 바위 봉우리의 꼭대기에 있었다.

그것은 조용히 날개를 펼쳤다.

꺼림칙한 그림자는 전승되는 악마를 구현한 듯했다.

그리고…… 최고(最古)의 드래곤 중 하나인 자욱한 연기의 비케온에게 그 한 마리는.

"'질주하는 별'———."

◆

와이번과 드래곤의 가장 큰 차이는 앞다리의 유무다.

애초에 날개와 함께 양팔도 있는 드래곤의 몸 구조는 이미 평범한 생물에서 벗어났지만, 그 점 때문에 와이번은 소형화와 함께 뼈와 살을 경량화하여 앞다리를 퇴화시킴으로써 비상 능력에서 정상적 진화를 되찾은 종이라고 말할 수 있을지도 모른다.

과거에 '저편'의 대형 파충류가 조류로 그 모습이 변한 역사를 더듬듯 이쪽 세계에서도 종으로서의 번영을 구가하는 것은 드래곤이 아니라 와이번 쪽이었다.

개체로서 최강의 종은 드래곤일지라도 와이번들은 그들보다도 훨씬 장거리를 날고, 왕성하게 포식하며, 환경에 적응하고 번식했다.

───그리고 미니어가 그랬듯이 융성한 종 중에서는 반드시 예외의 개체가 탄생한다.

그 와이번에게는 타고난 세 개의 앞다리가 돋아 있었다.

처음에는 벌레의 그것처럼 연약하고 가는 팔이었고, 그중 하나에는 태어난 지 3년의 세월이 지날 때까지 신경이 지나가지도 않았다.

역행 진화하는 신체일까?

선조로부터 나뉘어 이족보행을 시작한 미니어와 마찬가지로 그는 태어나면서 물체를 만지고, 조종하고, 접촉의 자극을 사고할 수 있었다.

따라서 비상과 생존에 불리할 수밖에 없는 그 빈약한 기관을 그는 뜯어 버리지 않았다.

이윽고 팔은 근육이 생겨 물체를 잡고 옮기게 되었다.

무기와 도구를 오래 만지며 팔은 기술을 획득했다.

팔은 새로운 무언가를 원했다.

태양이 높이 뜬 시기에 그 와이번은 무리를 버리고서 나고 자란 바다의 벼랑을 날아오르기로 했다.

　팔로 인해 비대해진 그의 욕망은 이미 와이번의 성에 담을 만한 것이 아니었다. 그 이름대로 조류에 가까운 와이번 무리 속에 있으며 다만 홀로 지성의 원점을 가진 그는 오히려 드래곤에 가까웠으리라.

　내일을 사는 포식욕도 아니고, 종을 활용하는 번식욕도 아니었다.

　아직 보지 못한 것을 그 팔로 잡고 싶다. 자신이 다만 와이번이 아니라는 것을 스스로 증명하고 싶다. 유일하게 받은 이 힘으로 아주 대단한 영광을 이루고 싶다. 이 날개로 날아갈 수 있는 전 세계에서 그러고 싶다. 그렇게 막연한 욕망이었다.

　무리조차 가지지 않은 한 마리의 와이번은 그 가녀린 몸에 맞지 않게 모든 것을 원했다.

　어느샌가 작은 개체의 그 욕망은 한 마을의 보물을 얻었다.

　하나의 적을 쓰러뜨렸다. 하나의 미궁을 공략했다. 하나의 토지를 정복했다.

　그리고 지금, 하나의―――.

◆

　"질주하는 별의 아르스…… 이, 이 이상의…… 무엇을, 원하지……!"

　"……."

―――하나의 전설을 두렵게 만들었다.

"네놈은 나의 모든 재물을 빼앗았을 터! 넘쳐나는 긍지 전부를 이미 빼앗았을 터! 더 이상을 왜 빼앗지!"

"……왜……?"

바위 봉우리에 멈춘 채 와이번은 가는 목을 갸웃거렸다. 이해할 수 없다는 모습이었다.

"나는 당연한 일을 할 뿐이야……."

촤악, 하는 소리가 울렸다.

갑자기 발사된 거대한 화살을 아르스는 몸을 살짝 피하기만 하여 회피했다.

"―――'질주하는 별'!"

그것은 정숙의 하르겐트의 드래곤 슬레이어, 필살의 한 방이었다.

연사불능의 노포(弩砲)를 '자욱한 연기'가 아니라 난입자에게 쏘았다.

"네, 네놈은…… 네놈은 손대지 마라!"

"……."

남자의 목소리에 다만 나른하게 머리를 저으며 와이번은 날았다.

그 몸통에는 마치 미니어 여행객처럼 배낭이 매달려 있었다.

"이 자식…… 이 자식, 이 자식, '질주하는 별'……!"

하르겐트와 마찬가지인 원망과 함께 비케온은 하늘을 바라보았다. 지금 막 날아오른 와이번의 그림자가 어딘가로 사라졌다. 따라갈 수 없다. 비상 속도는 통상적인 와이번을 크게 벗어났다.

드래곤은 열살(熱殺)인 검은 연기의 브레스로 요격을 하려는 모양이었다.

그야말로 그 모습이 대담이었다.

이 흑룡은 미니어와 마찬가지였다.

이 복잡하게 뒤얽힌 골짜기의 밑바닥에서…… 하늘의 강자에게서 몸을 감추고 요격할 수밖에 없었다.

똑같이 난다면 그에게 승산이 없다는 것을 깨닫게 되었으니까. 이 하늘에서 자신 이상의 생태계가 존재한다는 것이 각인되었으니까.

자욱한 연기의 비케온의 마음은 이미 자신의 날개로 하늘을 날 수 없었다.

"[go gipyaeis. jyguegyuorg————.]."
<small>틸리토의 바람이여</small> <small>뿌연 달을 메말려라</small>

시야의 끝에 포착한 그림자를 향해 비케온은 전력을 다한 브레스를 내뿜었다.

명중하지 않았다. 너무나도 빠르게 머리 위로 돌아 들어갔다.

와이번은 그 비상 능력으로 드래곤보다도 진화한 종이다————.

"말도 안 돼."

아연한 목소리를 낸 것은 하르겐트였다.

비케온의 바로 위에 정지한 질주하는 별의 아르스는 와이번으로서 말도 안 되는 무기를 갖추고 있었다.

강철의 총신(銃身). 나무의 총상(銃床). 아주 잠깐이지만, 총병을 통솔하는 그가 잘못 봤을 리 없었다.

'손님'이 초래한 기술 중 하나———— 머스킷이었다.

와이번이 총을.

공방의 찰나에 탄환이 날아왔다.

"크윽…… <u>으으으아아아!</u>"

퍼엉, 하는 소리가 울려 퍼졌다. 총성이 아니라 거대한 용의 살이…… 남은 오른쪽 눈이 터지는 소리였다.

이 세계에서 머스킷은 '손님'의 지식에 의해 수 세대 후를 앞선 개량이 이루어져 명중도와 연사 능력은 '저편'의 그것에 비해 현저히 높았다.

하지만 설령 그것을 전제로 한대도…… 입체적이고 고속인 비상전 속에서 겨우 한 점을 정확히, 안구를 보호하는 용의 순막을 관통하여.

"……. 가르쳐주지……. 서쪽의 벼랑…… 마천수탑(摩天樹塔)의…… 독 마탄……."

공기를 뒤흔드는 고통의 비명 속에서 아르스는 담담하고 조용히 고했다.

의심의 여지 없이 그것은 자신들의 수집품을 자랑하고 있었다.

"맨드레이크의 독을 가공했지……. 신경부터 먼저 터져……."

비케온은 목소리에 의지하면서도 적의를 드러내려 했다.

비상하여 싸우기는 불가능했다. 두 눈과 왼쪽 팔이 손괴되어 격투라는 선택지도 빼앗겼다.

남은 것 중 우위는 와이번의 몸으로는 불가능한 드래곤의 브레스밖에 없었다.

<ruby>틸리토의 바람이여</ruby>
"【go gipyaeis.】"

<ruby>아르스에게서 니미의 돌멩이로</ruby> <ruby>꽃은 꽃봉오리로</ruby> <ruby>껍데기를 갈라라</ruby> <ruby>방울져 떨어지는</ruby>
"【kylse ko khnmy. kilwy kokko. kukaie kyakhal. konaue

물 관통하라.
ko. kastgraim.]."

푸우욱.

용의 오른쪽 눈에서 가느다란 바늘이 돋았다.

박힌 탄두가 순식간에 변형되어 비케온의 뇌에 더욱 깊게 파고든 것이다.

사술은 의사의 속도에 의한 전달이며, 그 영창은 반드시 지령의 길이와 복잡함에 비례하지는 않는다. 하지만 그렇다고 하더라도———형상 변형의 공술을 한 호흡의 브레스보다 훨씬 빠르게.

"……안 돼, 비케온……. 그건 내가 쏜 탄환이니까……."

"크으윽…… 윽, 크으으으윽으으으으……!"

"내 말을 들어야 해. 네 허리에 꽂은 창도 같은 방법으로 했잖아……?"

"웃기지 마!"

하르겐트는 소리를 지르며 화살을 쏘았다.

그것은 재차 아르스를 노렸지만, 아르스는 당연히 회피했다. 무모한 짓이었다.

"까불지 마, '질주하는 별'……! 나의 적이야! 어째서 빼앗지! ……나, 나 같은 남자의 목숨을 구할 셈인가!"

"……하르겐트. 어째…… 이상한 소리를 하네……."

와이번은 죽음의 통증에 몸부림치는 드래곤을 내려다보았다.

재앙이라 두려움을 사며 미니어 부대가 몇백 년에 걸쳐서도 토벌하지 못한 사룡.

미니어보다 가녀린 체구로 기형인 한 마리의 와이번.

그리고 군단을 잃고 다만 혼자가 된 황도 제6장군.

이곳의 생태계에서 누가 정점에 있는지, 그리고 누가 죽음의 길로 가는지, 답은 이미 명백했다.

정점에 있는 자는 대답했다.

"친구를 구하는 건 당연하잖아……."

하르겐트가 진즉에 알고 있는 대답을.

그렇다.

수백의 와이번을 무찔러 온 장군에게 당연히 꺼림칙해야 할 이름.

질주하는 별의 아르스. 하르겐트는 다른 누구보다도 그 존재를 미워했다. 그런 일이 있어서는 안 되기 때문이다.

"나는 네놈의 친구가 아니야……! 지금 나는 황도의 장군이다! 와이번을 죽이는, 날개 제거자 하르겐트다! 네, 네놈 같은 자는——— 과거에도 미래에도 알 바 아니야!"

검은 용이 죽어간다. 근육을 떨고 날개에서는 힘이 빠지며 지금 진정한 드래곤이 죽어가는 모습을 하르겐트는 바라보았다.

마치 와이번의 죽음과 마찬가지로 그들과 동일한 생명 같았다.

"……그래……. 부대의 왕이 되었지……? 잘됐네……."

아르스는 죽어가는 전설의 모습을 여느 때처럼 다만 음울하게 바라볼 따름이었다.

희열도 쾌락도 그 마음속 어디에도 존재하지 않는 듯했다.

"그래……! 출세하려고 네놈의 동족도 몇백이나 죽였어. 이 나이가 되어서도 아직 영광을 원해서 이렇게 어리석은…… 어리석은 짓을 하고 있어…….”

드래곤을 죽이다니 도저히 가능할 리 없었다. 어린애 같은 몽상이다. 처음부터.

오늘뿐만이 아니다. 하르겐트의 그렇게 왜소한 욕망 때문에 지금까지도 몇 명의 부하가, 시민이 죽었다.

모두가 그를 얕본다. 많은 것을 희생하여 쌓아 올린, 어울리지 않는 지위.

“……응. 그래서 나는 하르겐트를 존경해…….”

아르스는 땅바닥에 배낭을 두었다. 세계를 돌며 모아 온 보물이 그 안에 있었다.

“자랑하기로 했어……. 혹시 앞으로 죽일 녀석이라도…….”

빼앗고 모으는 것이 그의 본질이다. 질주하는 별의 아르스는 이미 와이번이 아니라 강한 욕망으로 재물을 모으는 드래곤에 가까웠다.

“중앙 산맥의 가시 늪의 방패나…… 카이디헤이에서 주운 채찍……. 마탄(魔彈)도 많아…….”

긴 세월 동안 아르스가 이룬 위업들은 하르겐트에게도 전해졌다.

권력 투쟁에 추하게 버둥대며 모두 생각대로 되지 않아 꼴사납게 권력에 매달린 사이——— 별을 질주하는 와이번이 보물을 빼앗아 모으는 모험을 한다는 소문을 들었다.

“…….”

“……하지만 하르겐트에게는 보여주지 않을 거야.”

하르겐트가 원하는 것은 보다 많은 재물. 보다 높은 명성. 보다 안정된 삶.

그게 아니다. 그는 다만.

"왜냐하면 하르겐트는 굉장한 녀석이거든……. 손에 든 패를 들키면 하르겐트에게 추월당할 테니까……."

다양한 모든 것이 자신과 다른 그를 이기고 싶었다.

하르겐트의 추한 욕망을 긍정해주는 단 하나의, 종족마저 다른 오랜 친구에게.

그의 앞에 섰을 때 비참하지 않은, 자기 자신에게 자랑스러운 것을 원했을 뿐이다.

"아니. 나…… 나는 아무것도 붙잡지 못했어. 지난 몇십 년 동안 계속…… 헛되이……."

"들었어. 황도에서 아주 큰 상람 시합이 있었다고……. 모두…… '용사'를 찾고 있을 테지……."

세 왕국이 병합하여 어느 새로운 정치 체제가 시작되려 하고 있다.

백성을 통제하기 위한 우상은 이미 왕만으로는 부족했다.

『진짜 마왕』을 쓰러뜨린 어딘가의 용사가─── 진정한 영웅을 원했다.

지금은 많은 장수가 그것을 위해 움직이고 있다. '용사'를 받드는 자는 새롭게 탄생할 우상의 거대한 뒷배가 될 수 있다는 것을 의미한다.

설령 그것이 출신이 명확하지 않은 **유사 용사**라 할지라도.

"내가 나가도 좋아."

……아아, 틀림없이 그라면 그 영광을 당연한 듯 찬탈할 것

이다.

이 와이번은 홀로 세계를 여행하며 바라는 모든 것을 그마의 솜씨로 붙잡았을 테니까.

난공불락의 미궁을 얼마나 제패했는지 알고 있다.
불가사의하고 희소한 재물을 모조리 얻은 것을 알고 있다.
아무도 이기지 못한 적을 쓰러뜨린 것을 알고 있다.

부하의 대부분을 잃어 굴욕에 빠진 하르겐트일지라도. 그 상람 시합에서 반드시 이길 질주하는 별의 아르스를 옹립할 수 있다면.

"……아."

아르스의 평안한 중얼거림에 하르겐트는 깨달았다.

"카……아, 아아악!"

진즉에 죽은 몸이라고 여겼던 자욱한 연기의 비케온의 마지막 생명의 불꽃일까? 큰 입에서 발사된 검은 연기의 브레스가 두 사람을 함께 떠내려 보내려 했다. 지금이 바로 그런 때였다.

"아르스, 피해……!"

브레스가 지나갔다. 시야는 검게 물들었다. 하르겐트는 아르스에게 즉각 말을 걸었을 뿐, 전혀 움직일 수 없었다. 피케와는 달랐다.

하지만 브레스가 하르겐트를 피했다.

"난감하네……. 보여주지 않겠다고 말한 참인데……."

아르스가 한쪽 팔에 들고 있는 것은 원형의 목걸이 같은 작은 장식품이었다. 그것이 불가사의한 작동에 의해 모든 것을 죽여 없애는 드래곤 브레스의 궤도를 나누었다.

앞선 마탄과 마찬가지로 초현실적 무장. 수많은 전설을 공략하여 찬탈한 아르스의 마구는 마찬가지로 다양한 것에 이르러 그 배낭 속에 어느 정도의 양이 탑재되어 있는지를 아는 자도 없다.

단 하나로 전쟁 국면을 좌우하는 비장의 카드를 무한히 이용하고 조합하고 응용한다.

무적이다.

"……사자(死者)의 거대한 방패."

"오, 오오오……! '질주하는 별'……!"

"……또 하나."

아르스의 모습이 금세 사라졌다. 날갯소리조차 없는 초고속 비상.

그림자조차 남기지 않은 그 돌진에 눈부신 빛이 반짝였다.

치익——— 하고 무언가가 불에 타는 무시무시한 소리까지 이어졌다.

그것은 검이었을까?

인간이 아닌 와이번에게 잠깐의 찰나에 검을 뽑을 기량이 있다고 해도. 뽑은 그 검에 칼집에 넣을 수 없을 정도로 장대한 빛의 검신이 있을지라도. 그 빛의 검신이 자욱한 연기의 비케온을 무적의 용린과 함께 작열하여 둘로 쪼개는 일이 가능하다면 그랬으리라.

"———히렌진겐의 빛의 마검."

전설의 용은 이미 정중선에서 둘로 나뉘어 땅에 떨어진 채 불타는 고깃덩이로 변해 있었다.

굉장한 녀석이라고 하르겐트는 말하고 싶었다.

언젠가 바다가 보이는 마을에서 만났을 때의 그는 세 번째 팔을 움직이지도 못했다.

그 놀랄 만한 연구와 그것을 이룬 의지의 힘을 인정하고 싶었다.

하지만 그것만은 할 수 없었다. 이 세월을 거듭하며 누구나가 하르겐트의 악명을 수군대는 지금도 아르스의 앞에서 패배를 인정하는 일만은 하고 싶지 않았다.

"……아르스."

"……."

"네놈도 알다시피 우리는…… 나뿐만이 아니라 야망을 가진 황도의 29관이 언젠가 옹립해야 할 용사를 찾고 있다. 이 세계에서 최강인 자를 모으려 하고 있다. 무적의 힘을 자랑한다면 네놈도 이름을 올려야 해!"

"……그래?"

하르겐트의 의지를 친구는 이미 알고 있는 모양이었다.

"하……하지만 나는 네놈을 택하지 않을 거야. 다른 이에게 선택받도록 해. 나는……."

"……응."

"결코 네놈의 힘으로 영광을 잡지 않겠다."

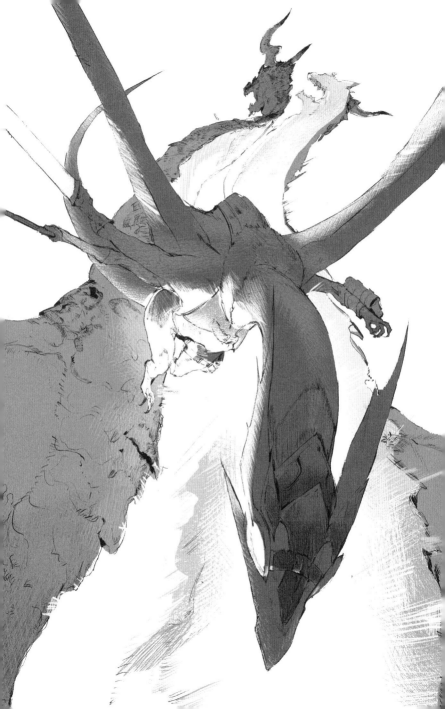

"응."

와이번은 가녀린 몸을 석양으로 향하더니 짧은 대답을 할 뿐이었다.

짧지만, 어딘가 자랑스러운 음색이었다.

"……그 욕망이 내게는 정말로 눈부셔……. 존경할 수 있는 점이야……. 하르겐트는…… 언젠가 나보다 훨씬 굉장한 놈이 될 수 있을 거야……."

정말로 그럴까?

이 세계의 전부를 제패한 와이번의 영웅처럼 될 수 있을까?

모든 것을 잃는대도 아직 늦지 않았을까?

"……아르스!"

석양을 향해 그는 비상했다.

다음의 무언가를 잡으러 가는 것이리라. 새로운 천지로 날아오르는 것이리라.

———그리고 언젠가 승리하여 용사가 될 것이다.

"어디로 갈 셈이지? 아르스."

"……나간 대미궁."

"멸망한 도시야. 뭘 하려고?"

"……내가 생각하는 건 하나밖에 없어. 원하는 게 있거든……."

틸리토 협곡의 해가 저물어 갔다. 잃어버린 모든 것을 어둠 속으로 감추었다.

아르스가 이별의 말을 고하지 않은 이유를 하르겐트는 생각했다.

후회는 하지 않는다. 적어도 여기서 그를 보낸 것을 후회할 일은 없다고 확신할 수 있었다.

……왜냐하면 그는 악의 정의를 믿기 때문이다.

'그것은 스스로를 배반하는 일이다.'

그것은 이상한 적성을 가졌기에 지상 모든 종의 무기를 다룰 수 있다.

그것은 이 지평 전체에서 모은 이능의 마구들을 갖고 있다.

그것은 넓은 세계의 무수한 미궁과 적에 도전하여 그 모두를 이겼다.

욕망의 끝에 드래곤의 영역마저 능가한, 공중에서 가장 빠른 생명체다.

로그. 와이번.
<small>모험가 조룡</small>

질주하는 별의 아르스.

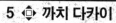

리치아 신공국은 맑은 운하에 설치된 큰 제방을 따라가는 형태로 발전한, 독립 이전부터 거대한 도시였다. 역사 깊은 건조물의 한가운데에는 새롭게 하얀 첨탑이 늘어섰고, 지금은 신공국이 된 이곳 리치아의 상징이 되었다.

운하에서 부는 바람이 편안한 날의 정오를 지난 시간이었다.

"타렌 님!"

달려온 어린아이의 목소리에 경계의 타렌은 발을 멈추었다.

이곳 리치아를 통치하는 주인인 그녀는 이날의 회의를 마치고 중앙 성쇄의 집무실로 향하는 길이었다. 황도와 대립하는 이 나라의 정치 정세도, 마을에서 사는 대부분의 어린아이와는 관계가 없다.

40대 후반의 여걸은 무릎을 구부리고 열 살도 되지 않은 남자아이에게 시선을 맞추었다.

"무슨 일이니, 꼬마야? 미안하지만, 설탕과자는 줄 수 없단다."

"저기, 아버지가…… 항상 타렌 님께는 신세가 많다고, 손님도 늘었다고…… 감사 인사를 드리고 싶어서…….."

"훗. 그렇구나. 하지만 나는 너희 아버지를 돕는 게 아니란다."

흰자위가 많이 보이는 험악한 눈동자는 처음으로 타렌을 본 자를 두렵게 한다는 걸 알고 있다. 그만큼 타렌은 부드럽게 소년의 머리를 쓰다듬었다. 소년은 기쁜 듯 눈을 가늘게 떴다.

"리치아의 모든 백성이 경제의 은혜를 받을 수 있도록 정책을 세우는 게 나의 일이지. ———너희 아버지께서 늘 열심히 가게를 여는 것과 전혀 다르지 않아. 감사 인사라면 너희 아버지께 해드리려무나."

"저기, 하지만 공작…… 아동회에서 공작을 배웠어요. 타렌 님을 생각하면 만들었어요."

"나를 위해서?"

소년이 내민 것은 못생긴 나무 그릇이었다. 장인이 공술로 만드는 것과 달리 못을 박은 이음매도 훤히 보여서 그릇으로서 실제로 쓸 수 없을 것처럼 보였다.

타렌은 그것을 흐뭇하게 생각했다.

"머리핀을 담아두기 좋겠구나. 소중하게 쓸게. 잘 배워두렴, 꼬마야. 아버지처럼 멋진 리치아의 백성이 되거라."

"네!"

———경계의 타렌은 과거에 황도 29관의 제23장군에 이름을 올린 역전의 무관이었다.

문무와 정치에 우수하고 탁월한 실력을 가진 그녀는『진짜 마왕』의 죽음과 동시에 황도로부터 자신의 영지였던 리치아의 독립을 선언한다. 마왕 자칭자라 인정받으면서도 제23장군 시절부터 철저한 교섭과 지리적인 중요성을 무기로 황도와의 우호 관계를 아슬아슬하게 유지했다.

본래부터 자원이 풍부한 토지다. 독립과 함께 쟁취한 수많은 권리와 황도 중앙에 대한 납세 의무에서 해방된 만큼 리치아 백성의 삶은 향상되고 있다. ———적어도 지금 시점에는.

'3왕국으로 바뀌는 통일국가. 당연한 반발인가?'

이 움직임에 대한 황도의 답변은 명백했다. 리치아에 드나드는 대상(隊商)이 연일 도적의 습격을 받는 데는 뒤에서 손을 쓰는 자가 있다고 생각해야 할 것이다. 신공국에 물자가 드나드는 것을 그런 식으로 제약하는 것이다. 황도의 조용한 경제 제재였다.

언젠가는 황도와 전쟁을 시작해야 할 것이다. 그러려면 모든 것을 신속하게 진행하여 반드시 승기를 놓쳐서는 안 된다. 표면적으로는 황도와 교섭을 하며 그녀는 하나의 미래를 향한 준비를 진행했다.

타렌의 딱딱한 구두 소리는 중앙 성쇄의 회랑을 지나 사람이 없는 집무실에 이르렀다. 그리고 문을 열었다.

"다카이. 돌아왔지?"

"맙소사."

한 청년이 천장의 대들보에서 소리도 없이 내려왔다. 미니어 같지만, 늑대도 능가할 가벼운 몸놀림이었다.

끝부분을 물들인 특징적인 장발이 한발 늦게 펄럭였다. 이 시점까지 숨 쉬는 기색조차 보이지 않았다. 신공국의 정예라도 알아채지 못했을 것이다.

"어떻게 알았어?!"

"어림짐작이야."

타렌은 차고 있던 양손검을 허리에서 풀고 의자에 깊게 기댔다. 입가에 우스꽝스러운 미소를 지으면서도 그 눈은 날카로웠다.

"집무실에 돌아올 때는 늘 방금 한 그 말을 뱉었어. 그 반응을 볼 수 있었던 것만으로도 보람이 있었던 모양이네."

"정말이지 타렌은 대단하다니까."

"오래 알고 지냈잖아. 네놈이 나를 놀리는 방법은 훤히 꿰고 있어. ───나간에서는 그걸 손에 넣었어?"

"그러지 않았으면 돌아오지 않았지."

집사복, 혹은 예복 같은 차림이면서도 청년은 구두를 신지 않고 맨발이었다.

그는 탁자 위에 아무렇게나 앉아 타렌에게 한 가지 물품을 던졌다. 양팔에 안을 수 있을 정도의 수정 렌즈가 박힌 용도 불명의 기계였다.

"이게 틀림없겠지?"

"……맞아. 기록에 있는 '차가운 별'이야. 역시 천재적인 재능이군. 다카이."

신공국이 원하는 것은 인재뿐만이 아니다. 이렇게 병기도 필요한 힘 중 하나다.

월람의 라나를 비롯한 조사 부대가 지평 전역에서 정예 요원을 모으는 동안, 까치 다카이는 이렇게 초현실적인 마구 탐색 임무를 맡았다. 질주하는 별의 아르스의 손이 아직 미치지 않은 마검, 마구. 사술의 조리를 능가하는, 이 앞에 기다리는 전쟁 국면을 압도할만한 병기를.

"그래서 이게 무슨 물건인데?"

"『진짜 마왕』보다 훨씬 이전 시대의 기록에 있던 마구야. 중심에 있는 수정을 통해 연단위로 축적한 태양 빛을…… 도시 간 포격마저 가능한 폭렬광으로 바꾸지. 마왕 자칭자 키야즈나가 대미궁의 동력원 중 하나로 삼았다고 보았는데 맞았어."

"하하. 흉흉하네."

"맞아. '저편'에서 추방된 것 중에 온당한 것은 없어. ……마검과 마구. '저편'에서 허용할 수 없는 일탈의 존재가 모조리 이쪽 세계로 흘러왔어. 이 세계가 그렇게 만들어졌다고밖에 말할 수 없지."

"……세상에. 그거 나한테 하는 소리야?"

"무슨 소리야? 설마 속 편하게 생각하는 건 아니겠지?"

다카이가 허리에 찬 검은 '저편'에서 유엽도(柳葉刀)에 가까운 형상의 두툼한 칼몸을 가진——— 라즈코트의 벌(罰)의 마검이라 불리는 이것도 초현실적인 마구였다.

다양한 공격에 지각을 웃도는 참속을 발휘하는 절대 선수의 마검이다.

"'차가운 별' 이외의 마구는 어때? 확인할 여유는 있었어?"

"그럭저럭. 하지만 사전에 본 대로 대부분은 그 녀석이——— '질주하는 별'이 가져갔어. 내가 이쪽에서 일을 조금만 일찍 시작했다면 승부를 가릴 수도 있었을지 모르지만."

"최소한 '차가운 별'만 있으면 돼. 내 지시를 넘어서는 일은 하지 않아도 상관없지."

"뭐어? 던전 골렘도 가져오지 않아도 되나? 그런 건 처음 봤는데…… 대단한 걸 만들더군. 마왕 자칭자라는 놈들은 말이야."

"……호오."

타렌도 나간시의 사건은 익히 들어서 알고 있었다. 대미궁 그 자체가 골렘으로서 기동하여 마을을 불태운 일이다. 지극히 이례적인 사태였다. 부하에게 보고를 받은 그때부터 '차가운 별'의 도굴 임무와 무슨 관계가 있는지 생각했지만.

"나간의 던전 골렘은 기동과 동일하게 진압되었다고 들었어. 나는 당연히 네놈이 격파했다고 생각했지."

"그랬어? 나 말고도 할 수 있는 녀석은 있겠지. 어딘가에."

다카이는 자신의 오른쪽 어깨를 탁탁 두드렸다.

"그 녀석의 핵은 오른쪽 어깨야. 맞지?"

"그렇게까지 자세한 이야기는 듣지 못했어. 잔해도 황도가 확보했고."

하지만 까치 다카이 정도의 남자가 그렇게 판단한다면 틀림없으리라.

아까 그 평판도 빈말은 아니다. 얼핏 여성스럽고 선이 가는 이젊은이는 마왕 자칭자 키야즈나의 던전 골렘에서도 확실하게 단독으로 처리할 수 있는 전사다.

"네놈의 검이 던전 골렘을 베는 모습이라면 꼭 보고 싶었는데."

"그런 기대는 하지 마. 나는 검사가 아니야."

"그래. 하지만 목적한 마구를 손에 넣은 이상, 네놈에게 맡긴 일 역시 바꿔도 되겠지."

여걸은 탁자 위에서 양손을 깍지 꼈다.

"지난 약 2개월 동안 리치아에 드나드는 대상이 습격받았어. 황도 측이 보낸 도적일 테지."

"들었어. 하지만 본래 리치아의 하늘은 레그네지가 지키고 있지? 육지에서 찾아오는 도적 정도는 본래 대수로운 숫자가 아니야."

"물론 리치아 주변에 한하자면 그렇지. 하지만 리치아에 이르는 도중에 어느 도시에서 짐을 빼앗기면 와이번군이라도 어쩔 수 없어. 숫자상으로는 이미 적잖이 손해가 났지. 게다가 리치아 주변에 출몰하는 패거리에는 또 다른 문제가 있어."

"흐음. 복잡한 이야기구나?"

"적은 도적을 이용하여 우리의 **대처 방식**을 본다는 뜻이야. 와이번의 요격이 조금 늦은 시각. 반대로 신속하게 방어할 법한 중요성이 높은 물자. 습격이 이어지는 한, 우리는 그런 정보를 적에게 계속 주게 돼."

"———요컨대."

예의를 무시하고 탁자에 앉은 채 다카이는 두 다리를 흔들었다.

"그런 물자나 통신 지체 정보를 외부로 흘리는 역할을 하는 놈이 있다는 거야?"

"과연 대단하군. 황도 측의 내통자가 우리 내부에 있다고 봐도 좋아."

까치 다카이는 장군이 아니다. 전술이나 전략의 이해로는 역전의 무인인 타렌에게 미치지 못한다. 하지만 그는 타렌보다도, 와이번을 이끄는 레그네지보다도 훨씬 무시무시한 마인이다.

적의 움직임을 읽고 그것을 웃도는 재능이 있다. 나간의 탐색사들이 20년 가까이 돌파하지 못한 대미궁을 개인적으로 답파하고 깊숙한 곳에 있던 보물을 탈취했으며…… 그 뒤에 나타난 불꽃과 골렘의 지옥을 일상적인 귀갓길인 양 빠져나오고도 직접 화제에 올린 적조차 없다.

"내통자를 찾아내어 붙잡아. 방해꾼은 네놈이 판단해서 베어도 좋아. 할 수 있지?"

"나 참……. 베어도 좋다니."

청년은 쓴웃음을 지으며 마검을 손끝에서 돌렸다.

"그러니까 나는 검사가 아니래도."

◆

──그날 오후. 뒷골목.

"이봐, 형씨, 잠깐 나 좀 볼까?"

다카이가 불러세운 사람은 세 명의 행상이었다. 다카이의 눈에는 그렇게 위장한 것을 알 수 있었다.

저녁의 큰길에서는 아직 시끌벅적한 사람들의 목소리가 울려 퍼졌지만, 이렇게 수로를 따라 난 뒷골목에는 굳이 발을 들이는 시민도 적었다. 방치된 구시가지의 어두운 창문이 그들을 내려다보고 있었다.

"아, 뭐죠? 훈제 고기를 사고 싶으면 지금……."

"굳이 마을의 코앞까지 도적이 와 있었던 건 말이지."

행상의 영업용 미소를 가로막으며 다카이는 말하기 시작했다. 한 손을 호주머니에 넣은 채 그들에게 시선을 보내지도 않았다.

"그렇게 공작원을 보내기 위해서야? 습격에 혼란스러운 대상과 동승하여 리치아의 안쪽까지 들어왔구나……. 습격받은 다른 마차의 상인입니다, 하는 표정으로 말이야. 노리는 건 방공망의 구멍을 찾는 것뿐만이 아니었지?"

"……."

"……아아. 하지만 신분이 행상이라는 건, 이걸로 다가 아니 겠구나? 물자는 알아도 지휘 계통의 상태를 살필 인원은 따로 있다……?"

턱에 손을 대고 홀로 중얼거렸다. 다카이는 이미 반응 관찰을 끝냈다.

한편, 행상─── 황도의 공작원들의 얼굴에서는 가식적인 미 소가 사라졌다. 별안간 나타난 이 젊은이를 처리할 필요가 있다 는 사실은 명백했다. 앞에 선 한 사람이 몸을 낮추고 단검을 백 핸드로 잡았다. 당연히 까치 다카이가 그런 동작에 홀릴 리 없 었다. ───총성.

"이런."

라즈코트의 벌의 마검이 **총탄에 뒤이어 폭발했다.**

사람이 없을 터인 구시가지의 창문에서 저격한 것이었다. 이 쪽을 노리고 장전한 총구가 네 개. 다카이는 상황을 판단했다. 건물 안에 잠복한 사람은 세 명 더───.

안구가 재빨리 움직였다. 그 자리에서 튀어 오르자 지금까지 서 있던 지면을 새로운 두 개의 탄흔이 도려냈다. 지상에서는 접이식 창을 이쪽으로 내지르려는 자가 셋.

수로를 따라 난 뒷골목에 들어온 사람은 적었다. 골목의 한쪽 이 수로의 울타리라 적을 놓치지 않고 저격에도 적합한 지형이 었다. 더구나 이 숫자와 무장이다. 와이번병에게 발견되기를 두 려워하지 않는다.

'공작원의 본거지 중 하나. 이놈들 나름의 요새로군. 예상이 들어맞았어.'

행상을 가장한 병사가 거리를 좁혔다. 사정거리에서 압도하는 세 자루의 창이 다카이를 동시에 찔렀다. 그때 이미 다카이는 반대로 도약하고 있었다. 마검의 끝이 희미해지며 하나의 창끝을 날려버렸다.

평범한 사람의 한 호흡에도 미치지 못하는 동안에도 나란히 서서 사고를 이어갔다.

'내가 본격적으로 움직이기 전까지 와이번병의 눈에도 띄지 않았다는 건 적당한 용병 패거리의 숙련도가 아니로군. 황도 본국의 진짜 첩보부대인가? 그렇다면 상대 역시 당장이라도 전쟁을 시작———.'

끼익, 하는 금속음.

다카이의 몸이 공중에 있는 동안, 두 발의 저격이 발사되었다. 명중한 것은 마검의 폭넓은 날이었다. 정중선을 지켰다. 부드럽게 웃었다.

"잘 노렸군."

낙하와 함께 다카이의 발톱 끝이 날카롭게 빛났다. 그는 구두를 신지 않았다. 방금 날아와 아직 공중을 춤추는 창끝을 발가락으로 잡았다. 창을 든 지상의 세 명은 아름다운 반원을 그리는 발차기 한 번에 목이 찢어져 목숨을 잃었다.

결판. 총성. 역시 맞지 않았다. 방금 쓰러뜨린 남자의 시체를 방패로 삼았다.

방패가 된 시체의 무릎이 꺾이며 쓰러지기도 전에 다카이의 맨발바닥이 그 어깨를 밟았다. 도약했다. 수로 울타리의 아주 좁은 상단에 발가락으로 매달려 저격수가 이쪽을 노리는 수로 너머를 보았다.

"———네 발."

여기까지 울린 총성을 헤아렸다. 주택의 창문에서 나온 총구가 네 개.

일련의 살육극은 재장전할 시간도 주지 않는 순간적인 사건이었다.

울타리 위에 매달린 채 그는 무기를 던져——— 마검이 아니라 방금 살해한 병사의 단창을. 어마어마한 힘으로 내던져진 창은 가장 빨리 재장전한 저격수의 안면을 꿰뚫어 죽였다.

까치 다카이는 도약했다. 파직, 하는 파열음이 울리며 수로 울타리가 다릿심의 반동만으로 파괴되었다. 두 척의 배가 엇갈릴 정도의 강폭을 넘어 거의 가로 직선에 가까운 궤도를 그리는 속도. 수면이 그의 모습을 비춘 것도 잠깐이었다.

마검을 들지 않은 쪽의 한 손을 댄 1층 창가에서 손가락의 근력으로 몸을 도약시켜 3층 창문까지 날아 올라갔다. 그 실내에서 총을 든 병사가 잘게 베여 피의 비말로 변하여 흩어졌다.

———까치 다카이는 미니어다. 단연코 오거나 기간트 등은 아니다. 아무리 불합리하고 이상하기 그지없는 신체 능력일지라도.

"어디 보자. 남은 건…… 하나, 둘…… 세 명, 다섯 명이군."

손가락을 꼽아 세며 방 안에 있던 통신수를 힐긋 보지도 않은 채 마검으로 참살했다. 엄청난 속도로 베여 날아간 두개골은 그 위력으로 흙벽에 격돌하여 과일처럼 터졌다.

"네 명."

문득 무언가를 알아채고 직접 침입한 참인 창문으로 되돌아갔다.

그대로 가벼운 단차를 넘듯 3층 창문으로 뛰어내렸고, 바로 밑에 있던 자를 정수리부터 둘로 쪼갰다. 다카이의 침입을 알아채고 1층 입구에서 탈출하려 한 공작원들이었다.

손안에서 다카이는 마검을 빙글빙글 돌렸다. 그리고 적의 피로 범벅이 된 채 친밀하게 웃었다.

"이제 너랑 너…… 둘이구나? 한 명도 남기지 않겠다."

적의 철퇴 움직임도, 자신의 낙하지점도 바늘구멍을 통과하듯 훤히 꿰뚫어 보았다.

도망치려던 두 명의 병사는 입구가 막힌 형국이었다. 이제 누구의 눈에도 명백했다. 신공국에 침입할 수 있는, 영지를 순회하는 와이번병의 눈을 속일 수 있을 정도의 황도 공작 부대가 절대 유리한 진지에서 괴멸한 것이다.

단 한 명의 청년에게.

"너희들도 죽일 수 있지만, 어떻게 할까?"

"……항복할게. 이코. 너도 무기를 버려."

"하지만 선배, 신공국에 붙잡히면 어떤 취급을 받을지."

"네 실력으로 이길 수 있는 검사가 아니야! 이 녀석은———."

충고하는 도중에 나이 많은 병사의 목이 날아갔다.

"아, 미안. 착각했네."

"히, 히, 히이……익."

"목숨을 구걸하며 시간을 벌어서 안에 남은 한 명을 도망치게 하려 했지? 그런 건 다 알아."

다카이는 호주머니에서 마지(麻紙) 다발을 꺼냈다.

"그리고 솔직히 그 한 명도 억지로 살려둘 필요 없어. 기록은 이 종이에 남겨뒀지?"

식자율이 낮은 이 세계에서 훈련된 공작원은 독자 문자에 의한 암호 기록을 남겼다. 다카이가 가진 종이 다발은 살해된 병사들에게서 빼낸 기록이었다.

찰나의 공격으로 모두를 살해함과 동시에 그 절묘한 기술이 가능한 남자였다.

"저, 저항은 하지 않을게! 그러니까 검사의 자비를 베풀어줘! 베, 베는 건 그만……."

"아니, 무리야."

스쳐 지나며 젊은 병사의 몸은 다섯 개로 나뉘었다.

"나는…… 검사가 아니라 도적이야."

그들 같은 공작 부대는 몇 명이 죽는대도 본국에서는 존재를 인지하지도 못한다. 따라서 다카이가 실행한 이 학살도 그것을 받은 **적의 대응**을 관찰하기 위한 수단에 지나지 않는다.

"그럼 어떻게 나갈까? 황도를."

학살과 살육에 주저하지 않고 전사의 법칙을 따를 일도 없다. 마검도, 자신의 폭력도 다만 도구인 양 행사할 수 있다.

'저편'의 세계에서는 허용할 수 없는 일탈의 존재가 이쪽 세계로 흘러든다.

까치 다카이는 '손님'이다.

그것은 총탄의 속도마저 의식 속에 멈추는 일탈의 시력으로 세계를 지각하고 있다.

그것은 책략을 백일하에 드러내고 돌파 불능의 미궁을 단독으로 공략하는 통찰의 재능을 자랑한다.

그것은 대처 불능의 찰나에 약탈을 이루는 절대적 정밀도로 아주 빠른 손끝을 가진다.

세계의 경계마저 뛰어넘어 빼앗는, 무엇보다도 분방한 무법자다.

밴디트. 미니어.

까치 다카이.

6 ◈ 석양의 날개, 레그네지

등화꾼이 가도를 따라 상야등의 불을 끄기 시작한 무렵에는 리치아를 에워싼 청정한 운하도 끝없는 어둠에서 조금씩 빛을 되찾아갔다.

이 시각에 교외의 광장에 내려선 자들이 있었다. 레그네지가 이끄는 와이번 무리. 백성에게 공포 또는 신뢰의 대상인 인간이 아닌 이형의 부대였다.

"모든 부대는 규율을 바로잡아라. 나를 주목하라."

그 자리의 가장 높은 상야등에 내려선 레그네지는 목을 바삐 움직였고 부하 와이번이 모였는지보다 오히려 목소리를 들을 미니어가 없는지를 확인했다.

"──첫 번째로 말한다. 이것은 썩어빠진 개체의 처형이다."

동족 중에서도 그는 지극히 섬세하고 신경질적인 개체였다. 힘과 용맹함이 중시되는 와이번 무리에서는 통상적으로 이러한 기질인 자가 무리를 이끄는 일이 없다.

"오늘, 리치아의 백성 중에 행방불명자가 나온 것을 알고 있겠지? 미니어 애송이다. 연령은 아홉 살. 여아. 이 중에 짐작 가는 자가 없는가?"

"보고드립니다!"

무리의 일각에서 드높은 목소리가 돌아왔다.

"남방 유격부대 부장 리크에르가…… 아, 아이를 잡아먹었습니다! 목격해, 했습니다! 보고드립니다!"

"……."

레그네지는 침묵과 함께 광장 구석의 커다란 와이번을 보았다. 부대의 시선이 그 일각에 집중되었다.

"……우리는 리치아 백성을 비호하는 대가로 충분한 식량 지원을 받고 있다. 대가로 말이야! 바보도 이해할 수 있게 말하지! 리치아의 백성을 먹는 것, 그리고 경계의 타렌의 신뢰를 깨는 것은 이 무리 전체를 굶주리게 하는, 썩어빠진, 중대한 반역행위다! 남방 유격부대 부장 리크에르. 할 말이 있으면 해봐!"

"으음……."

부장은 알 수 없는 신음과 함께 눈을 감았다가 떴다. 기묘하게도 이 자리에 모인 와이번의 몇 퍼센트는 그렇게 애매한 모습을 보였다. 개체에 따라 지성의 차이가 현저한 와이번이지만, 레그네지의 군에는 조금 이상한 분위기가 존재했다.

"으으……음……."

레그네지에게서 리치아의 바람으로 되돌아온 경반(鏡盤)   끈 달린 태양
"【kekexy ko khart. kent kakor. kokker korp.】"

레그네지는 아무런 경고도 없이 사술을 외기 시작했다. 눈에 보이지 않는 공포가 전파되었다. 레그네지의 그것은 사형 집행을 의미했다.

비춰라
"【kokaitok!】"

"키이익?!"

허공에서 붉은 쐐기 모양의 섬광이 생겨나 동시에 세 방향에서 와이번을 불태웠다.

부대 부장 리크에르가 아니라 그의 이름을 고한 밀고자를.

"────!"

레그네지는 모욕의 말보다 빨리 밀고자를 발톱으로 잡고 대지

에 쓰러뜨렸다.

"나의 수사를 무색하게 할 셈이었나? 쓰레기. 쓰레기 자식!"

열술의 빛이 직격한 시점에 그것은 밀고자의 표피를 불태우고 살의 심층까지를 바싹 말렸지만————,

"아아…… 봐! 모든 부대는 봐라! 규율을 흐트러뜨린 멍청이의 말로를 봐라!"

레그네지의 발톱이 밀고자의 배를 가차 없이 찢었다.

체구가 특출나지 않은 이 개체가 특이한 와이번 무리를 이끌 수 있던 이유는 타 개체를 압도하는 사술과 지성의 천부적 재능뿐만이 아니었다.

"리치아 백성을 잡아먹는 쓰레기는…… 식인마는 사형! 예외는 없다! 사형! 사형이다!"

산 채로 끌려 나온 위장에서 피투성이인 살 조각을 하늘로 쳐들었다. 반쯤 소화된 아이의 팔이었다.

말을 잃은 무리를 순막 너머 뿌연 시선이 흘겨보았다.

그리고———— 와삭와삭, 어디선가 불온한 날갯소리가 울리기 시작했다.

적어도 와이번의 날갯소리는 아니었다.

"1년…… 이 쓰레기는 1년 전에 무리에 들어온 놈이야! **처치**가 부족했어! 같은 시기의 패거리 모두에게 **재처치**를 실시한다! 두 번 다시 규율을 흩트리지 마라! 두 번 다시는!"

레그네지의 마음에는 광기 어린 가열함이 숨어 있었다. 아주 작은 흐트러짐조차 허용하지 않는 철저한 공포 정치. 그게 바로 석양의 날개 레그네지를 정점에 이르게 한 힘이었다.

역사상 유례없는 인족과 와이번의 공생은 레그네지라는 이재(異才)의 존재에 의해 겨우 유지되는 박빙의 질서이기도 했다.

'의무야.'

살갗이 차가운 피로 잠기며 레그네지는 생각했다.

방금 처단한 병사가 잡아먹은 미니어 아이는 실종자로 처리된다. 한 달에 두 명. 그 범주의 희생이라면 타렌의 은폐도 가능하리라. 하지만 그 이상으로 희생이 확대된다면 그다음은 알 수 없다. 레그네지는 이 임계 근처의 통제를 계속 유지할 필요가 있다.

무리를 살리기 위해. 그리고 세상에서 유일한 그의 가치를 위해.

와이번이 사람의 살을 먹는 일은 죄가 아니라는 것을 알고 있다. 와이번에게 본래 죄라는 개념은 없었다. 그들의 본질은 자유이고, 힘으로 들쑤시며 철저히 빼앗기 위해 그 날개가 있을 터였다.

마땅한 섭리에 반한대도, 아무리 교활한 수단을 쓴대도 무리를 계속 살리는 것이 의무다.

'……쓰레기들을 이끈다. 나는 무리에서 도망치지 않는다. 진정한 강자는 더 많은 목숨에 책임을 지는 자다.'

태양이 높은 시기의 바닷가 벼랑의 광경을 떠올린 적이 있다.

『진짜 마왕』에 의해 모든 것을 잃었을 때보다도 훨씬 전의 기억이다.

레그네지에게 동종인 와이번은 마찬가지로 유상무상의 얼간이에 지나지 않았다.

하지만 과거에 그와 비슷하게 총명하고 통솔 개체가 될 만한 그릇을 가진 한 마리가 있었다.

구름 너머로 멀어지는 한 마리의 그림자를 기억한다. 어쩌면 레그네지에게도 그와 같은 선택지가 있을 터였다.

자유를 바라며 무리의 안녕을 버린 자.

권력을 얻고 무리의 목숨을 책임진 자.

다른 이와 동떨어진 지능을 갖고 태어난 레그네지는 자신이 여행을 떠난 뒤에 남겨진 무리를——— 언젠가 인족에게 토벌당할 숙명인 동포들을 못 본 척할 수 없던 자다. 그 와이번들이 구원하기 힘든 얼간이일지라도 지금까지의 세계 전체가 마왕의 공포를 앞에 두고 멸망한대도…… 그리고 인족에게 복종하고 와이번으로서 가져야 할 자유를 버린대도 레그네지는 무리를 버릴 생각이 없었다.

그것이 올바른 선택이라고 믿었기 때문이다.

아무리 특출난 강자라고 해도, 무리에 속하지 않은 그저 한 마리로 살아가는 것은 어리석은 꿈에 지나지 않는다.

———하지만 그들을 두고 날아오른 그 한 마리는.

◆

다른 마을과 달리 리치아 신공국의 풍경을 크게 특징짓는 것은 숲처럼 즐비한 하얀 첨탑이다. 그것들은 하나하나가 거리를 지키는 와이번들의 거대한 주거지이며, 시민이나 외적을 하늘에서 지속적으로 내려다보는 눈이기도 했다.

하지만 중앙 성쇄에 접한 탑 중에는 한 명의 미니어를 위해서만 설치된 방이 있었다.

그곳은 늘 청결하게 유지되며, 고가의 세간이 즐비하고, 하얀 벽이 햇빛을 부드럽게 펼쳤다. 그 방에는 열아홉 살이 되는 젊은 소녀가 홀로 살고 있었다.

"오늘은 맑음. 레그네지는 아침 일찍 나가서———."

그녀는 책상에 펼친 한 권의 책을 향해 중얼거렸다. 색이 옅은 머리카락은 발밑에 닿을 정도로 길어서 별로 돌아다니지 않는 생활을 한다는 것을 알 수 있었다.

"뭘 그렇게 중얼거려?"

창문 쪽에서 목소리가 울려 퍼졌다. 그 목소리를 듣고서야 소녀는 그쪽을 보았다.

"……레그네지?"

창문 방향으로 얼굴을 향하고 물었다. 그녀의 눈꺼풀은 열려 있었지만, 그 시선 끝이 보이지는 않았다. 두 눈의 홍채는 회색으로 흐렸다.

"그래, 있어."

"오늘도 출격했어?"

"쓰레기들을 쫓아내고 온 참이야. 매일 노는 너랑은 다르지."

"일기를 쓰고 있었어. 문자를 쓸 수 있는 귀족은 매일 이렇게 책에 기록을 한 대……. 나도 그렇게 하면 레그네지와 대화한 걸 계속 기억할 수 있을 테니까."

"흥. 멍청한 소리 하지 마. 눈도 안 보이는데 어떻게 문자를 쓸 수 있다는 거야?"

"후후후후. 요즘엔 이게 낙이야."

맑은 하늘의 카테라는 이름이다. 리치아를 수호하는 하늘의 주인――― 석양의 날개 레그네지와는 이 신공국이 독립하기 이전부터 동료였다.

"아직 밖은 밝지?"

창문에 다가가자 불어오는 바람에 긴 머리카락이 흔들렸다. 문득 바로 옆에 있는 레그네지를 만지려 했다.

레그네지는 이내 날개를 접었고 손가락은 허공을 갈랐다.

"응."

"나를 만지지 마."

"후후후후. 역시 기습도 안 되겠네."

"송사리 녀석. 너 같은 송사리가――― 평생 걸려도 나를 만질 수 있을 리 없지."

"그럴지도 모르지. 또 다른 방법을 생각해 봐야겠어."

활짝 열린 창문은 리치아의 아름다운 거리를 내려다보고 있었다.

죽 늘어선 첨탑 속에 푸르고 거대한 종탑이 우뚝 섰다. 방사형으로 펼쳐진 낮은 회색 시가지. 운하와 하늘의 푸른빛. 습한 공기가 만드는 부드럽고 희미한 그림자의 경계.

"……레그네지는 리치아를 좋아해?"

"너는 어떤데? 아무것도 안 보이면서."

"좋아해. 참 아름다워."

"얼간이. 부럽다."

카테는 웃었다. 레그네지는 늘 신랄하고 짓궂은 말만 한다.

하지만 레그네지가 그녀에게 준 정경은 그가 싸우는 잔혹한 전장의 광경이 아니라 하늘을 달리는 자만이 볼 수 있는 선명하고 아름다운 세계였다.

"……오늘은 노래 부르지 않아? 카테."

"노래라면 나보다 더 잘하는 가수가 있는데."

"딱히 노래는……. 아니……."

레그네지는 조용히 바닥에 웅그리고 말했다.

"……네 노래가 듣고 싶어."

인족을 잡아먹는 와이번 중에서도 눈에 띄는 거친 성질의 레그네지에게 그것이 유일하게 편안한 시간이었다.

"──────. ──────, ──────."

보이지 않는 시가지를 내려다보며…… 가늘고, 하지만 낭랑한 목소리로 카테는 노래 부르기 시작했다.

가사도 없는, 선율을 따라갈 뿐인 노래였다.

───시력을 잃은 그녀는 깨어 있어도 어둠의 악몽을 꾸기도 한다.

『진짜 마왕』이 찾아와 바닷가의 고향이 생생한 광기와 공포에 잡아먹혀 절멸한 날.

『진짜 마왕』이 누구였는지, 그것이 그녀의 고향에 무슨 짓을 했는지, 카테는 직접 보지도 못했다. 모든 것이 끝난 지금도 『진짜 마왕』의 정체를 확실히 이해하는 자는 어디에도 없을지도 모르니까.

그것은 다만 **지나갔을** 뿐인데 그녀의 고향에 되돌릴 수 없는 파멸을 초래했다.

필설로 다할 수 없는 폭행으로 빛을 상실한 카테도, 어쩌면 그날을 계기로 영원히 미칠 운명이었을지도 모른다.

"……아아. 좋은 노래야."

레그네지는 조용히 중얼거렸다.

그날, 마을에서 그녀 혼자만이——— 레그네지도 포함하면 한 명과 한 마리만이 광기에 빠지지 않았다.

영원히 닫힌 어둠 속 한가운데에 있으며 어딘가에서 들린 노래를 기억한다. 그것이 생사의 경계에서 들린 환청에 지나지 않는대도 확실히 그것을 들었다. 오랜 종교에 나올 법한 천사가 부르던 노래는 혹시 그런 것이었을까? 가사도 없는 선율만을 기억한다.

현실감마저 애매한 그 노래가 카테의 정신을 이승으로 되돌려 주었다고 믿는다.

"레그네지. ……리치아는 앞으로 어떻게 될까?"

레그네지의 출격 빈도가 높아졌다. 정치에 무지한 카테도 리치아에 숨어드는 불온한 기색을 희미하게 감지하고 있었다.

그녀의 고향——— 바닷가 소굴의 주인이었던 레그네지도 마왕의 재앙에 휘말린 와이번이다. 그때 우연히 소굴을 떠난 레그네지와 몇 마리의 와이번을 제외하고 그가 그 긴 생에 걸쳐 키운 최초의 무리는 『진짜 마왕』에게 작은 벌레떼처럼 유린당했다.

형태는 다르지만, 카테와 레그네지는 자신이 지내는 세계가 무너지는 조짐을 과거에 공유했다.

지금의 일상 붕괴가 승리와 변혁으로 이어지는 것인지, 영원한 멸망으로 끝나는 길인지는 아직 알 수 없다. 하지만 언젠가 이 평온한 나날 전부가 변할 것이다.

"카테는 어떻게 할 거야? 앞으로도 리치아에 계속 살 생각이야?"

"후후후후. 어머니는 리치아의 왕이니까."

"……사람이 죽어. 금방 전쟁이 일어날 거야. 정말이야. 나는 알 수 있어."

레그네지의 충고는 진실일 것이다. 그는 카테보다 훨씬 깊이 군사와 전술을 숙지하고 있기에 그것은 분명 인족 장군 이상으로 확실한 예측일 것이다.

레그네지는 카테에게 거짓말을 한 적은 없다.

분명 당장이라도 싸우게 될 것이다. 그것도 최대의 국가인 황도를 상대로.

"하지만 레그네지를 두고 가야 해."

"흥. 만약 전쟁이 일어나면 카테 너 같은 쓰레기는 가장 먼저 죽겠지."

가녀린 손가락이 레그네지의 익막을 만지려 했다. 레그네지는 보지도 않고 그 손가락을 피했다.

"아."

"몇 번을 시도해도 마찬가지야. 얼간아."

"조금쯤은 괜찮잖아."

카테의 손가락 끝은 재차 허공을 갈랐다.

"그……그만해, 바보야! 넘어지면 어쩌려고 그래?"

"후훗, 후후후후."

"위험하다고. 얼간이 주제에."

그의 딱딱하고 새된 목소리가 미니어의 것이 아니라고 이해했다.

하지만 카테는 레그네지의 정체를 본 적이 없다. 그녀는 앞이 보이지 않기 때문이다.

예를 들어 그것이 와이번 무리를 이끄는 천재이자, 이 세계에서 항공 정탐과 라디오를 구사하는 방공망을 구축했으며, 카테의 적이 될 만한 것을 모조리 잡아먹어 배제한다는 사실을 몰랐다.

가족도 친구도 모두 죽었다. 카테에게 지금의 부모는 갈 곳 없는 그녀를 레그네지의 신병과 함께 받아들여 준 경계의 타렌 한 명밖에 없었다.

"또 노래 불러도 돼?"

"……상관없어. 마음대로 해."

방 한구석에서 레그네지는 남몰래 몸을 웅크리고 있었다.

카테가 또다시 노래를 끝낼 때까지…… 조용하고 평온하게.

그는 언제나 맑은 하늘의 카테 옆에 있다. 멀리까지 날 수 있는 와이번의 날개와 동종의 누구보다도 우수한 지성을 갖고 있지만.

"저기─── 레그네지는 알고 있어? 이 세상의 시작에는…… 천사가 있고 사신(詞神)님과 함께 세계를 만들었대……."

그 전설을 믿고 있었다. 얼굴을 본 적은 없지만, 인족이 아니라도 그는 진심으로 믿을 수 있는 친구이니까.

"천사는 노래를 좋아해. 사술의 시작은 노래였으니까."

카테는 웃었다. 두 눈을 잃은 무력한 소녀의 옆에서 아무런 보답도 바라지 않고 계속 뒷받침해 주는 레그네지를 정말로 그렇게 생각했다.

"레그네지가 천사였으면 좋았을 텐데."

이 세계의 사술은 종족을 불문하고 의사를 소통할 수 있다.

그것은 이 세계에서 유일하게 광대한 하늘을 지배하는 자유로운 비행 부대를 가졌다.

그것은 죽음도 개의치 않는 절대복종의 무리를 마치 하나의 생명체인 양 통솔한다.

그것은 전쟁 국면을 지배하는 지성이며, 한 국가의 중추에 깊게 뿌리 내리고 있다.

사나운 공격자이자 질서의 수호자. 무엇보다도 특이한 하늘의 재앙이다.

커맨더. 와이번.
^{사령관} ^{조룡}

석양의 날개, 레그네지.

7 ◈ 중앙 구치소

황도 내에 여럿 존재하는 구치소 중에서도 그 시설은 의도적으로 군 시설이 집중된 일각에 설치되어 늘 엄중한 감시하에 놓여 있다. 그 시설에 수감된 자는 주로 중요성이 높은 전쟁 범죄자이며, 통상적인 병력으로 제압 가능한——— **위험성이 낮은** 자로 한정된다.

감옥으로 이어진 통로를 걷는 남자는 모자를 비스듬히 쓰고 있었다. 황도 제20경, 걸쇠의 히도우였다.

젊은 관료는 뒤에서 다가온 병사의 발소리에 돌아보았다.

"히도우 님. 메이지시(市)의 본부에서 연락이 왔습니다."

"뭐야? 신공국의 안건은 벌써 내 관할이 된 거야?"

귀찮은 듯 얼굴을 찡그리며 한쪽 귀를 긁적였다.

"네. 오늘 아침에 제3경에게 통지가 있었습니다."

"제르키? 여전히 미치도록 일 처리가 빠른 녀석이군. ……그래서 뭔데?"

"첩보부대 여덟 명의 정기 연락이 동시에 끊겼습니다. 어제 하루도 지나지 않아서 말입니다."

"거점을 에워싸여 전멸했군. 무사히 도망친 녀석은 한 명도 없나?"

"네. 여덟 명 중 한 명도요. 제17경 수하의 정예입니다. 얼마나 큰 부대일까요?"

"글쎄. 몇 명이 있으면 가능하다고 생각해?"

히도우는 호주머니에 손을 넣은 채 걸었다. 지하 통로에는 그와 병사의 발소리만이 계속해서 울려 퍼졌다.

"괴멸로 몰아넣을 뿐이라면 정규병 4인 1조만 있으면 되겠지요. 다만, 제17경의 공작 부대라면 가령 다른 모두의 희생을 내서라도 반드시 한 명은 놓아줄 겁니다. 섬멸에 이르려면 최소한 16인 4조. 그중 한 조는 저격팀이고요."

"제17경의 부대니까."

걸쇠의 히도우의 견해도 이 병사와 거의 같았다. 훈련을 한 황도의 공작 부대 전체를 앞지르려면 최소한 그만큼의 물량이 필요하다.

"……에레아에게 전멸 이야기는 했고?"

"에레아요?"

"제17경 말이야. 붉은 지전(紙箋)의 에레아. 보고할 거면 나보다 공작 부대의 우두머리가 우선이겠지. 다른 건으로 잠입 임무 중이라는 이야기는 들었지만."

"……네. 아무래도 라디오 통화도 곤란한 변경인 모양이라 우선은 책임자인 히도우 경께 말씀을 드리는 겁니다."

"책임자라니, 정식 사령은 아직 받지 않았어."

황도 제17경, 붉은 지전의 에레아는 지난 약 6개월 동안 황도에서 멀리 떨어진 땅을 조사하러 갔다고 한다. 와이번 전문가인 제6장군 하르겐트는 드래곤을 토벌하느라 정신없고, 첩보부대의 우두머리인 제17경 에레아는 극단적인 비밀주의라 긴급 연락조차 변변치 않았다.

"정말이지, 다들 제멋대로 움직이는군그래……."

"물론 공작 부대의 지휘 권한은 히도우 님께 이양될 것입니다. 새로운 인원을 잠입시킬까요?"

"반복해봤자 괜히 죽기만 하지. ……다른 방법을 쓰자."

히도우는 눈을 감았다. 수도 없이 새겨 넣었던, 앞으로 자신이 가게 될 전장의 지리를 떠올렸다.

"……작전 본부의 동쪽에 계류로 파인 땅이 있을 거야. 신공국과의 교섭에서는 아슬아슬하게 우리 쪽 영지였을 터. 야전 진지를 구축시켜."

"파인 땅……은 확실히 있습니다만, 본부와의 거리는 상당히 떨어져 있을 겁니다. 그 위치에서는 방위에도 도움이 되지 않을 텐데요."

"그래도 돼. 공격하기 위한 진지야. 복잡하게 뒤얽힌 지형이라면 와이번들을 속일 수 있지. 내일이라도 축성에 밝은 녀석을 몇 명 보내."

"네. ──그런데.

두 사람은 발을 멈추었다. 목적지인 감방 앞에 다다랐기 때문이다.

복도는 늘 밝은 빛이 비치고 있지만, 지독하게 고요했다.

"'남회능력'을 해방하는 건…… 그, 히도우 님이 책임지시는 겁니까?"

"그래. 잠깐 비켜봐."

히도우는 철문을 두드렸다. 주먹에 힘을 싣는 듯한 자세로 안에 있는 존재를 불렀다.

"깨어 있지? 니히로."

죄수가 침대에서 몸을 일으킨 모습이 보였다.

긴 앞머리에 감춰진 한쪽 눈이 문의 방향을 보고 미소 지었다. 아직 어린 소녀였다.

"……괜찮아. 지금 일어났어."

그 척수에서 뻗은 실 같은 촉수가 복잡하게 꿈틀거렸다. 인간이 아니었다.

"신공국의 첩보부대 여덟 명이 하루 만에 전멸했다는 모양이야. 너라면 몇 명이서 할 수 있지? 남회능력 니히로."

"한 명."

소녀는 당연하다는 듯 대답한 뒤 큭큭 웃었다.

"아니. 한 명과 **한 마리**인가?"

남회능력(濫回凌轢) 니히로.

이 시설에 수감된 자는 주로 중요성이 높은 전쟁 범죄자이고, 통상적인 병력으로 제압할 수 있는——— **위험성이 낮은** 자에 한한다.

하지만 그녀는 과거의 전쟁에서 황도의 1방면군을 단독으로 섬멸한, 현존하는 기록상 최악의 생체병기다.

허리띠를 풀자 습기를 머금은 무거운 로브는 매끄러운 살갗을 미끄러져 떨어졌다. 숲속 깊은 곳의 욕탕이지만, 이 간소한 탈의실에도 전신거울이 있고, 그녀의 얼룩 하나 없는 알몸을 비추었다. 풍만한 가슴과 홍옥처럼 빛나는 눈동자. 키는 남들과 비슷하지만 다리는 그 몸의 절반 정도를 차지하며 길고 우아했다. 황도 제17경, 붉은 지전의 에레아는 그 미모를 그녀가 가진 최고의 무기라고 생각했다.

그것은 남자들이 말하는 천박한 야유나 비꼬는 의미가 아니고, 더구나 비하나 자만도 아니다. 객관적인 사실이다. 에레아의 미모를 누구보다 잘 이용한 것은 다름 아닌 그녀 자신이며, 전혀 부끄러울 것은 없다.

'……할머니는 말씀하셨지. 아름다움은 태어날 때 천사님께서 나눠주시는 것이니 하늘이 내린 그 재능으로 다른 사람을 행복하게 해야 한다고.'

선명한 밤색 머리카락을 빗으로 빗으며 에레아는 끊임없이 생각했다.

약 6개월 전에 이 마을에 찾아온 뒤로 젊음이나 아름다움에 대해 생각하는 빈도가 높아졌다는 자각은 있었다.

'───내 생각은 달라.'

아름다움은 천사가 주는 불변의 은총이 아니다. 그것은 어디까지나 인간의 삶이나 노화에 기인하여 변해가는 것이다.

설령 잘난 얼굴로 태어난 자라고 해도 심한 천연두를 앓으면 그 아름다움은 볼품없어질 것이다. 싸움에 휘말려 자상을 입고 손상될 수도 있다.

그런 불운들을 피하는 행운을 얻는대도 무엇보다 자신이 자신의 미모에 무관심하다면 돌보지 않은 왕성의 중정이 그러하듯 선천적인 아름다움은 거칠고 부스스해질 것이다.

이것은 어머니에게 혹독하게 배운 것이었다. 거리에 선 창부의 현란한 아름다움과 귀족 아가씨의 청초한 아름다움을 가르는 것은 무엇보다도 그 점이라고. 그리고 우리는 이미 귀족이라고.

아름다움은 타고난 재능과 노력이 모여야만 발휘된다. 늘 세심한 주의를 기울이며 정돈해야 한다.

간단한 몸단장을 마치고 욕탕에 이어진 나무문을 열었다. 에레아는 수증기 너머로 익숙한 그림자를 발견했다.

"야위카?"

"———선생님!"

소녀가 기세 좋게 일어나는 바람에 욕탕에 물보라가 튀었다.

지금의 에레아는 안경을 벗고 있었지만, 그래도 야위카는 수증기 너머로도 판별할 수 있었다. 다른 엘프 소녀와는 달리 피부가 갈색이기 때문이다. 행동에 어린 느낌이 있지만, 사실상 어리다. 엘프는 미니어에 비해 수명이 긴데, 그녀는 아마 아직 열 살이나 열한 살일 것이다.

"세상에! 맞지! 맞지! 벌써 황도로 돌아간 줄 알았어! 미오키도 에이도 섭섭해했는데……. 선생님의 알몸은 엄청 예쁘네!"

"그…… 그래요? 고마워요. 수업은 끝났지만, 내일까지는 아직

이 마을에 있어요. 마지막으로 한번 더 여기서 씻고 싶어서요."

"응! 키아도 내일까지 있어?"

"물론이죠. 떠날 때는 모두에게 꼭 인사하라고 선생님도 말해 둘게요."

기쁜 듯 다가온 야위카의 고운 살결은 가까이에서 봐도 미니어와는 전혀 다른 재질로 만들어진 듯했다. 게다가 그녀들은 백년 가까이 그 미모가 쇠할 줄을 모른다.

이 마을의 모두가——— 갓난아이부터 부모까지 엘프들은 에레아처럼 노력하지 않고 당연한 권리인 양 천사가 준 아름다움을 누리고 있다.

"선생님! 수업하자! 나만 진도 나가자!"

몸을 씻고 함께 욕조에 들어가자 야위카는 적자색 눈을 빛내며 몸을 앞으로 내밀었다.

이곳 이타 수해도(樹海道)에 찾아온 지 약 6개월. 소월(小月)의 공전 주기는 42일. 1년은 약 9개월이니 실로 반년 이상은 교사로서 엘프 아이들과 접한 셈이다.

엘프 마을에도 미니어와 마찬가지로 다양한 개성을 가진 자들이 있지만, 교사라는 입장으로 이 마을에 있던 에레아에게는 역시 학습 의욕이 넘치는 야위카 같은 아이가 더 귀여웠다.

"못 말린다니까요. ……그럼 야위카가 현기증을 일으키지 않을 정도로 정말로 짧은 수업을 하지요. 사술 계통만이요."

"신난다!"

에레아는 미소를 지으며 몇 개의 바가지에 물을 담았다.

어쩌면 황도의 관료가 아니라 정말로 교사인 것이 그녀가 가진 본래의 성격에 맞을지도 모르겠다. 다시 선택할 수 없는 길이다.

"사술에는 크게 네 가지 계통이 있어요. 엘프는 그런 구별을 딱히 하지 않지만, 중앙의…… 미니어의 학문에서는 그렇지 않지요."

"응! 열술과 공술과――― 그리고 또 뭐더라?"

"와, 대단해요. 용케 두 개나 말했네요? 책으로 공부했나요?"

"에헤……! 옆자리의 무야 오빠에게 들었어. 하지만 사실은 세 개를 알았는데, 그러니까……."

"열술. 공술. 역술. 생술. 이 네 가지예요."

"아! 생술! 생각났다!"

"대단해요, 대단해."

긴 은발을 쓰다듬어 주자 야위카는 기쁜 듯 몸을 배배 꼬았다.

물론 엄밀히 말하자면 이 네 계통만으로 이 세계를 구성하는 사술을 다 설명할 수는 없다. ―――예를 들어 골렘이나 스켈톤에게 자율 의지와 생명을 부여하는 술법은 이 네 계통의 무엇에도 해당되지 않는 '마의 술'로 여겨진다.

"열술은 알죠? 야위카의 어머니께서 항상 부엌에서 사용하시는 그거예요."

"난 이제 쓸 수 있어!"

"오오. 그럼 다음에 왔을 때는 야위카의 요리를 얻어먹어 볼까요?"

"오예! 맡겨줘!"

한 손으로 야위카를 상대하면서도 에레아는 퍼 놓은 바가지의 물 하나에 손가락을 담갔다.

"【erea io yethar. secat tent. vekuons. en ou kroah. qunocks】."
<small>에레아에게서 이타의 물로　날개가 없는 벌레　　부푼 잎　　　부드러운 등뼈</small>
<small>날아라</small>

"으흡?!"

바가지 속의 수면이 뛰었다. 욕탕의 물보라는 기세 좋게 흩어지며 야위카의 얼굴을 흠뻑 적셨다.

"아앗……! 미안해요. 역술은 조금 서툴러서……."

"아니야! 전혀 아무렇지도 않아! 방금 이게 그거구나?"

"물건을 움직이거나 날리는 기술이에요. 예를 들면, 그래요……. 어른들이 활로 쏜 화살을 구부리는 걸 본 적이 있나요?"

"있어! 아마도!"

"그런 것도 가능해요. 쓸 수 있게만 되면 순간적이나마 하늘을 나는 사람도 있답니다."

미니어의 물리학으로 설명하자면 열술은 스칼라, 역술은 벡터의 조작술이라고 할 수 있으리라.

열술은 불꽃, 천둥, 빛처럼 그 지점에 있는 에너지를 만들어낸다. 그에 반해 역술은 이미 있는 물질이나 에너지에 자유자재로 운동량을 부여하는 술법이다.

아직 어린 야위카에게는 어려운 개념일 테지만, 물론 그 두 가지 술법을 합치면 날아가는 불 구슬, 조준한 뇌격도 될 수 있다.

"그럼 공술은 뭐야?"

"그거 먼저 할까요? 그럼…… 보세요. 열심히 재미있는 걸 보여줄 테니까요……. 【erea io yethar. 4oermy tio. shept alle. pewrezez nesder. gubzerbea】."
<small>에레아에게서 이타의 물로　　열두 뼈　　　바다 밑의 대지</small>
<small>종지(終止)의 재　　멈춰라</small>

사술은 말에 의한 의사소통인 이상, 자신과 마음이 통한 토지나 기물, 생물에게만 작용되지만, 약 6개월이나 머무른 토지의 물이라면 그 나름대로 복잡한 공정을 명할 수도 있다. 이를테면 이렇게.

에레아는 바가지의 물을 잡고 끄집어냈다. 그것은 그녀가 손으로 쥔 모양 그대로 손을 펴도 무너지지 않았다.

"우……와, 얼음!"

"후후. 정말로 그런가요~?"

"와, 따뜻해! 얼음이 아니야! 왜지?!"

"공술은 모양을 바꾸는 술법이에요. 마을에도 활을 만들거나 식기를 만드는 사람이 있지요? 나뭇가지를 구부려 활로 만들 듯 노력하면 물도 이렇게 형태를 만들 수 있어요."

"굉장하다!"

실제로 유체를 고체처럼 가둬두는 건 제법 고도의 사술이다. 계통에 적성이 있는 자가 아니고서는 힘들 것이다.

물론 이것은 술법으로 치는 장난이고, 대개의 경우에는 익숙한 특정 토지의 재질을 미리 정한 형상으로 바꾸기 위해 이용한다. 미니어 이외의 종족은 그 정도로 무겁게 보지 않는 계통이지만, 복잡한 기물의 생산에 빠질 수 없는, 문명을 지탱하는 술법이다.

"생술은 간단히 말해서 의사의 술법이에요. 야위카에게도 상처나 감기를 치료해주는 사람이 있지요?"

"미치 할머니가 해줘! 하지만 요즘에는 내가 계속 건강하고 다치지도 않아서!"

"응. 하지만 미치 할머니가 아무리 대단해도 선생님의 상처를 치료하지는 못해요. 왜인지 아나요?"

"그건……."

"오랜 시간 동안 그 사람을 대하지 않으면 사술로 직접 치료하도록 하는 말을 모르기 때문이에요. 그건 바람이나 물, 나무들이나 철도 마찬가지죠. 물론 선생님도 야위카도요."

"나와 선생님도 안 돼?"

"안 돼요. 하지만 물은 생물과 달리 고분고분하죠. 생술로 할수 있는 걸 하나 더 알려줄게요."

에레아는 아까와 마찬가지로 영창을 중얼거리고 이번에는 바가지에 담근 검지를 야위카의 작은 입에 넣었다.

"음! 달아!"

"그래요. 생술은 공술처럼 물체의 모양을 바꾸는 게 아니라물체의 성질을 바꾸는 술법이에요. 상처를 입은 세포를 재생하여 치료하거나 물을 술로 바꿀 수도 있지요."

"그렇구나. 미치 할머니도 할 수 있을까? 미치 할머니에게 어떻게 상처를 치료할 수 있냐고 물었더니 어쩌다 보니 할 수 있다고 했어."

"엘프는 생술이 주특기이니 그럴지도 모르지요. 선생님도 사실은 생술이 가장 자신 있답니다."

애초에——— 에레아의 경우의 그것은 치료가 아니라 독극물 생성이지만.

생술에 한하지 않고 사술의 명령도 직접 작용할 수 있을 정도로 대상을 이해한다는 것은 그 생살여탈의 권리를 늘 쥐고 있는 것과 마찬가지다. 물론 사회적인 신뢰 덕분에 의사에게 그러한 불안은 통상적으로 없지만, 주치의가 "죽어라"라고 명령하면 환자를 죽일 수도 있다. 암살의 공포에 떠는 자가 생술을 거절하고 기술 의료에 기대어 오히려 목숨이 단축되었다는 일화도 황도에서는 심심치 않게 들린다.

따라서 에레아는 힘의 수단 중 하나로 사술을…… 특히 생술을 익혔다. 지금 이렇게 아이들에게 이론을 가르쳐줄 수 있을 정도로.

귀족이지만 어머니 쪽 핏줄을 따지자면 창부 집안의 딸이 이정도로 젊은 나이에 황도 29관이라는 한정된 자리에 이름을 올린 것도, **불행한 중독사**를 맞이한 제17경의 후임자 자리가 **우연히** 그녀에게 돌아왔기 때문이다.

하지만─── 자신이 힘을 얻지 못한대도 외모로 매료한다면 힘 있는 자를 농락할 수 있다. 판단을 흐려 쉽게 책략에 빠트릴 수 있다. 모든 것을 이룬 뒤에도 부도덕하다는 자의식이 있는 자들은 의심의 목소리를 낼 수조차 없게 된다.

미모로 환심을 사 속부터 부식시킨다. 그것이 붉은 지전의 에레아가 이용하는 힘이었다.

"───이것으로 수업을 마칠게요. 이쪽에 또 들렀을 때 계속해서 가르쳐줄게요."

"응! ……저기, 선생님!"

"네, 왜요……? 히익?!"

느닷없이 야위카의 머리가 가슴에 날아들어 에레아는 묘한 비명을 질렀다. 어린아이 특유의 거침 없는 모습으로 유방에 얼굴을 물으며 야위카는 웃었다.

"에헤헤…… 선생님, 좋아해! 황도로 돌아가도 정말 좋아해!"

"……네. 네에. 선생님도 야위카를 정말 좋아한답니다."

"가슴도 크고 대단해!"

"그, 그건 상관없잖아요!"

큰 달과 작은 달, 두 개의 달이 보이는 밤이었다. 에레아에게 한때의 편안함을 준 마지막 밤.

그 후에도 에레아는 야위카와 조금 이야기를 나누고 잠시 자신이 이 마을에 온 이유를 생각했다. 야위카에게는 결코 말할 수 없는 이유를.

◆

돌아갈 때는 혼자였다. 온천이 샘솟는 욕탕은 마을의 거의 끝자락에 있었고, 에레아가 임시로 머무는 숙소에 돌아갈 때까지는 적적한 숲길을 지나가야 한다.

"미니어는 이렇게 오래 목욕해?"

나무 위에서 목소리가 들렸다. 에레아에게는 익숙한 소녀의 목소리였다.

"야위카가 어지러워 하더라. 그 아이는 아직 어리니까. 미니어의 오랜 목욕에 끌어들이지 말아 줄래? 음험한 선생."

"───사돈 남 말 하는군요."

안경 속의 눈을 가늘게 뜨며 에레아는 머리 위의 어둠을 올려다보았다.

자연의 결정체가 아닌 기괴한 구조가 그곳에 존재했다.

몇 줄기의 가느다란 식물의 덩굴이 아무런 지탱도 없이 흙에 수직으로 직립하고 있었다. 그 정점은 사람이 앉을 수 있도록 얽혀 있었고, 금발의 작은 소녀가 앉아 있었다.

"그렇게 부르면 안 돼요, 키아. 이런 곳에서 뭘 하고 있죠?"

"이런 곳이라니. 에레아가 나오면 목욕하러 들어가려고 했는데 너무 길잖아."

"사술을 이용해서 엿보는 것도 안 돼요."

"앗…… 갑자기 바보 취급하지 마! 음란해! 높은 곳에 있어야 벌레도 안 꼬이니 쉴 수 있어서 그랬을 뿐이야!"

"후후. 혹시 키아도 야위카처럼 수업을 받고 싶었나요?"

"아니! 공부는 절대로 싫어! 야위카가 이상한 사람인 것뿐이야!"

공부를 좋아하는 야위카와는 정반대로 키아는 한 번도 사술 수업을 진지하게 받은 적이 없다. 가령 필기시험을 본다면 이곳 이타 수해도의 학생 중에서 틀림없이 최저점을 받을 것이다.

에레아는 키아를 받치는 덩굴을 힐긋 보았다. 짐가방 하나도 걸지 못할 가는 덩굴손은 수직으로 뻗어 모든 것이 정연한 구조를 유지했다. 면사를 강철의 강도로 바꾼, 생명을 뒤튼 생술의 극치.

땅바닥에서 생겨난 그 구조물들이 넘어짐의 법칙에 반하여 소녀를 계속해서 지탱하는 것은 상시 작용되는 역술을 정교하게 제어한 결과일 것이다.

"【선생님 앞까지 나를 내려줘】."

키아가 사술을 읊자 덩굴식물은 매끄럽게 구부러지며 끝에 얽은 바구니에 앉은 그녀를 땅바닥에 내려놓았다. 확실히 이런 게 가능하다면 그냥 나무에 오르는 것보다 편리할 것이다———.
편리하다는 정도의 이유로 이런 사술의 복잡한 지령을 지속할 수 있다면.

"【돌아가】."

게다가 그 식물은 시간을 되돌리듯 접혀 키아의 작은 손바닥 안으로 들어갔다.

그곳에는 새끼손가락 크기의 작은 씨앗 하나만이 남았다.

"【돌려줄게】. 고마워."

그녀는 그 작은 씨앗을 캄캄한 머리 위에 던졌다. 그것은 불가사의한 궤도를 그리며 수목에 휘감긴 풀로 날아갔다. 씨앗은 때 아닌 과실에 흡수되었고, 열매는 꽃으로 되돌아갔으며, 꽃봉오리의 조짐조차 사라져 다만 무성한 잎으로 되돌아갔다.

"……키아. 당신의 사술은 너무 마음대로 쓰면 안 돼요. 당신의 힘은."

"사람을 행복하게 하기 위한 재능이라고 할 거지? 바보 같아. 맨날 똑같은 소리만 하고."

"부탁이니 그만 선생님의 말을 들어요. ……당신의 힘은 아주 특별하니까요. 평범하게 쓰면 시시하죠?"

"흥. 즐겁게 지낼 수 있다면 평범해도 되지 않아?"

"이타 밖에서는 평범해선 안 돼요. 리치아 신공국에 들른 뒤에는 이내 황도의 학교에 다니게 될 거예요. 엘프뿐만 아니라 드워프나 레프러콘[소인]도 있으니까요. 키아를 이상하게 생각하거나 험담을 하는 사람도 있을지 몰라요."

"황도의 학교에는 그런 것도 있어?"

사술은 네 가지 계통으로 분류되며 종족이나 개체에 따라 잘하고 못하는 것이 존재한다.

사술은 그 영혼에 전하는 말을 자아내는 특별한 영창이 필요하다.

사술은 작용되는 기물, 인물, 그리고 토지를 이해하고 의사소통을 실행하는 기술이다.

예외가 있다. 단 한 사람, 키아의 사술만이 모든 원칙에 반한다.

"……네. 당신은 황도에 갈 테니까요. 다른 사람에게 어떻게 보일지를 생각하세요."

"딱히 나는 다른 사람에게 어떤 험담을 듣더라도 전~혀 신경 쓰지 않아!"

가느다란 도자기 세공처럼 가녀린 몸. 부드럽게 흔들리며 흰 빛을 띠는 금발. 호수처럼 맑고 조금 쳐진 푸른 눈.

하지만 그것은 지극히 평범한 외모다. 종족의 모든 구성원이 아름다운 엘프 사이에서는.

평범한 14세의 엘프 소녀와 비교하면 그녀의 특이성을 증명할 것은 어디에도 없다.

예를 들면 지금, 마치 그냥 어린아이와 마찬가지로 자랑스러운 미소를 짓기도 한다.

"만약 내가 『죽어』라고 말하면…… 그런 놈들은 모두 죽는걸!"

———예외가 있다.

그녀는 천재의 영역조차 벗어난 마재(魔才)다.

◆

출발하는 아침의 하늘은 구름에 둘러싸여 있었다.

이타 수해도는 본래부터 비가 많은 토지라 1년 내내 짙은 안개가 사람을 가로막는 비경이다. 보기 드문 날씨는 아니다.

아침에는 혈액 순환이 신통치 않아 여느 때처럼 힘들어하면서도 에레아는 삶은 밀과 산양의 젖으로 만든 수프로 간소한 아침 식사를 마쳤다.

문명에서 식문화까지 다른 이 마을을 찾아온 당초에는 집안일 하나를 하더라도 누군가의 손을 빌려야 했다. 지금은 대부분을 그녀가 직접 할 수 있다.

'키아는 벌써 밖에 나갔나? ……별일이네.'

그녀의 전속 교사가 된 뒤로 약 2개월은 이 집에서 키아와 함께 생활했다. 아침에 약한 점은 두 사람이 똑 닮았다.

'못 살아. 오늘은 출발하는 날인데———.'

마음속으로 중얼거리며 에레아는 집을 나섰다. 그 바로 앞 광장에 세 아이가 있었다.

"아! 선생님~!"

"좋은 아침. 이런 시간까지 자다니 어른이라는 자각이 부족한 거 아니야?"

"선생님…… 아, 안녕하세요……."

에레아는 즉각 자세를 고치고 아침의 나른한 표정을 순식간에 완벽한 미소로 바꾸었다.

이 마을에서 그녀는 다정하고 아름다우며 완벽한 가정교사다. 적어도 키아 이외의 아이들에게는.

"안녕하세요? 야위카, 시엔. ……키아는 남의 험담만 하면 안 돼요."

"저기, 오늘은 선생님이 가는 날이라 시엔도 오고 싶대서 인사하러 왔어!"

"아니…… 저, 저는…… 그게……."

"후후. 그래요? 선생님도 시엔이 와줘서 기뻐요."

"……네, 네에……."

시엔은 이 중에서 가장 나이가 많은 소년이지만, 겁에 질린 토끼처럼 키아의 뒤에 숨어 있었다.

그가 무슨 생각을 하는지 에레아는 당연히 짐작하기 때문에 때로는 일부러 아무것도 모르는 척 놀린 적도 있었다.

"기껏 작별 인사를 하러 왔는데 자고 있다니. 야위카도 지루했지?"

"아~니! 키아가 놀아줬는걸! 홍과(紅果)도 차갑고 맛있었어!"

"너, 너 같은 어린아이와 놀 리가 없잖아! 여유롭게 말하지 마! 이거 봐. 아직 입 주위에 묻었잖아……! 닦아야지."

"흠냐."

에레아는 광장을 흐르는 맑은 물결 속에서 뻗은 가느다란 홍과 나무를 보았다. 키아가 사술로 키워서 야위카에게 먹여준 것이리라.

─── 키아는 마치 전능한 것 같다. 그야말로 절대적인 사술을 구사하는 재능이 주어졌다.

그것은 이 비경의 마을 안에서 이렇게 홍과를 맺게 하거나, 불이나 빛으로 어린아이들을 즐겁게 하는 정도였다. 적도 경쟁도 없는 작은 세계에서는 그 이상의 힘을 휘두를 의미가 없기 때문이다.

"서…… 선생님! 키아는 이 모양이지만……! 마을 아이들도, 어른들도 선생님께는…… 그, 감사해서……."

"그래요? 시엔은 어땠나요?"

"앗, 저도……! 괴, 굉장히, 감사드리고 있어요. 선생님이 오시기 전까지 저는 구름이 어디에서 오는지도 몰랐어요……! 선생님이 가르쳐주신 덕분에 모, 모두, 똑똑해졌어요. 정말이에요."

시엔은 머뭇머뭇 앞으로 나서 에레아의 눈동자를 보았다.

"……만약 그렇다면 그건 선생님에게 가장 기쁜 일이에요. 딱한 번 수업에서 말한 적이 있죠? 지혜란 씨앗 같은 것이라고요─── ."

"배움의 물을 끊임없이 주면 그것은 스스로 자라요. 하지만 그 씨앗을 가장 먼저 뿌리는 것은 선생님…… 에, 에레아 선생님이에요. 저희는 그, 아무런 보답도 하지 못했는데 민폐만 끼치고……."

에레아는 그 머리를 자애롭게 쓰다듬었다. 그리고 꽉 안아주었다.

품속에서 시엔의 소동물 같은 비명이 작게 일었다.

"보답이라니요. 귀여운 제자가 해내는 것보다 더한 기쁨은 없어요. 그렇죠? 야위카."

"응! 선생님이 정말 좋아!"

"정말 뻔뻔하다니까……. 이런 게 못된 어른이야. 아버지도 어머니도 말에 껌뻑 속는다니까. 야위카도 그래! 계속 흐물흐물 응석 부리지 마!"

"키…… 키아는 황도에 공부하러 가는 게 싫은 것뿐이잖아……. 부러워."

"공부를 좋아하는 사람이 이상하지!"

"아이, 참……. 후후. 키아는 늘 솔직하지 못하다니까요."

에레아는 교사가 아니다.

황도 29관 중 한 명, 제17경이다. ───이 마을의 엘프들은 아무도 그것을 모른다.

자유분방한 행동으로 부모님도 애먹는 키아에게도 헌신적으로 대하고, 전속 교사로서 황도 유학도 이뤄냈다. 그 행동에는 명확한 목적이 있었다.

'키아라면 이길 수 있어.'

키아는 마치 전능한 것 같다. 아직 별명도 없는 나이지만, 몹시도 절대적인 사술의 권능이 주어졌다. 그것은 이런…… 아무에게도 알려지지 않은 비경 속에서 다만 편리한 정도의 술법으로 여겨지며 조용히 썩어야 할 재능일까?

적도 경쟁도 없는 작은 세계에서는 그 이상의 힘을 휘두르는 의미는 없다.

───그렇다면 다른 누군가가 그 의미를 부여해줄 수 있다면?

키아가 싸우면 열술로 바람을 뜨겁게 하고 불꽃을 퍼부을 필요조차 없다. 그녀는 적에게 직접 발화할 수 있다.

우수한 공술사는 대지를 칼로 바꾸어 적을 절단할 수 있을 것이다. 키아에게는 쓸데없는 술법이다. 적의 형상 자체를 즉시 어떠한 형태로든 가공할 수 있기 때문이다.

'용사'를 결정하는 상람 시합에…… 지금은 아직 아무도 모르는, 탁상공론에서조차 오를 수 없는, 압도적인 무적의 존재가 홀연히 나타난다면. 다른 옹립자들은 과연 어떤 표정을 지을까?

'누가 상대든 『세계사』는 이긴다. 제2장군 로스클레이조차…… 힘으로 웃돌 수 있다.'

붉은 지전의 에레아가 바라는 것은 힘이다. 황도의 정치 중추의 자리를 손에 넣은 지금도 29명 중 교체 가능한 한 명이 아닌, 누구에게도 협박받지 않고, 누구에게도 그 탄생을 조롱당하지 않는, 절대 권력을 원했다.

끝없는 노력도, 무구한 신뢰도, 그것과 교환한대도 상관없다.

"저기, 있잖아! 키아! 늘 가던 거기에 가자! 곧 헤어지잖아!"

"뭐……? 됐어. 그런 곳을 보러 가지 않는다고…… 큰일 나는 것도 아니고…… ."

야위카는 이번엔 키아에게 응석을 부리며 매달렸다. 어린아이답게 활력이 남아돌았다.

"선생님도 궁금하네요. 키아가 좋아하는 곳인가요?"

"바보야…… . 내가 아니라 야위카가 좋아해! 나는 따라가 줬을 뿐이야!"

"데려가 줘!"

키아는 표면적으로는 성가신 행동을 했다.

야위카도 그것을 진지하게 받아들이지는 않았다. 키아는 입이 거칠고 성적도 좋지 않은 소녀였지만, 이 마을의 엘프라면 모두 그녀를 알고 있었다.

"못 살아……! 속이 시커먼 선생님은 따라오지 않아도 돼! 큰 일 나는 것도 아니고!"

"네네. ……그렇게 말해 놓고 따라가지요."

"정말로 됐어!"

아이들과 함께 그녀도 걸어갔다.

숲과 강, 그리고 울퉁불퉁한 산이 뒤얽힌 이타 수해도.

이 마을에 아직 에레아가 밟지 않은 길이 있다면 알고 싶었다.

오늘 낮에는 이곳을 떠날 테니까.

"……저 언덕은 수풀 속에 길이 있었구나."

"응! 언덕 너머에 마을 망루 꼭대기가 살짝 보이는 지점에서 빠져나갈 수 있어."

"분명 엘프의 길에 인접한 형태로 짐승의 길이 난 거겠지요. 이 길은 멧돼지나 사슴이 이용할지도 몰라요."

"멧돼지 정도라면 역술로 쫓아낼 수 있어요."

"시엔은 굉장하네!"

"나는 무리를 통째로 저 가장 높은 나무 꼭대기에 걸어주겠어!"

"키아도 굉장하다!"

"선생님을 두고 가지 마세요."

키아가 안내하는 길은 에레아의 키로 빠져나가기에는 좁아서 나뭇잎과 나뭇가지가 수없이 망토에 걸렸다.

나무의 아치를 빠져나갈 때마다 양쪽 손끝이 흙에 닿았다.

황도에 있을 때는 결코 하지 않았을 법한 일이었다. 음모가 판치는 환경 속에서 누구보다도 몸가짐과 행동을 바르게 한 제17경은 이 마을에서만은 가끔 아이 같은 행동을 했다.

그녀 자신이 한 번도 보낸 적 없던 어린 나날을 항상 제자들에게 배웠다.

———그리고.

'……———충분해. 세로로 죽 늘어서면 미니어 성인이라도 문제없이 진행할 수 있어. 방향으로 보건대 제4산의 중턱 부근으로 나가겠군. 마을의 인간에게는 알려지지 않은 길. 충분히 유용해.'

에레아는 항상 그것을 생각했다.

이 마을에 아직 에레아가 밟지 않은 길이 있다면 알고 싶었다.

수확제에서는 어른들의 불의 춤을 아이들과 나란히 보며 그 열기와 아름다움에 경탄의 한숨을 쉬었다. 그런 한편, 그 춤을 준비하기 위해 얼마나 오랫동안 남자들이 마을을 떠났는지, 그동안 방위 체제가 어떤지를 기록했다.

이 숲에서 볼 수 있는 식물의 용도를 가르치려다 이미 엘프 전체가 알고 있다는 사실에 망신을 당하기도 했다. 그날 밤에는 상처를 치료하는 약초, 행군할 때 식량이 되는 산나물을 새로 정리하여 새에 얹어 황도로 보냈다.

에레아는 짙은 안개가 사람을 방해하는 이 비경을 약 6개월에 걸쳐 조사했다.

'이 마을은 평화로워. 침공을 경계하지 않아. 아마 한 소대를 파병하는 것만으로 충분할 테지.'

언젠가 황도의 군이 이 풍요로운 마을의 모든 것을 접수할 것이다.

그것은 『진짜 마왕』 때문에 다치고 피폐한 미니어의 나라를 재생시키는 초석이 된다.

키아라는 희소한 이재(異才)는 에레아가 옹립하는 용사로. 마을의 남은 모든 것도 국가를 위한 자원으로.

『진짜 마왕』의 시대에 소문으로 흐른 『전능한 사술을 쓰는 자』의 마을 위치를 과거에 붙잡은 신공국의 병사를 통해 알았다. 그때 이 마을은 알려지지 않은 비경이 아니게 되었다.

그 병사도 이미 이 세상에는 없다. 그 밖에 에레아와 『세계사』와의 연결을 알 수 있는 소수의 사람만 처리하면 키아의 힘을 경계할 수 있는 자는 없어진다.

───미모로 환심을 사고 속부터 부식시킨다.

그녀의 첩보 앞에 모든 것은 쉽사리 무너진다. 별명은, 불꽃과 피를 부르는 붉은 지전의 에레아.

"……다 왔어! 선생님!"

얼굴을 들었다. 에레아가 예상한 대로 그곳은 깊은 계곡에 면한 하나의 산 중턱 같았다.

"에헤~ 힘들지! 선생님도 힘들어?"

"아, 네……. 괜찮아요. 정말 여기인가요?"

약간의 피로감에 숨을 내뱉으며 에레아는 얼굴을 들고 광경을 보았다.

특별히 아무런 감흥도 없었다.

멀리 산이 구름에 가려졌고 안개에 윤곽이 흐려졌다. 어딘가 애매한 경치가 보였다.

"뭐…… 응. 봐! 전혀 큰일 나지 않지! 그러니까 됐다고 했잖아! 이 마을의 마지막 추억이 이거라니 어째 별로잖아!"

바위에 앉은 키아도 조금 겸연쩍은 듯 웃었다.

누구에게도 비밀이었던 곳. 아이들은 모두 에레아를 소중한 동료 중 하나로 대했다는 것을 에레아도 잘 알 수 있었다.

……문득 시엔이 입을 열었다.

"……흐려서 그런 거 아니야? 그럼 키아가 맑게 하면 되잖아."

"아아~앗! 그래! 키아가 있어서 다행이다!"

"……? 맑게 하다니 무슨 소리죠?"

"그만해. 둘 다 쉽게 말하네……."

키아는 진저리치듯 벼랑 너머로 시선을 보냈다.

금색 머리카락 끝을 손가락으로 만지작거리고 역시 겸연쩍은 듯 에레아를 보았다.

"……딱히 화난 거 아니야. 선생님."

그리고 언짢게 명령했다.

"【맑아져라】."

신비한 그녀의 중얼거림은 소리인 말의 한계를 넘어 멀리 하늘 너머까지 울려 퍼졌다.

바다에서 파도가 밀려가듯.

하늘을 가로막은 두툼한 구름층이 일제히 키아 일행의 앞을 흘러 물러갔다.

바람 한 점 없이 시간을 빨리 감은 듯한 기적적인 광경 한가운데에서 에레아는 멀어져가는 잿빛 구름을 보았다.

그것은 그녀가 선 세계 전체가 구름을 두고 멀리 저편의 전방으로 옮겨지는 것 같았다.

"……아아."

무적이다. 이것은 무적의 힘이다.

분명 어떤 상대가 가로막더라도 키아는 이길 것이다. 그것만 알면 에레아에게는 충분할 터였다.

훤히 떠오른 아침 햇살이 지평을 가로질러 푸르게 빛났다.

멀리 안개에 흐려진 산들의 윤곽이 그 눈 부신 빛을 투과하자 선명하게 떠올랐다.

짙은 안개에 가려져 있던 광대한 호수가 골짜기 바닥에 펼쳐져 있었다.

그곳에는 천지를 뒤집어 비춘 아름다운 광경이 모두 담겨 있었다.

이타 수해도. 그녀가 살았던. 그녀들이 있었던 평온하고 따스한 모든 나날.

"뭐가 어떻다는 거야. 전혀 특별한 풍경도 아닌데———."

아름다움을 수단으로 바꾸어 두 번 다시 얕보이지 않도록 오로지 힘을 손에 넣어왔다.

지금 여기서 주어진 아름다움을 비롯한 모든 것이 그녀에게는 수단에 지나지 않는다.

붉은 지전의 에레아는 그 자세를 결코 부끄러워하지 않는다.

"괜찮아? 선생님, 울어?"

"……? 왜 그러죠?"

"선생님, 울어."

소매를 당기는 야위카가 그런 기묘한 소리를 했다.

에레아는 미소 지으려 했다.

"안 울어요."

그녀들에게 표정을 보일 수 없었다. 다만 그 광경에서 눈을 떼지 않은 채 우뚝 서 있을 뿐이었다.

엘프의 마을에서 보낸 마지막 아침이었다.

그렇다. 그럴 리가 없다.

에레아는 언제나 아름답고 다정하며 완벽한 교사였으니까.

"……선생님은 안 울어요……."

그것은 모든 방어와 과정을 무시하고 다양한 존재를 뒤트는 힘을 가졌다.

그것은 날씨나 지형까지도 한마디 말로 지배하는, 자연을 능가하는 권능을 떨친다.

그것은 만물의 예측 밖에 있는 특이점이며, 일체의 해석과 예측도 거절한다.

현시점에 한계마저 계측되지 않는 전능한 마재다.

위저드^{사술사}. 엘프^{삼인(森人)}.

세계사의 키아.

리치아 중앙 요새에서는 도적의 습격을 극복하고 귀환한 월람의 라나와 함께 새로 고용된 용병 두 명이 타렌과 만남을 마쳤다.

모두가 앉아 있었지만, 조사병 라나의 아담한 몸은 회의실 의자의 높은 팔걸이 사이에 반쯤 묻힌 듯했다.

"소리 절단의 샤르크. 바다의 히그아레. 명망 높은 두 명을 확보하다니 큰 수확이었어. 라나. ……『세계사』까지는 희망이 과했나?"

"유감스럽지만, 그럴싸한 자는 아무도 없었어요. 역시 과장된 소문이었겠지요. 전능한 사술이라는 게 있으면 전쟁에도 편히 이길 수 있을 텐데요."

"훗. 실재한대도 그다음은 그자를 제어할 방책을 생각해야 할지도 몰라."

스켈톤과 맨드레이크. 강대한 전력이 확실해도 황도를 비롯한 평범한 이족 국가에서는 일단 채용되지 않을 이형일 것이다. 하지만 타렌이 바라는 것은, 백 명의 병사와 맞서도 하나의 힘으로 쓰러뜨릴 수 있는 특출난 영웅이다. 그것이 미니어일 필요는 없다.

평범의 척도를 능가하는 일탈이 이 지평에서 가능하다. 끝없는 전설과 사실이, 무엇보다도 『진짜 마왕』의 실재가 그것을 증명하니까.

"일단 소문은 들었어. 바다의 히그아레. 변경에서는 무적의 검투사였다지."

"네. 그 나름대로 오래 이어왔어요. 미니어의 단위로 말하자면 13년이나 14년일 거예요."

"……노예 검투?"

바깥의 첨탑을 바라보던 샤르크가 의아한 듯 머리를 갸웃거렸다. 타렌이 대신 대답했다.

"변경에는 인간이나 짐승의 생명을 도박에 이용하는 야만적인 도시도 있었어. 물론 불법적인 짓이지. 최근에는 노예의 권리를 향상하는 흐름으로 나아가는 모양이지만……『진짜 마왕』의 암흑시대에는 왕국의 눈이 닿지 않는 땅도 많았거든."

"그런 게 아니야. 14년 동안이나 그딴 무뢰배의 말을 따랐다는 거잖아? 그런데 무적이라는 건 아무래도 위화감이 들어."

"확실히 샤르크의 말에도 일리는 있어. 괜찮다면 들려주겠어? 히그아레."

"네. 별 얘기는 아니지만요."

◆

인족에게 이름도 알려지지 않은 서방 변경의 삼림에서 바다의 히그아레가 태어났다.

지성을 가진 식물인 맨드레이크 중에서 히그아레는 다른 개체보다 컸고, 미니어와 비슷할 정도로까지 키가 자랐다. 따라서 삼림 근처 도시의 미니어는 그를 골라서『수확』했다.

히그아레는 그들이 운영하는 오락 투기에서 여흥을 위해 쓰러져야 할 수족(獸族)이었다.

어둠 속에서 처음으로 미니어와 나눈 대화를 기억한다.

"무기 쥐는 법을 알아?"

"아니요. 무슨 소리인지 모르겠어요."

"검 말이야. 아무리 노예 투기라지만 변변히 저항도 못 해보고 맨드레이크를 죽일 뿐이면 흥이 안 나잖아? 단검을 어떻게 쥐는지 내일까지 익혀둬."

"네. 그렇게 해서 싸우면 되나요?"

인족의 사회에 무지했던 히그아레는 분노도 한탄도 하지 않고 순순히 받아들였다.

그래서 그렇게 했다.

───다음 날. 비경에서 온 맨드레이크가 대전 상대인 노예 투사를 무참히 찔러 죽인 광경이 펼쳐졌다.

식물을 기원으로 하기에 맨드레이크를 둔중한 식물이라고 인식하는 자가 많다. 하지만 유연한 덩굴은 강철 용수철에도 가까운 강도를 가지며, 튕기는 속도는 체구와 기술에 따라 그 이상이 되기도 한다.

더불어 모든 맨드레이크는 독이 있다. 지극히 지극히 미량으로도 신경 세포를 용해하고 격통과 호흡 장애에 의해 재빨리 목숨을 빼앗는 맹독은 지상에서 가장 치명적인 화학물질 중 하나다.

단순한 사실만을 말하자면 대형 맨드레이크를 이용한 흥행을 노린 그들이 어리석었다고 볼 수 있으리라. 히그아레에게는 어떤 의미로 행운이기도 했다. 인간의 자만심과 무지가 첫 몇 번의 시합에서 그를 승리로 이끌었다.

"다음 시합의 상대는 누구죠?"

"……시합? 네게 1인전이 편성될 리가 없잖아? 지금까지처럼 하찮은 노예가 아니라 상위 투사가 셋이야. 시합이 아니라 토벌전이지. 잘 죽어보라고."

"아니요. 죽고 싶지는 않습니다."

"유감스럽지만, 히그아레. 죽이거나 죽거나야. 이 투기장에서는 말이지."

"죽이거나, 죽거나."

히그아레는 고분고분했다. 다음 날 시합에서는 세 명을 죽였다. 계속해서 죽이면 죽지 않는다는 사실을 곧이곧대로 받아들였다.

처음에는 검을 어떻게 쥐는지조차 몰랐던 맨드레이크는 학습했다. 인간이고 아니고를 불문하고 자신보다 오래 싸워온 투사가 자신보다 뛰어난 기술을 습득한 것을 당연한 사실로 받아들였다. 치명적인 독과 덩굴에 의한 참격으로 적을 쓰러뜨리는 한편, 그들이 어떻게 적을 궁지에 몰아넣고 위기를 회피하며 전술을 짜는지를 서로의 죽음을 건 노예 투기라는 극한의 환경 속에서 관찰했다.

맨드레이크로서의 선천적인 신체 성능이 아닌, 히그아레 자신에게 유래한 재능이 있었다면 그것은 그 고분고분한 면이었다.

"다음 시합은 없어. 너는 다른 도시에 팔기로 했어."

그날 대화를 나눈 것은 아마 지금까지와 같은 감시자가 아니라 투기장을 주최한 주최자였을 것이다.

표면적으로 노예 투사를 확보하는 일이 왕국이 정한 법에 따라 금지된 이상, 혼자서 대전 상대를 죽여대는 히그아레는 소규모 도시에서는 이미 감당하기 힘든 투사가 되어 있었다.

"네. 다른 주인이군요. 더 강한 자와 싸우게 될까요?"

"그렇게 되겠지. 지성이 있든 사술이 통하든 어차피 수족이야. 시합에서 죽는 건 네가 될 거야."

"왜죠? 제가 수족인 건 타고난 것이라 어떻게 할 수 없어요."

"――괴물이 인족에게 쓰러지는 게 돋보이는 법이야. 네가 죽는 건 그뿐인 이유지."

"……. 아니요. 죽고 싶지는 않습니다."

고분고분한 히그아레에게 유일한 반항의 의지가 있다면 그것은 죽음을 거부하는 의지였다.

그 하나의 의사는 시합을 거듭할 때마다 굳건해졌고, 히그아레 자신도 이유는 알 수 없었다.

'……? 나는 살고 싶은가? 이대로 살아남아도 무슨 의미가 있지?'

생에 집착하는 게 아니다. 그저 죽고 싶지는 않았다.

사로잡힌 왕국의 정규병이 오래 단련하여 예리한 칼을 들고 덤빈 적이 있다.

"히그아레……! 나를 원망하지 마라! 나는 네놈을 베고 나라로 돌아가겠다!"

"알겠습니다. 원망하지 않겠습니다."

'허리의 회전뿐만 아니라 등뼈를 활처럼 이용하여 초격의 속도를 내고 있어. 내 몸으로 재현한다면 체내의 유관속을 엮어서――.'

마을 아이들 12명을 잡아먹은 오거가 상식 밖의 힘을 휘두르며 덤빈 적이 있었다.

　"좋은 날이야. 인족이 우리의 싸움을 보고 벌벌 떠는군. 놈들이 우리를 계속해서 내려다본다면 우리는 놈들을 싸움으로 겁줘야겠지. 히그아레."

　"그러게요."

　'속도를 따라잡는대도 힘으로는 밀려. 내 덩굴로는 계속해서 압박할 수 있을 만큼 힘을 지속할 수 없으니까. 여러 자루의 참격을 빈틈없이 동시에———.'

　총을 장비한 처형인들의 앞에 끌려가 움직이는 표적으로 취급받은 적도 있었다.

　"히그아레. 여기까지 잘 싸웠어. 오늘은 마지막 무대야."

　"감사합니다."

　'손끝의 근육을 본다. 총탄의 발사 속도에 내 참격의 타이밍이 맞을지 시험해보고 싶어. 동굴의 사출 반동으로 내가 시야 밖으로 사라진다 치고, 처형자가 다른 노예 투사와 같은 정도의 반응이라면———.'

　압박해오는 절대 불리한 시합을 유유낙낙 받아치며 그 일전을 이기는 것 이상으로 더 가혹할 다음 일전으로 성장하기 위해 적을 관찰하고 단련했다. 그에게 스승은 없었고, 동시에 그가 죽인 모든 노예가 스승이었다.

　매번 그렇듯 일방적이고 악랄한 시합이 편성되어도 히그아레는 시합 외에 처단되는 일이 없었다. 주최자에게 그럴 이유를 제공하지 않을 정도로 그는 고분고분했다.

이윽고 최강의 투사로서 이름이 알려지는 데 이르러 이제 시합을 보는 관객 측이 바다의 히그아레의 패배를 바라지 않게 되었다. 누구도 죽일 수 없는 무적의 노예.

'단검의 날을 박아넣을 최적의 궤도를.'

맨드레이크는 주위의 평가에도 좌우되지 않았다. 늘 지하에서 검을 휘둘렀다.

시합 외에는 어둠 속의 희미한 물방울이, 균열이, 그가 단련하는 표적이었다.

'독을 보다 유효하게 다루는 수단을 연구해야 해. 다음엔 패배할지도 몰라. 다음엔 수를 읽힐 가능성이 있어.'

나약함도 자제도 아니라 사실상 그렇게 생각했다. 다음 시합은 더욱 위험하다고, 죽는 것은 너라고, 그 말을 우직하게 믿었으니까.

오로지 싸우다 보니 다른 노예 투사는 조금씩 사라져갔고, 관객도 뜸해지기 시작했다. 감시자의 말에는 기묘한 공포가 가물거렸고, 그를 제외한 자는 침착함도 잃어갔다. 그러한 이변도 개의치 않고 연구를 계속했다.

그가 사로잡힌 동안에 시대는 변해갔다. 『진짜 마왕』이 도래했다.

———그리고 그날이 왔다. 바다의 히그아레는 별안간 자유의 몸이 되었다.

지하 감옥은 개방되었고, 모든 노예 투사가 해방되었다. 마왕군의 침식이 시작된 것이다.

불꽃이 있었다. 서로를 죽이는 미니어의 모습이 있었다. 마왕군의 광기가 거리를 뒤덮고 있었다.

죽음과 광란에서 도망치고자 우왕좌왕하는 사람들을 역행하여 나아가며 히그아레는 의문을 품었다.

———왜 그들은 싸우지 않을까?

이성을 잃고 덮쳐온 적을 그는 자연스럽게 죽였다.

갈비뼈 사이에 단검을 찔러넣고 비튼 뒤 뽑았다. 바깥 세계에 사는 자도 그가 싸워온 전사와 마찬가지였다. 그래서 죽었다.

"그렇군."

저도 모르게 중얼거렸다. 바깥 세계에서 처음 저지른 죽음으로 마침내 그것을 납득할 수 있게 되었다.

자유의 몸이 되어도 세계는 아무것도 변하지 않았다. 죽이느냐, 죽느냐. 가장 먼저 배워서 고분고분 따른 단 하나의 가르침은 역시 옳았다.

어째서——— 그저 식물의 영혼인 자신에게 죽음을 계속 거부할 의지가 있을까?

'그렇구나.'

그는 늘 이겨왔다. 살아 있다는 것은 다른 생물의 살고 싶다는 소망을 짓밟고서 세계에 서 있다는 뜻이기 때문이리라.

그와 대치한 검투 노예들이, 사술 없는 짐승들이, 천 명에 달하는 대전 상대가, 같은 것을 바랐다. 그럴 터였다.

'그렇구나. 이게 긍지였구나.'

자유의 몸이 되어도…… 죽어간 그들을 생각한다면 이제 와서 **이 정도의 적**에게 죽을 수는 없다.

바다의 히그아레는 무적의 검투사고 져서는 안 된다.

그들은 살고 싶었다.

"하――――."

단조롭고 의미 없는 발성이었다. 자신의 안에서 그런 목소리가 나오는 게 신기했다.

"하하하하하하하하."

히그아레는 평탄하게 웃었다. 살면서 웃은 적은 그게 처음이었다.

웃으며 무수한 적에게 향했다.

◆

그리고 현재에 이른다. 맨드레이크로서의 의사가 싹튼 이후, 검을 휘두르는 것 외의 삶을 몰랐던 그는 지금 경계의 타렌의 병사가 되었다.

"발견됐을 때…… 이 녀석은 마왕군을 죽이고 있었대. 진짜야."

아담한 라나는 샤르크에게 유쾌하게 말했다. 샤르크는 진지하게 물었다.

"이 녀석은『진짜 마왕』과 만난 적이 있어?"

"그럴 리가 없잖아. 하지만 그 마왕군을 죽였어! 보통은 생각할 수 없는 일이잖아? 이 녀석이 용사였대도 나는 놀랍지 않아."

"……이야기가 사실이라면 확실히 대단한 일이야. 마왕군에게 **맞선** 녀석이라———."

『진짜 마왕』이 죽은 지금 시대에도 마왕군에 대해 굳이 입 밖에 내는 자는 극소수다. 그들이 얼마나 엄청나며 무시무시한 존재인지 모두 기억하기 때문이다.

죽어서도 정체불명인 『진짜 마왕』 그 자체보다도, 어쩌면 마왕군이야말로 무엇보다 보편적인, 시대를 상징하는 공포의 모습이었을지도 모른다.

"오."

히그아레의 이야기가 끝난 마침 그때, 안쪽의 문이 열리며 한 청년이 귀환했다. 그리고 실내의 얼굴을 바라보며 입을 열었다.

"타렌. 오늘은 또 아주 묘한 자들이 늘었네."

"네놈도 이름을 대, 다카이."

'손님'은 두 명을 확인하고 신기하다는 듯 맨드레이크에게 다가갔다.

"거기 있는 스켈톤은 창술사인가? 맨드레이크는 뭘 하는지 예상이 안 되네……. 애초에 얼굴이 어디에 있는지 모르겠어."

"소리 절단의 샤르크야. 이름을 대라는 대상은 너라고 생각했는데."

스켈톤——— 샤르크가 중얼거렸다.

"내가 잘못 들었나? 아무래도 죽으면 자기 감각에 자신이 없거든."

"바다의 히그아레라고 합니다. 잘 부탁드려요."

"흐~음……. 그렇게 강해? 너희들……."

다카이는 질문을 던지며 히그아레가 든 무기를 가까이에서 확인했다.

'……보아하니 평범한 나이프네. 몸에 몇 자루를 지녔어.'

타렌이 질문에 대신 대답했다.

"네놈과 마찬가지로 신뢰할 만한 강한 병사야. 우리에게도 『진짜 마왕』처럼——— 적군을 벌벌 떨게 하는 개인의 힘이 필요하다고 생각해. 군단의 운용이 전제지만, 오래 이어지는 전란에서 병사와 백성이 피폐하기 전에 적의 발을 위축시킬 공포의 상징을 원해."

"지금 시대라면 그런 억제력이 유효하다는 건가? 자신은 있고? 샤르크."

"미안하지만, 아직 시대에 부응할 생각은 없어."

샤르크는 태연히 대답했다.

"거기 있는 히그아레와 달리 나는 용병이거든. 아무리 저렴한 보수라도 선불로 받기 전까지 움직이는 건 법칙에 반해."

"알아. 『진짜 마왕』이 죽은 『마지막 땅』의 조사 말이지? 샤르크. 조사 보고가 모일 동안 어느 정도는 자유롭게 대기해도 돼."

"하하하하. 설마 그러면서 항상 피하는 건 아니겠지?"

"———너야말로 설마 죽은 사람은 공짜로 일한다고 생각해? 확인하고 싶다면 네가 당장 내가 움직이는 만큼의 돈을 내면 될 뿐이야. 이중계약 정도는 눈감아주지."

"좋아. 말 많은 녀석은 싫지 않아. 거기 너는……."

다카이는 이야기하며 탁상의 접시에 담긴 과일을 하나 집었다. 홍과였다. 그것을 히그아레에게 던졌다.

"……묘하게 조용한 것 같은데. 맨드레이크는 뭘 먹어?"

"홍과는 못 먹습니다."

주먹만 한 홍과는 손을 뗀 직후의 지점에서 정지했다. 그리고 그대로 낙하했다.

'호오.'

다카이는 내심 감탄했다. 탁상에 떨어진 과일은 모양을 유지하고 있었다. 그림자조차 보이지 않은 참격. 너무나도 깔끔하게 절단되었기에 아직 절단면이 떨어지지도 않았다.

"힘을 보고 싶다고 말씀하신다면."

홍과가 쪼개졌다. 둘, 넷, 여덟. 그 단편이 급속이 부식되어 녹았다.

덩굴 같은 『팔』 각각이 단검을 쥐고 멀리 공중을 세 번 절단한 것이다. 게다가 그 칼날 전체가 치사량의 맹독.

"지금 보여드렸습니다만."

타렌은 사납게 웃으며 부드럽게 몇 번 손을 맞부딪쳤다.

"훌륭해."

그녀가 지배하는 신공국은 힘이다. 독립에 의해 황도의 관리에서 벗어난 그 힘은 광대한 지평 전역에서 강자를 모으는 구심력이 되었다.

이곳 리치아에 모인 것은 그렇게 추려낸 한 줌의 이재였다.

히그아레의 동작을 주시하던 월람의 라나가 견해를 말했다.

"……그렇군. 맨드레이크라면 세 개의 팔로 동시에 검을 쓸 수 있다는 말이군. 이런 거리에서…… 게다가 맹독의 맨드레이크쯤 되면 확실히 신기지."

확실히 인간의 몸으로는 할 수 없는 이형의 검술이었다. 그것이 바다의 히그아레를 생존케 했다.

"아니요."

14년 동안 히그아레의 힘의 한계를 오인한 자들이 목숨을 잃어갔다.

이 수라의 지평에서 궁극의 하나라는 것은 평범한 사람의 인식에서 멀리——— 상상의 영역에서도 멀리 떨어진 괴물이라는 뜻이다.

"42개가 있습니다."

그것은 사지(死地)에 흩어진 대량의 유혈에 날카로워진 결투의 기술을 갖는다.

그것은 생명인 한 저항할 수 없는, 절대 치사의 독을 숨긴다.

그것은 이형의 육체에서 한도에 이른, 상궤를 벗어난 무한의 검섬을 자랑한다.

모든 것을 따르며 아무에게도 지배되지 않는, 가장 자유로운 노예다.

글래디에이터. 맨드레이크.
_{검노(劍奴)} _{근수(根獸)}

바다의 히그아레.

10 ◈ 조용히 노래하는 나스티크

　황도에서 출발한 수송 교역대는 리치아 신공국을 목적지로 하면서도 아주 소규모인 도시를 전전하며 신공국의 경계망에서 숨는 듯한 우회 경로를 택했다. 호위 병사도 최소한으로 수반하고, 세 명의 기간트가 끄는 중화차(重貨車) 안에 기간트의 왕복 식량 외에 어떤 화물이 적재되어 있는지 아는 자는 교역대의 상인 중에도 극히 드물었다.

　황도 제20경, 걸쇠의 히도우는 일련의 부대의 작전 진행을 감독하는 역할을 맡았다. 예를 들어 이것과 비슷한 중화차 여러 대를 호위의 규모와 화물의 내용물까지도 다양하게 바꾸어 동시다발적으로 각각의 육로로 보냈다. 신공국 측에 경솔하게 관여하는 일을 경계시키는 시간 벌이의 방편이었다.

　수송 작전으로서는 대규모여서 본격적인 군사 행동에는 멀리 미치지 않았다. 이 움직임에는 다른 관료도 관여하지 않았다. 전쟁 회피를 위한 타렌의 암살은 거의 그의 독단적인 지휘로 성공시킬 필요가 있었다.

　산을 따라 위치한 작은 도시였다. 마지막 화물차가 들어왔을 무렵에는 해가 거의 저물었고, 추적추적 이슬비도 내리기 시작했다. 문제의 중화차도 이 작은 도시에서는 다른 화물차와 나란히 감시자를 세우고 광장에 방치할 수밖에 없으리라.

　"역시 큰 짐은 발이 느리군. 이 속도라면 도착까지 사흘 반은 걸리겠어. 흠. ───쿠제. 부대 전체의 침상은 있나?"

　비를 피할 우산을 펴며 히도우는 등 뒤의 남자에게 물었다.

"침대만이라면『교단』의 구빈원에 공실이 있다고 들었습니다만, 식사는…… 뭐, 무리인 건 알고 계실 테지요. 히도우 경."

쿠제라 불린 그 남자의 별명은『지나는 재앙』이다.

서른 후반에 접어들었으며 눈빛이 흐린 남자다. 과거에 전역에서 그 판도를 넓힌『교단』에 속한 성기사이며 검고 길이가 긴 제복은 상인들의 모습 속에서 한층 돋보였다.

세계 창생의 사신을 신앙하는『교단』에 대한 신뢰와 구심력도『진짜 마왕』의 재액과 함께 잃어버린 것 중 하나였다. 간이로 이루어진 문자 교육이나 빈민 구제의 복지를 맡았던 그들은 지금은 적잖은 지역에서 차별과 박해의 쓴맛을 보고 있다.

"……우리 병사가『교단』에 밥을 얻어먹는 한심한 짓을 할까 봐? 식료품은 가져온 짐에서 조달할 셈이야. 길이 좀 늦어져도 상인들에게는 이용한 시트 세탁도 맡겨야겠어."

"후헤헤. 그거 감사한 일이네요. 황도에 히도우 경 같은 분이 더 계시면 저희의 앞길도 조금은 나았을지 모르겠어요."

"내게 그런 아부가 통할 것 같아?"

"어이쿠, 그렇게 들렸다면 죄송합니다."

황도 정부의『교단』을 배척하는 풍조를 빼더라도 이 생기 없는 성기사에 대한 히도우의 인상은 결코 좋지 않았다. 하지만 황도 최고 권력의 일각에 앉은 그가 이렇게 직접 접촉한 이상, 실력과 소행에는 적당한 신뢰가 있었다.

지나는 재앙의 쿠제는 대규모의 무력을 보유하지 않은『교단』을 지키는 몇 안 되는 전력이며,『교단』뿐만 아니라 다른 조직을 포함해도 최강이자 불사신인 청부업자라고 한다.

"분명히 말해 두겠는데, 너를 쓰기로 한 건 단순히 실용상의 문제야. 이번 호송 대상은 보기보다 더 위험하니까. 표면적으로는 황도와 관계없는, 강력한 개인 전력이 필요해져. 우회 경로를 택하는 이상, '교단'의 연줄로 숙영지를 확보해두고 싶었어."

"그래서 교역대에 위장을 시켰군요. 호송 대상에 그렇게까지 열심히 숨길 가치가 있다는 뜻일까요?"

"그렇게 생각하면 돼. ……그런데 네 쪽은 어때?"

히도우는 우산을 쓴 채 날카로운 시선만을 쿠제에게 향했다.

"이 호송 임무를 맡은 보수 이상의 짭짤한 맛이 있다면 황도에서 떨어진 이곳에서 나와 일대일로 이야기할 수 있다는 정도야. 무슨 속셈이지?"

"……암살당할 걱정은 하지 않으십니까? 저는 '교단'의 청부업자입니다."

"그런 짓을 저지를 바보가 아니라는 정도는 당연히 확인했지. 그렇지 않았으면 나도 굳이 나서지 않았어."

사실 주력 부대인 이 교역대에 황도 29관인 히도우가 직접 나선 움직임은 신공국에 눈치채일 위험이 적잖이 있다. 하지만 히도우는 황도에서 박해에 가까운 취급을 받으며 직접 협력을 청한 이 남자에게 의리를 지키지 않을 생각도 없었다.

"후헤헤. 마음 착한 분이시네요. 아…… 이건 빈말이 아닙니다."

쿠제는 한심하게 쓴웃음 지었다. 마을에서 보이는 밤거리에는 교역대의 빛이 줄지어 흐르고 있었다.

그 광경을 멍하니 바라보며 말했다.

"맛있는 음식이라도 먹게 해주시겠습니까? 아이들에게."

"……뭐?"

"저희의……『교단』측에 서길 바란다는 건 지금의 정세에서는 무리인 부탁이라는 건 알고 있습니다. 하지만 들른 마을의 고아들 정도에게는 좋은 추억을 만들어주고 싶잖습니까? 이곳의 교회에 들른 것도 오랜만입니다. 아저씨가 폼 좀 잡게 해주시지 않겠습니까?"

"그건 어렵겠어. 애초에 나는 날이 밝기 전에 이 도시를 떠날 생각이야."

젊은 문관은 호주머니를 뒤졌다. 고급스러운 가죽 지갑을 언짢은 표정으로 쿠제에게 던졌다.

커다란 손이 지갑을 받아들자 담긴 금화의 무게가 소리를 냈다.

"──네가 해."

걸쇠의 히도우는 20대 전반에 황도 최고 권력의 일각을 맡은 천재였다. 그 지위에는 그 자신이 바라지 않아도 막대한 권력과 부가 따라오기에 지금 던진 금화 정도는 지출도 아니었다.

하지만 분명 지나는 재앙의 쿠제가 지키고 싶은 아이들에게는 다를 것이다.

"……감사합니다, 히도우 경. 당신께 사신의 가호가 깃들기를."

"그만해. 뇌물을 주기는커녕 이렇게까지 부끄러운 줄도 모르고 돈을 강요하는 성직자는 처음이야. 직접 이야기해보고 절실히 깨달았는데, 너……."

히도우는 쿠제의 모습을 보았다. 어둠 속에서는 쿠제의 길고 검은 옷이 오히려 둥둥 뜬 듯했다.

단련된 우수한 전사이리라는 것은 문관의 몸으로도 알 수 있었지만, 그가 혈혈단신으로 섬멸해 왔다는 마왕군이나 『교단』을 배척하는 과격파의 숫자는 그것만으로는 전혀 설명이 되지 않았다. 늘 홀로 싸운다고 한다. 전투 능력의 정체를 아는 자도 전혀 없다.

"……정말로 강한 거 맞아?"

"후헤헤. 물론이지요."

지나는 재앙의 쿠제는 웃었다. 그의 눈동자 속에는 자존감의 빛깔도 정열의 불꽃도 없었다. 최강을 자부하는 자에는 전혀 어울리지 않는 체념과 피폐만이 그 속에 있었다.

"제게는 천사가 붙어 있거든요."

◆

빗소리는 점점 커지며 울창한 나뭇잎들을 적셨다.

히도우와 헤어진 뒤, 쿠제는 마을 외곽에 있는 벽에 금이 간 건물 앞에 도착했다. 구빈원을 홀로 맡은 신관은 약 2개월 전에 폐렴으로 쓰러져서 이웃의 대도시에서 치료를 받는 중이라고 들었다.

그들을 맞이한 것은 열여덟이 된 젊은 수습 신관 소녀였다.

"쿠제 선생님! 이게 몇 년 만인가요."

이 시간까지 집안일을 계속했는지 그녀는 지저분한 메이드복 차림이었다. 6년 전과는 달리 짧게 자른 머리카락을 쿠제의 커다란 손바닥이 쓰다듬었다.

"후헤헤. 다녀왔어, 리펠. 몇 년 만이지? 손님이 많아서 미안해."

"아니에요. 괜찮아요! 아니다 선생님도 하필 이럴 때 편찮으실 게 뭐람! 예전부터 운도 없는 분이라니까요⋯⋯."

"나도 알아. 차라도 좀 줄래? 나는 괜찮지만, 한 명이 더 있으니까."

"한 명이 더요?"

리펠이 따라서 중얼거렸다. 쿠제의 등 뒤에서 가녀린 소녀가 얼굴을 내밀었다. 노출이 많은 옷을 입고 크게 벌어진 등에서는 척추를 따라가는 실 같은 기관이 몇 개나 뻗어 있었다.

미니어는 아니었다. 적어도 후천적인 요인으로 몸을 손보았다.

소녀는 앞머리에 가려지지 않은 한쪽 눈으로 웃었다.

"안녕? 만나서 반가워. 저기, 리펠?"

"⋯⋯네. 리펠이에요. 별명은 서릿잎의 리펠이죠. 저기⋯⋯ 당신은요?"

"남회능력."

거침없이 현관에 앉아 젖은 장화를 벗었다. 짧은 바지에서 뻗은 하얀 맨다리를 보고 수습 신관 리펠은 눈을 돌렸다.

"남회능력 니히로. 여기 있는 쿠제 씨가 호위하고 있지."

"호위라니."

"그렇게 됐어. 요즘엔 기부만으론 아이들을 먹여 살릴 수 없거든. 후헤헤. 아저씨도 가르침에 반하지 않는 범위에서 이런 일도 하지."

"쿠제 선생님. 그게 정말 일인가요? 이런 여자애를 상대로⋯⋯."

"오. 설마 리펠, 질투하는 거야? 기분 좋은데?"

"그런 거 아니에요. 니히로 씨, 건물을 안내해 드릴까요?"

"아니, 괜찮아. 쿠제 선생님과 하고 싶은 얘기도 있거든."

리펠은 연관에 서 있는 쿠제와 앉아 있는 니히로를 견주어보았다. 텁텁한 중년 남성과 상식을 벗어난 분위기를 풍기는 미녀. 겉모습으로는 한 바퀴 넘는 나이 차가 날 남녀였지만.

"역시⋯⋯."

"아니, 농담이야, 리펠! 정말로 호위와 의뢰인일 뿐이야!"

"알아요. 여기 있을 때부터 쿠제 선생님은 그런 이야기와는 전혀 거리가 멀었으니까요."

"후헤헤. 이해하다니 슬프다, 정말."

리펠은 메이드복 소매를 보며 한숨을 쉬었다.

"⋯⋯갈아입고 올게요. 차림새가 지저분하네요."

세탁장 쪽으로 떠나가는 그녀의 뒷모습을 보며 니히로가 문득 입을 열었다.

"착한 아이네."

"그걸 알겠어? 방금 만난 사이잖아?"

"내 몸에 대해 묻지 않았잖아."

등에 뻗은 거미줄 같은 촉수가 니히로의 의지에 따라 질서 정연히 움직였다.

"'교단'에는 다양한 사정을 가진 아이가 와. 이 아저씨도 예전에는 가족이 없어서 맡겨졌던 고아였고. 모두 그걸 알고 있으니 상대가 말하지 않으면 파고들지 않아."

"호오. 지금은 가족이 있는 듯이 말하네."

"……있다마다. '교단'이 내 가족이야."

"큭큭. 부럽다."

소녀는 한쪽 눈으로 웃었다.

남회능력 니히로는 미니어가 아니다.

백골에 생명을 불어넣은 스켈톤과 비슷한 기술 중 하나로 살과 장기를 남긴 신선한 사체를 가공하여 생전과는 다른 존재로 되살리는 마왕 자칭자의 기술이 존재한다. 니히로는 레버넌트라 불리는 마족이며——— 전쟁 범죄자로서 황도에 사로잡힌 대량 살육 **병기**다.

"……쿠제도 내 정체를 묻지 않네. 황도를 출발한 뒤로 계속."

니히로는 현관 앞의 의자에 앉아 맨발을 파닥파닥 흔들었다. 쿠제는 신발장 쪽을 향하고 그 속에 들어 있는 소량의 신발을 보았다.

"갑자기 뭐야? 물어봐 주길 바라?"

"그럴지도 모르지. ———라고 말한다면?"

성기사는 목 뒤를 긁적였다. 소녀 쪽을 향해 몸을 구부렸다.

"물론 들을 거야. 나는 정식 신관이 아니지만, 고해를 듣는 건 사신을 모시는 자의 임무야."

"딱히 대단한 일도 아니야. 기껏 함께 여행을 하는데 쿠제와는 잡담도 별로 나누지 않았잖아. 황도가 옮기는 **중화차의 내용물**도 나라고 말하면 믿을 거야?"

니히로는 눈을 가늘게 뜨고 현관 너머를 바라보았다.

멀리서 새가 펄럭이는 듯한 소리가 들렸다. 변경인 이 도시의 방은 어둡고 매우 조용하다.

"황도에서는 죄인 취급을 받았다는 건 들었어. 이렇게 나올 수 있었던 건 속죄했기 때문이야?"

"아니."

니히로는 고개를 저었다.

"석방하는 대신에 히도우를 도와주기로 약속했을 뿐이야. 나는 인족을 아주 좋아하거든."

그녀는 진즉에 멸한 마왕 자칭자의 병기이며, 과거에는 황도의 적대자였다. '교단'의 쿠제와 비슷한 시대의 패자로서 히도우와 거래한 것이다.

"그건 농담이야?"

"왜? 진심으로 하는 말인데."

쿠제는 니히로의 의자 옆에서 차가운 바닥에 앉았다.

"그럼 만약 지금 자유롭고…… 그 약속이 없다면 어떤데?"

"글쎄. 큭큭. 역시 싸우지 않았을까? 나는 싸우기 위해 만들어졌고, 그게 가장 잘하는 일이거든. 쿠제는 어떤데?"

"싸울 필요가 없다면…… 어느 교회에라도 가서 조용히 농원을 일궜을지도 모르지. 나는 역시 이런 건 적성에 안 맞아……."

"너는 안 맞는구나. 쿠제."

의자 위에서 니히로의 한쪽 눈이 쿠제를 내려다보았다. 그것이 시체의 눈이라도 고도로 처리한 레버넌트의 눈동자는 산 자보다 더 투명하고 촉촉했다.

"———아까 그 리펠에게도 켕기는 마음이 있지 않았을까? 네가 '교단'의 적을 처리하고 온 걸 그 아이는 알고 있을까?"

"이거 보게…… 약해졌네. 고해를 듣는 쪽이 오히려 추궁받으면 너무 쉽잖아."

"너는 무기가 없잖아? 쿠제."

소녀는 쿠제가 내려놓은 짐을 보았다. 쿠제의 키만 하고 추상적인 천사 문양이 새겨진 큰 방패였다. 표면에는 수많은 흠집이 나 있었다.

"……누군가에게 상처 주는 걸 사실은 두려워하는 것처럼 보여."

"이보세요. 연약한 아저씨를 너무 괴롭히지 말아줘."

쿠제는 앉은 채 항복하듯 양팔을 들었다.

"……역시…… 그, 얕보이나? 싸우기 위해 만들어진 쪽에서 보면 나처럼 어중간한 사람은."

"당치도 않아. 오히려 그런 마음가짐으로 이렇게까지 살아온 의지에 관심이 있어. 너도 나와 마찬가지로『진짜 마왕』의 시대를 싸웠지? 몇 명을 죽였어? 얼마나 강한 상대와 싸웠어? 어떤 기술을 어디서 익혔어?"

"그런 건…… 아무런 자랑거리도 못 돼."

쿠제는 다만 생기 없는 쓴웃음을 지었다. 니히로 쪽이 아니라 어딘가 허공의 한 점을 보았다.

"내게는 천사가 붙어 있어……. 천사가 나를 보고 있어서 죽지 않았어. 그뿐이야……. 정말로 그것밖에 없어."

◆

그날 밤의 식탁은 평소 구빈원의 같은 식탁보다 훨씬 다채로

웠다.

고기가 인원만큼 섭시에 즐비했고, 빵도 보존용인 딱딱한 것이 아니라 그날 낮에 구워서 부드러운 빵이 제공되었다.

"굉장하다!"

"물 같은 수프가 아니야! 산양유가 들어 있어!"

"쿠제 선생님이 오셔서 그렇대!"

"뒀다가 내일 먹어도 돼?"

"모두 조용히 해요. 자꾸 떠들면 음식도 어딘가로 가버릴 거예요!"

저마다 목소리를 내는 아이들을 달래며 리펠은 미안한 듯 쿠제를 보았다.

"……죄송해요, 쿠제 선생님. 여기가 빈곤해서 쓸데없이 마음을 쓰게 만들었네요……."

"아니야. 괜찮아. 지금은 어느 교회나 서로 도와야지. 리펠에게는 선생님다운 행동을 전혀 하지 못했는걸."

"……."

니히로의 앞에도 음식은 놓여 있었지만, 본래부터 죽은 자인 그녀는 사정을 모르는 아이 한 명을 불러 빵 접시를 나눠주었다.

"자. 어린 여동생에게 한 그릇 더 줘. 나는 오다가 먹었거든."

"고, 고마워…… 누나!"

"후후후. 천만에."

아이들이 웃었고, 그것을 보는 쿠제도 웃었다. 특별할 것 없는 표정이었지만, 지금까지처럼 패기 없는 미소가 아니라 마음속에서 우러나는 미소 같았다.

"리펠. 상인들에게 빌려준 방 청소를 돕지 않아도 괜찮았어?"

"갑작스러운 요청이었는데 용케 그런 방을 준비했네."

"아아…… 그건 얼마 전에 황도의 부대 사람이 이곳에 묵은 적이 있거든요."

황도라는 이름에 쿠제와 니히로가 내심 반응했다. 그들은 지금 황도와 관계없는 척을 하며 신공국으로 가야 한다. ……하지만 이 수송 부대와는 별개로 우연히 이 도시를 경유한 부대가 이미 있었던 것이다.

"연이어 번거롭게 해서 미안하네."

"아니에요. 전혀 그렇지 않아요. 오늘 온 상인분들은 황도병 사람들과 달리 예의 바르고, 발소리도 쿵쿵거리지 않고, 오히려 좋았을 정도예요."

같은 황도병이라도 이끄는 이가 다르면 그 성질도 달라진다. 예를 들어 현재 상인 신분을 가장한 제20경 히도우의 병사는 히도우와 마찬가지로 상류 계급 출신이 많아 예절을 차리는 이가 많다.

"그 부대는 왜 이 변경에 왔지? 궁금하네."

"저기…… 사실인지 어떤지는 모르겠지만, 드래곤을 토벌한 대요."

"드래곤을?"

니히로는 저도 모르게 되물었다.

드래곤. 사람만 한 크기로 소형화하여 무리를 이루도록 진화한 와이번과는 달리, 무적의 용린과 재해에 가까운 사술인 브레스의 힘을 갖춘 원초적인, 진짜 용족만이 그렇게 불린다. 당연히 통상적으로는 미니어의 군 **따위**가 토벌할 수 있는 존재는 아니다.

"황도 29관의 제6장군 하르겐트 님의 부대로…… 그 자욱한 연기의 비케온을 쓰러뜨리겠다고 본인에게 들었어요. 정말로 그게 가능한지는 모르겠지만요."

"쿠제. 비케온이라니?"

"전승의 시대에서 유래한 흑룡이야———. 수많은 나라를 불태웠지."

"그래요. 저는 쿠제 선생님께 배운 옛날이야기를 기억하고 있어요."

"……그런 소리를 했던가? 어쨌든 제6장군님은 아주 당치 않은 짓을 하는군."

식사를 마치고 놀던 아이 중 한 명이 웃으며 쿠제의 어깨를 쿡 찔렀다.

"오오~! 내 이름은 비케온이다! 두려움에 떨어라!"

"후헤헤. 용 퇴치 놀이라면 아저씨가 자욱한 연기의 비케온을 해야지."

"내 역할은?"

"그럼 절대적인 로스클레이. 간다! 크아아~! 검은 연기의 브레스에 불타 죽어라!"

"와아~앗! 지지 않겠다! 내 이름은 로스클레이!"

아이들 틈에서 놀기 시작한 쿠제를 바라보며 리펠은 조금 섭섭한 듯 한숨을 쉬었다.

"쿠제 선생님은 여전하시네."

"흐으음. 쿠제는 예전부터 저랬어?"

"……맞아. 빈둥거리며 위엄은 전혀 없었고, 한 번도 화낸 적이 없어. '교단'의 다양한 일을 맡았는데 늘 웃었지……."

리펠은 쿠제가 앞으로 하려는 일을 모를 것이다. 그가 청부업자로서 날붙이를 휘둘러 신공국의 마왕 자칭자를 죽이려는 것도. 지금도 황도에 속하여 고아들에게 한때의 밝은 등불을 밝혀준다는 것도.

니히로는 아무 말도 하지 않고 아이들과 함께 노는 흑기사의 모습을 리펠과 함께 바라보기로 했다.

바람도 없이 무언가가 지나간 듯 촛대의 불꽃이 흔들렸다.

'──천사인가?'

문득 쿠제가 한 말이 떠올랐다.

◆

아이들의 목소리로 가득 찬 밤도 이윽고 잠과 함께 조용해졌다.

쿠제와 니히로는 침실 앞 복도를 확인했다.

"니히로의 방에 들어갈 수 있는 경로는 복도뿐이야. 창문이 없는 방으로 마련했으니 내가 복도에 장의자를 가져와서 잘게. 그러면 오늘 밤에는 일단 안전할 거야."

"쿠제는 여전히 신사네. 나는 딱히 같은 방에서 자도 상관없어."

레버넌트는 한쪽 눈만으로 고혹적인 미소를 지었다. 등에 있는 촉수는 섬세한 거미줄 같기도 하고, 여덟 개의 다리 같기도 했다.

"후헤헤. 아저씨를 놀리면 못 써. 오늘 밤에도 열심히 일했으니 안심하고 자."

"만약 드래곤이 와도 그 방패로 지킬 수 있어?"

"……나는 무리야."

쿠제는 조용히 고개를 저었고, 아무것도 없는 공중을 바라보았다.

여행하는 동안 몇 번인가 반복된 행동이었다.

"하지만…… 비케온이 상대라도 나는 반드시 이길 거야."

"후후. 그러면 좋겠다."

호위 대상이 침실로 돌아간 뒤, 쿠제는 복도에서 밤을 보낼 준비를 시작했다. 장의자에 모포를 깔고 커다란 병 속에 불을 켠 뒤 밤의 출출함을 달래 줄 찻잎과 주전자를 확인했다.

"……응. 모두 잘 지내는 것 같아서 다행이야."

허공의 누군가를 향해 말하는 모양이지만, 상대는 보이지 않았다.

"4년쯤 전인가? 여기서 산 적이 있었어. 여닫이가 나쁜 창문 상태도 그렇고 역시 아직 변하지 않았네……."

'진짜 마왕'이 죽어도 그가 지켜야 할 '교단'은 여전히 궁핍했다. 모든 것을 뒤집기 위해 남겨진 길은 하나밖에 없었다. 남회 능력 니히로의 호송 임무. 그리고 리치아 신공국의 공략 작전에 협력하는 보답으로 그 권리를 얻는다.

'단 한 명의 『용사』를 정하는 싸움이라―.'

문득 쿠제는 머리를 들었다. 발소리가 들렸다.

복도 너머에 눈을 집중하자 수수하고 얇은 잠옷을 입은 리펠의 모습이 보였다.

"밤늦게 무슨 일이야, 리펠?"

"……쿠제 선생님."

니히로가 잠든 침실 방향을 신경 쓰며 리펠은 쿠제 쪽으로 다가왔다.

"부탁이 있어요. 저희를 도와주세요."

"……그건 모두의 앞에서 할 수 없는 말이니?"

그녀의 진지한 눈빛에서 그것을 감지했다. 부탁하지 않아도 언제든 편이 되어 줄 셈이었다. 그것이 쿠제가 할 수 있는 일이라면.

"신공국에 협력해주지 않으실래요?"

"……."

쿠제는 침묵했다.

신공국은 발이 넓다. 그런 일이 있다고 해도 이상할 것은 없다. 쿠제가 황도에서 의뢰를 받은 것과 마찬가지로.

"요전번에 제6장군의 부대가 찾아온 뒤…… 신공국 사람들이 조사차 찾아왔어요. 신공국에 협력하면 이 교회에도 변변한 지원을 해준대요……! 아이들도 추운 방에서 떨며 뜬눈으로 밤을 새우지 않아도 된대요! 저는 싸울 수 없지만, 혹시 쿠제 선생님이라면…… 쿠제 선생님은 아주 강하니까…… 타렌 님의 눈에도 들 테니까 저는……!"

"……후헤헤. 그래?"

──그녀는 쿠제가 황도의 진영에서 움직인다는 것을 모른다. 구빈원의 침소를 빌린 상인들도 그들이 말한 신분이 맞을

것이다.

"역시 힘들게 했구나. 미안해. 리펠."

쿠제가 신공국의 수괴인 경계의 타렌을 암살하고자 여행한다
는 사실을 모른다.

"……너를 도울 수는 없어. 내 방법으로는 안 돼……. 정말 미
안해."

"쿠제 선생님……."

그녀가 다음 말을 하기도 전에 세차게 바람을 가르는 소리가
귓불을 때렸다.

화살이었다. 전투자의 감각으로 쿠제는 그것을 반사적으로 회
피했다.

"……!"

복도 너머, 리펠의 등 뒤로 잠입한 복병이 머리를 저격한 것을
알았다.

리펠이 여기까지 데려온 공작원이 틀림없었다. 죽이려 한다.
쿠제는 즉각 바닥을 굴러 천사 문양의 대형 방패를 들었다.

"어, 어째서……. 기다려!"

리펠이 곤혹스럽게 외쳤다.

"이 사람은 죽이지 마!"

"방해하지 말고 비켜! 그 남자는 황도와 이어져 있어!"

신공국의 공작원은 무자비하게 단언했다. 이야기하며 다음 화
살을 장전하고 쿠제의 주의를 다른 곳으로 돌리지 않으려 했다.

'처음부터 신공국이 정탐하고 있었구나. 그것도 본래의 목적
은 이 수송 부대가 아니었어. 제6장군이 쓸데없이 움직이는 바

람에 그놈을 경계하며 신공국의 조사병이 이곳을 거점으로 잠입한 거야……. 젠장.'

수완가인 히도우라도 제6장군이 독자적으로 움직인 부대와 충돌하는 것까지 예견할 수는 없었을 것이다. 각자에게 독립적인 재량이 허용되고 동등한 권한을 가진 황도 29관의 결함이다.

애초에 리펠이 있는 이 교회의 구빈원을 숙영지로 제안한 것은 쿠제 자신이다———.

"정말이지 지독한 세상이군……!"

"상인들의 신분도 위장이로군. 지나가는 재앙의 쿠제!"

끼익, 하는 둔탁한 소리가 울렸다.

"칫……!"

등 뒤에서 접근한 다른 공작원의 단검을 오른팔의 암가드로 미끄러뜨려 피한 소리였다.

동시에 대형 방패를 벽처럼 전방으로 향하고 궁병의 공격을 차단했다.

"쿠제 선생님!"

리펠이 외쳤다. 그녀의 잘못이 아니다. 리펠 또한 소중한 사람들을 위해 그녀 나름의 최선을 택했을 뿐이다. 지나는 재앙의 쿠제가 그랬듯이.

"괜찮아!"

연사된 화살을 방패로 막으며 외쳤다. 단검을 든 병사는 뱀처럼 낮은 사각지대에서 쿠제의 장기를 노리고 공격해왔다. 훈련을 받은 암살자 2명의 연계에 쿠제가 대응할 수 있는 것은 방어전에 철저하기 때문이었다.

나아가 두세 명의 병사가 소리도 없이 나타났다. 시설을 맡은 리뻴이 신공국과 연관되어 있었으니 적이 숨어 있을 여지는 얼마든지 있었다.

"……부탁이야. 죽이지 마……!"

아니면 이변을 감지하여 위층의 황도병이 급히 달려왔을지도 모른다. 하지만 이 적이 그보다 빨리 쿠제와 니히로를 확보── 혹은 처리할 셈이라는 사실은 명백했다.

"우오, 오옷?!"

식은땀을 흘리며 맹공을 견뎠다. 방어하는 사이에 훅 들어온 단창을 간신히 옆구리를 지나는 형태로 피했다. 좁은 복도에서는 주특기인 대형 방패를 돌리기도 힘들었다.

단창을 든 병사가 동료에게 말했다.

"잘도 막는군. 황도의 정규병을 넘어서네."

"……위층의 상인이 황도병이라면 시간을 들이고 있을 수 없어. 생포는 포기하자."

"알았어."

전방에 두 명. 후방에 네 명. 앞뒤 양방향에서 호흡을 맞춘 무기가 다가왔다. 견고한 방어 기술을 가진 자의 정석. 미니어의 신체 구조상 방어 타이밍을 맞출 수 없는 동시 포화 공격.

쿠제가 가장 **꺼리는** 공격이었다.

"칫──."

대형 방패가 흔들렸다. 암가드가 삐걱거렸다. 갑옷이 갈라지고 내지른 발바닥이 창끝을 막았다.

한계가 있는 한 명의 미니어로서는 경이로운 반응으로 쿠제는 그것들을 견뎠다. 하지만 장검 한 자루가 그의 대응을 빠져나가 몸통에 도달했다.

그럴 터였다.

장검을 쥐고 있던 병사가 쓰러졌다.

"_____."

주위의 병사가 경계하며 원을 펼치듯 일제히 물러났다. 그중 누군가는 독극물이라고 생각했으리라. 다른 누군가는 제복에 감춰진 암기(暗器) 공격이라고 판단했으리라.

적어도 장검 병사는 엎드린 채 쓰러져 일어나지 않았다.

목숨이 끊어졌다. 예고도 없이.

"……그러니까 **죽이지 말라**고 말했는데."

청부업자는 패기 없는 미소를 지었다. 적어도 지금 이 순간, 그가 어떠한 반격을 할 여지는 전혀 없을 터였다.

"거리…… 거리를 두고 사격해."

병사 한 명이 중얼거렸다. 이해할 수 없는 사태에 공포를 억누르고 있었다. 주위의 사람도 고개를 끄덕이며 그 말을 따랐다. 쿠제는 경박한 웃음을 지으며 손바닥의 식은땀을 감추었다.

'……원거리 무리의 연사 속도라면 내 방패로 어떻게든 막을 수 있어. 그리고 시간을 벌 수만 있으면…….'

과연 병사는 활을 표적으로 향했다. 복도 구석에 주저앉아 움직이지 않는 리펠에게.

"……윽!"

쿠제는 화살의 궤도로 뛰어들어 그녀를 감싸려 했다.

활시위가 당겨진다. 그 직전에 사수가 먼저 쓰러졌다. 사후

경련으로 발사된 화살이 천장에 꽂혔다.

"니스디크……!"

쿠제가 이곳에 없는 자의 이름을 중얼거렸다. 그가 무방비한 순간을 놓치지 않고 단검 병사가 쇄도했다. 한 명의 검은 암가드에 튕겨 나갔지만, 남은 두 명이 역시 알 수 없는 요인으로 쓰러졌다.

"이 자식."

공작원의 숫자는 이제 세 명으로까지 줄어들었다.

흉흉했다. 지리적 우위를 빼앗긴 복도에서 일어난 전투는 암살 작업에 뛰어난 신공국병이 일방적으로 유리하므로 사실상 그렇게 전투의 흐름이 옮겨갈 터였다.

반격이 불가능한 맹공도, 의식의 허를 찌른 기습도, 의미를 알 수 없는 죽음에 가로막혔고 그 원인을 아무도 몰랐다. 지나는 재앙의 쿠제에게는 아직 상처 하나도 없었다.

"후헤헤……."

"이 자식은 뭐지?"

틀림없이 일급 방어 기술이 있다. 하지만 이치를 벗어날 정도의 기술은 아니다. 단 한 명의 성기사가 '교단' 최강의 청부업자로 여겨지는 이유가 어디에 있을까?

"……배운 적은 없었어? 어렸을 때 교회에서 수업을 받은 적은?"

벽 같은 대형 방패가 '지나는 재앙'의 모습을 가렸다. 그곳에는 천사 문양이 그려져 있었다.

추상화된 날개와 빛. 형체 없는 개념. '교단'의 가르침에 있는, 이 세상의 시작에 사신을 모셨다고 여겨지는, 하늘에서 온 사자

(使者).

　"나쁜 짓을 하면——— 천사님의 벌을 받는대."

　"으, 으아아앗!"

　세 명 중 두 명이 공황 상태로 돌격했다. 쿠제는 역시 대형 방패의 방어로 제압하려 했다———. 그때, 옆에 있는 문이 열렸다. 그림자가 도약했다.

　레버넌트 소녀가 짐승처럼 재빨리 한 명의 안구를 손상시키고 다른 한 명의 목덜미를 뒤에서 뻗은 촉수로 꿰뚫었다.

　"킹, 캉."

　촉수 끝의 금속 단자가 신경에 꽂힌 병사는 불수의적 반응으로 단검을 던졌고, 도망치려는 나머지 한 명의 병사의 뒤통수를 정확히 꿰뚫어 죽였다. 그 자신도 그 동작을 마지막으로 호흡을 멈추었다.

　눈으로 볼 수조차 없는, 물 흐르는 듯한 한 동작 안에서 벌어진 일이었다.

　"큭큭. 큰일 날 뻔했네, 쿠제. 괜찮아?"

　"……."

　전투가 끝나고 참극이 벌어진 복도를 쿠제는 바라보았다. 죽은 자들을 보았다. 잠든 듯 죽은 자도, 처참하게 베인 자도, 두 번 다시 되돌아올 리는 없다.

　그런 목숨도 구하고 싶었다고 바라는 것은 쿠제의 오만일 것이다.

　"……그래. 고마워. 니히로."

"천만에."

그는 또 한 넋 남은 소녀 쪽을 향했다.

주저앉은 리펠은 얼굴을 덮고 있었다.

"미안해……. 미안해요, 쿠제 선생님. 저는 정말로 선생님이——
동료가 되었으면 해서. 주, 죽일 생각은, 저는."

"알아. 방금 그건 신공국 패거리가 멋대로 한 짓이야. 리펠은
아무 잘못도 없어. 고아들을 먹여 살리기 위해서지. 나도 그랬
어——."

"그, 그런데, 저는."

"……누구 명령으로 했어?"

니히로는 무자비한 사자(死者)의 눈으로 리펠을 내려다보았다.
가느다란 촉수는 거미집처럼도 보였다.

"월람의 라나라는…… 여자가…… 지, 지나가는 재앙의 쿠제가
오면 알려 달라고……. 그래서 숙영지 이야기도 받아들였어……."

지나가는 재앙의 쿠제는 뒷세계에 알려진 '교단'의 강자다. 황
도에 속하지 않는 인재. 그것은 리치아 신공국이 바라던 조건이
기도 했다.

쿠제는 이를 꽉 깨물었다. 리펠이 줄곧 주저앉은 채 움직이지
않은 것은…… 목소리가 떨리는 것은 죄책감이나 공포 때문만
이 아니라는 것을 알고 있었다.

"……. 리펠. 배를 보여줄래?"

"죄송해요. 콜록, 콜록……."

"신장을 관통했군."

니히로가 담담하게 진단했다. 폐쇄된 곳에서 격전이 벌어졌

고, 그곳에서 흐른 화살이 리펠의 복강에 깊게 박혀 있었다.

쿠제를 따라다니는 힘은 쿠제 자신밖에 지켜주지 않는다. 그리고 힘이 없는 자는 너무나도 약하다.

"……모두가 행복해질 수 있다면…… 저도, 쿠제, 선생님, 처럼……."

"……리펠. 미안해. 나야말로 미안해."

'교단'은 멸망해가는 조직이다. 이용되고 버려진다.

지나는 재앙의 쿠제는 멸망해가는 자들의 죽음을 지켜볼 수밖에 없다.

◆

다음 날, 리펠은 땅에 묻혔다.

"니히로는 한 번 죽은 적이 있지?"

아침 햇살을 받은 하얀 묘를 내려다보며 쿠제는 입을 열었다.

"……딱 한 가지 묻고 싶은 게 있어. 죽었을 때 천사를 본 적이 있어?"

"'교단'이 말하는 천사는 눈에도 보이지 않고, 무슨 말을 걸지도 않잖아? 심지어 죽을 때 천사가 맞이하러 오다니 '교단'의 가르침에도 없는 얘기야. 누군가가 멋대로 덧붙인 상상이겠지."

"뭐…… 그렇겠지. 나도 실은 그렇게 생각해."

쿠제는 허공을 바라보았다. 그들을 높은 곳에서 내려다보는 푸른 하늘을.

"하지만 천사는 있어."

그 시선 끝에 있다. 이 세상에서 쿠제 단 한 사람만 인식할 수 있다.

순백의 머리카락. 순백의 옷. 순백의 날개.

부드러운 단발과 가녀린 체구는 마치 소년 같았다. 그녀의 표정은 거의 변하지 않는다. 무슨 생각을 하고, 왜 쿠제를 따라다니는지 쿠제조차 확실한 것은 아무것도 모른다.

"……천사도 외로운 걸 거야."

그것은 창세의 때——— 수많은 '손님'을 모아 이 세계를 시작한 그때, 신사가 관장하는 권능에서 갈라진 존재였다고 한다. 창세가 끝남과 동시에 그 역할을 잃고, 시대가 바뀌면서 사라져서…… 어쩌면 사람들이 그녀들을 보려 하지 않게 된 것이다.

잊힌 그녀들은 '교단'의 가르침 속에서도 존재를 이야기할 뿐인 전설이 되었다.

"쿠제는 계속."

니히로는 쿠제의 시선 끝을 좇았다. 그곳에는 하늘만 있을 뿐 아무것도 없었다.

"———천사를 보고 있었어?"

"후헤헤. 글쎄."

분명 죽음의 권능을 관장하는 천사였으리라. 그녀가 지닌 단검 '죽음의 송곳니'는 스치기만 해도 빠르고 확실한 죽음을 초래하는 절대치사의 마검이다.

"……어쨌든 천사님은 보고 있어."

천사는 다른 누구도 구해주지 않는다. 그녀는 지나는 재앙의 쿠제를 죽이려는 자를 죽인다.

따라서 쿠제는 무기를 들지 않는다. 자신이 믿는 천사인 그녀가 누군가를 죽이지 않도록. 커다란 방패로 죽음을 멀리 밀쳐낼 뿐인 싸움을 택했다. 적의 목숨을 지키기 위한 방패였다.

"그렇게라도 생각하지 않으면 구원받지 못하니까."

상식을 가진 자라면 광신도의 망상이라고 단언할 법한 이야기이리라. 하지만 그 말도 안 되는 이상성만이 지나는 재앙의 쿠제를 무적답게 만들었다.

"이름은 있고?"

"……이름?"

허리 뒤로 깍지를 낀 니히로는 쿠제를 보고 섰다.

"천사의 이름 말이야. 만약 쿠제가 천사를 보고 있다면 이름도 있을 거 아냐?"

"……후혜혜. 그런가? 이런 건 부끄러워서…… 아무에게도 가르쳐준 적이 없었어."

흙 밑에서 잠든 리펠에게도 가르쳐준 적은 없었다.

"알아. 이름은———."

그것은 단 한 명을 제외한 이 세상의 누구도 깨달은 적이 없다.

그것은 실재하지 않는 의식체이자, 어떠한 수단으로도 간섭할 수 없다.

그것은 창세의 때부터 이어진, 생명 정지의 절대 권능을 보유하고 있다.

다만 조용히 찾아와 눈에 보이지 않은 채 모든 것을 빼앗는, 죽음의 운명의 구현이다.

스태버. 엔젤.

조용히 노래하는 나스티크.

ISHURA

AUTHOR: KEISO
ILLUSTRATION: KURETA

2
절

신마왕 전쟁

11 ◈ 인연

오후. 챙 넓은 모자를 비스듬히 쓴 귀족 복장의 청년이 성채 앞에 나타나자 성채를 지키는 위병들은 일제히 머리를 숙였다.

"히도우 님. 기다리고 있었습니다!"

"일부러 이 변경까지 오시느라 고생하셨습니다. 제20경."

"그런 말은 됐어. 딱딱한 인사는 늘 생략하자고."

가볍게 손을 저으며 대응했다. 걸쇠의 히도우는 이 문지기의 아들만큼 젊지만, 황도 29관의 지위는 황도 정부의 정점의 일각을 차지한다.

이렇게 큰 성채를 가진 메이지시는 타렌이 지배하는 리치아 신공국에 가장 가까운 위성도시이며, 독립을 선언한 리치아의 동향을 감시한다. 황도 측 외성으로서의 역할을 맡고 있다.

히도우는 곧장 성채 안으로 들어가며 벗은 웃옷을 안내 병사에게 넘겼다.

"그 손님은 왔나?"

"네. 오늘 아침에 도착한 모양입니다."

"내가 늦었군. 애초에 '손님'들은 그런 예의를 신경 쓰지 않으려나?"

"'손님'의 감각은 제각각이라고 들었습니다만."

계단을 오르자마자 나온 문을 열자 실내에는 이미 두 명의 미니어가 앉아 있었다.

정확히는 바르게 착석한 이는 한 명뿐이었다. 남은 한 명은 바닥에 직접 책상다리를 하고 있었다.

"미안하군. 이쪽에서 불러놓고 늦었어. 제20경인 걸쇠의 히도우다."

"저, 저기."

의자에 앉아 있던 소녀는 즉각 일어나 머리를 깊게 숙였다. 긴장하여 몸이 굳었다.

"———머나먼 갈고리발톱의 유노라고 합니다. 나간의……그, 멸망한 나간에서 수습 학사로 있습니다. 이번에는 저희의 이야기를 들어주셔서……."

"됐어. 그런 서론은 생략하자고. 새로운 '손님'이 나왔다면 황도에서도 무시할 수 없는 이야기인걸. 잘 알려줬어."

"아니요……. 다, 당치 않습니다."

"그래서 말이지."

히도우는 소녀를 적당히 앉히고 책상다리를 한 남자 쪽에 빈틈없는 시선을 보냈다.

———'손님'. 이 세계의 지식을, 이법(理法)을, 기존의 개념을 뒤집을 수도 있는, 세계 일탈의 이물. 과거에 출현한 마왕 자칭자의 절반 가까이가 '손님'이었다.

그러는 한편, 그들은 세계에 은혜를 초래하는 존재이기도 하다. 예를 들어 머스킷의 보급과 그것을 이용하는 저격병이나 엽병(獵兵)의 도입. 이 세계에 생산되는 라디오 철광을 이용한 통신기의 작성 기술. 또는 미터법에 의한 인족의 단위 통일 등도 '손님'이 초래한 지식을 이 세계가 도입한 예이다.

"그쪽이 '버드나무 검'이군."

"아…… 그거, 그런 거 안 붙이면 안 돼? 나는 소지로야."

"나쁘지 않은 별명이잖아? 거기 있는 유노가 붙여주기라도 한 거야?"

젊은 문관은 입가를 웃으며 의자에 반대 방향으로 앉았다. 바닥에 앉은 소지로를 가까이에서 내려다보는 형태였다.

뱀 같은 안구가 날카롭게 히도우를 올려다보았다.

"적은 전직 제23장군, 경계의 타렌. 와이번의 군을 모아 전 세계에서 마구와 용병을 싹싹 쓸어모으지. 신공국과 황도가 본격적인 전쟁 상태에 돌입하기 전에——— 시민들이 말려들기 전에 재빨리 결판을 짓고 싶어. 그걸 너희들이 해야겠어."

인족 최대의 국가가 물류를 지연시키고 적의 내정을 탐지하려는 움직임에는 물론 이유가 있다.

개전 시기를 늦추어 아직 본격적인 대립에는 이르지 않았다고 적에게 믿도록 한다. 대의를 잃은 선제공격을 피하는 형태를 가장하며 실제로 암살의 선수를 치는 것은 황도 측이다.

"'용사'를 결정하는 시합은 아직인가?"

"아직 반년은 더 있어야 해. 황도는 이 세계 최대의 국가야. 당연히 그 최대의 시합에 나간다면 상응하는 관록이 필요해. 거기까지는 이해하지?"

무쌍한 힘을 자부하여 상람 시합에 이름을 올린 용사 후보는 셀 수 없이 많이 존재한다.

이 소지로도 지금은 그런 용사 후보 중 한 명이다. 지나는 재앙의 쿠제와 마찬가지로.

"이건 용사 후보로서 최소한 적합한 실력이 있는지를 확인하는 시험——— **예선**이야. 신공국을 상대로 큰 움직임이 생기면 29

관 중 누군가가 너를 후보자로 세울 거야. 그건 내가 보증하지."

"재미있는 상대와 붙는다면 뭐든 좋아. 상대는 어떤 패거리야?"

"할 수 있다는 뜻으로 받아들이면 되겠지?"

소지로의 옆에 앉은 유노는 도무지 진정되지 않는 기분으로 그의 귓가에 머뭇머뭇 속삭였다.

"소…… 소지로, 잠깐. 히도우 님은 정말로 위대한 사람이야. 말투에 신경을 좀 써."

"뭐어? 어쩌라는 거야?"

"저기…… 뭐랄……까? 떠돌이 '손님'의 몸을 관대하게 고려해 주시니 대단히 감사드립니다, 라거나……. 아무튼 무례하지 않게 해야지……."

"위."

소지로는 반쯤 입을 벌리고 고개를 끄덕였다. 유노를 엄지로 가리키며 다시 히도우에게 말을 걸었다.

"이런 느낌의 인사를 했다고 치자고."

"다 들렸어. 상대가 내가 아니었다면 너희는 위험했어."

히도우는 쓴웃음 지었다. 29관의 입장이 된 지금은 그가 이렇게 그 나이 또래의 젊은이 같은 측면을 겉으로 드러낼 수 있는 이야기 상대가 적어졌다.

애초에 그런 무례를 허용하는 것도 소지로에게 '손님'이라는 실력이 뒷받침되기 때문이다. 걸쇠의 히도우는 지나는 재앙의 쿠제에게 변덕스레 시혜를 베푸는 남자지만, 반항적인 자에게 특별히 관대한 것도 아니었다. 젊은 천재와 백성들이 입을 모아 찬양해도 전형적인 29관의 틀을 벗어나지 못했다는 것을 자각하고 있었다.

"유노. 이번 전쟁은 오히려 네게 의미가 있다는 것도 알고 있어. 그건 솔직하게 소지로에게 말했어?"

"네. 그게…… 저기."

유노는 소지로를 옆눈으로 보았다.

"으아. 뭐야?"

"설마 잊은 거 아니야……?"

"응. 나는 그렇게 머리가 좋지 않거든. 길 안내도 교섭도 대부분 네게 맡겼잖아?"

"……이봐. 괜찮은 거야?"

"아니에요. 정말로, 정말로, 솜씨는, 확실해요……!"

책상다리를 하고 앉아 하품을 하는 소지로의 옆에서 유노는 자신에게 되뇌려 하고 있었다. 나간이 멸망한 날의 지옥 같은 풍경은 결코 환상이나 악몽이 아니다. 하지만 소지로의 우둔한 모습을 보고 있으면 적어도 그 소름 끼치는 검귀의 모습은 아무리 생각해도 거짓말이었던 것 같았다.

"저기. 히도우 님. 이 마왕 자칭자의――― 타렌의 수하가 그날 대미궁에 있었다는 정보는 확실한가요?"

"확실해. 너는 알 권리가 있어."

그는 미소를 지우고 이때 처음으로 유노를 정면에서 보았다.

"이름은 까치 다카이. 나간의 가장 깊숙한 곳에는 중요한 마구가 있었어……. 그 커다란 예비 동력을 짊어진 '차가운 별'이야. 다카이는 혼자서 대미궁을 돌파하고 그걸 훔쳐냈어."

"……내가 미궁을 처리한 것과 같은 날이네. 또 한 명이 있었구나."

"던전 골렘이 어떻게 움직였는지 아직 몰라……. 어쩌면 그 다카이라는 남자가 최심부에 들어가서…… 기동했을 가능성이 있어. 맞죠?"

"그건 어디까지나 네 추측이야."

유노는 눈을 내리깔았다. 소지로에게 그렇듯이 복수의 창끝을 계속 찾고 있었다.

그 참극을 그저 재해로 끝내고 싶지 않았다. 누군가의 책임으로 떠넘기고 싶은 한심한 욕망이다. 잘못된 바람이다. 유노 같은 소녀도 알 수 있었다.

'하지만 그러면, 거기서 포기하면 나는 어떻게 되지?'

─── 모든 것이 어쩔 수 없는 일이었다고, 다른 누구도 아닌 **약한 자신이 잘못**이라고, 그렇게 비극을 받아들이고 앞으로 나아가는, 올바른 삶이라는 것을 살면 될까?

"히도우 님. 그 정보는."

유노는 황도의 작전 밖에 있는 무력한 소녀였다. 하지만 의문이 있었다.

"어떻게 알려진 거죠? 믿을 만한 확실한 정보인가요……?"

"그래. 그 이상은 파고들지 않는 게 좋을 거야. 무슨 소리인지 알지?"

"……네."

예를 들어 내통자의 존재를 상상한다. 암살이 가장 온당한 결과를 초래하는지, 타렌의 그림자 무사나 유력한 후계자가 존재하는지의 여부를 황도 측도 사전에 탐지해야 할 것이다.

이 세계에서 최대의 국가를 적에게 넘긴다는 것은 그런 뜻이다.

"내 말은 믿을 수가 없나?"

"네. 저는…… 그러니까, 허락을 받고 싶습니다."

소지로는 어떻게 생각할까? 신경 쓸 필요는 없다. 모든 것을 잃었다는 것은 자유롭다는 뜻이다.

그것이 유노와 뤼셀스의 증오를 받아야 할 적이라면 그녀가 직접 물을 필요가 있다고 믿었다.

"저도 갈게요."

"좋아. 해봐."

신분이 한참 떨어진 평민의 말을 히도우는 진지하게 들었다.

12 ◇ 불신

이날, 레그네지가 중앙의 첨탑으로 귀환했을 때 카테의 방은 어둠에 감싸여 있었다. 그녀에게는 본래부터 조명 같은 건 필요 없었기에, 레그네지의 눈에 방에 있다는 것을 표시하기 위해서만 불을 켰다. 하지만 지금은 타렌과 함께 저녁 식사를 하는 중이다.

레그네지는 평소처럼 창문으로 들어가기 직전에 체공 상태로 멈추었다.

"움직이지 마."

낮게 경고했다.

방 안에는 기척이 있었다. 카테의 것이 아니라는 것을 알 수 있었다.

"———움직이면 죽이겠다."

"나야."

익숙한 목소리가 되돌아왔다.

까치 다카이. 타렌의 왼팔로서 오랜 시간 동안 암약을 이어가고 있는 정체 모를 무뢰한 '손님'이었다. 레그네지는 이 남자를 혐오한다.

"그렇게 경계하지 마. 이쪽도 수색 중이거든———. 타렌의 허가는 받았어."

"나는 허가한 기억이 없어. 얼빠진 검사 따위와 사이좋게 지낼 생각도 없고."

실내의 어둠 속에서 다카이는 보란 듯이 양손을 들었다. 이 남자라면 물론 이 자세에서도 공격으로 옮길 수 있을 것이다. 고속 발동을 자랑하는 레그네지의 사술보다 빠르게…… 맨발인 양발까지도 손끝처럼 다루는 마인이다.

다카이는 레그네지에게 시선을 보내지 않고 별안간 물었다.

"일기를 알고 있나?"

"……일기라고?"

"이 세계에서는 별로 유행하지 않나? 매일의 기록을 공책에 남기는 거야. 카테가 그걸 쓰는 건 알고 있었어?"

알고 있다. 그녀는 레그네지와의 추억을 곱듯이 말했다.

"──몰라. 바보 같은 미니어는 그런 놀이를 하며 즐거워하나?"

"그래? 하지만 카테는 즐겼던 모양이야."

다카이는 움직이지 않은 채 책상 위에 놓인 한 권의 책을 눈으로 가리켰다. 그는 아까까지 이것을 읽고 있었다. 레그네지는 창가에 멈추어 다카이와 책을 노려보았다.

"그게 왜?"

"여기에 문자는 적혀 있지 않아. 일정한 간격으로 구멍이 뚫렸고, 만지면 알 수 있게 되어 있어. 그 공주님이 너와 이야기한 시간이나 바깥 날씨나…… 그런 걸 기호로 여기에 적었다면 어떻게 하겠어? 실제로 너도 기록할 수 있다고는 생각하지 않았잖아?"

"……."

──눈도 보이지 않는데 어떻게 문자를 쓸 수 있지?

와이번군이 출격을 마친 뒤, 레그네지는 반드시 이 방으로 되돌아와 카테와 이야기를 나눈다. 눈이 멀었기에 아무것도 볼 수 없는 그녀에게 시간이나 바깥 풍경을 전해준다.

출격하는 날과 귀환하는 시각. 그리고 상대 병력 규모의 정보가 더해지면 거기서 방공망에 의한 대처 소요 시간을 알 수도 있다.

"하지만 너도 군의 규모까지 말할 정도로 어리석지는 않겠지. 그 정보는 황도 측이 관측하여 갖고 있을 터. 이런 수법을 쓰는 장본인일 테니까."

"──그게 왜?"

와이번의 우두머리는 분노의 기색이 강해졌다. 명석한 지성을 가진 그는 다카이의 발언이 무엇을 의미하는지 알고 있었다. 이 남자가 수색하는 내통자의 정체가 누구인지.

"카테에게…… 무슨 짓을 하기만 해봐. 아홉 갈래로 찢어서 죽여주마."

"어이쿠."

다카이는 희미하게 웃으며 레그네지를 옆눈으로 보았다.

"나와 붙어서 이길 수 있을 것 같나?"

"멍청한 놈."

레그네지가 날개를 펼치자 와삭와삭, 와이번의 것이 아닌 **무언가**의 날갯소리가 울렸다.

그는 눈앞의 '손님'을 관찰했다. 쳐든 양팔에 무기는 없었다. 허리에 매단 마검에 손가락을 대는 것보다 레그네지의 열술이 빠를까?

'……아니.'

까치 다카이의 진의는 표정으로 읽을 수 없다. 속이거나 날뛰는 것으로 리치아 신공국에서 이 남자를 능가할 괴물은 없다.

"이봐, 레그네지. 예전부터 한 가지 의문이 있었는데———
네 무리, 그건 뭐야?"

"……내 무리가 왜?"

"네 무리도 한 번『진짜 마왕』에게 멸망했지? 카테의 눈이 보
이지 않게 되었을 때와 똑같은…… 불과 4년 전쯤의 이야기야.
어떻게 하면 4년 만에 **이런 숫자로까지** 늘린 거야?"

"그걸 알아서 뭐하게? 미니어 따위가."

이 남자는 늘 긴 소매의 검은 옷을 입는다. 본 적이 없을 뿐
소매 안쪽에 투척용 암기를 넣었다고도 생각할 수 있다. 평범한
병사라면 레그네지의 속도로 쉽게 대처 가능한 잔재주일지라도
다카이가 움직이면 그것으로 치명상을 입을 수 있다.

예를 들어 다카이의 맨발은 융단에서 살짝 떠 있지는 않은가?
그 밑에 아주 작은 나무 조각이라도 감추고 있는 것이라면 레그
네지가 이 자리를 떠나기보다 빨리 목을 꿰뚫을 수 있다. 다릿
심으로 투척한대도 다카이에게는 나무 조각조차 충분하고도 남
을 살상 무기가 된다.

뿐만 아니라 레그네지가 인식하는 다카이의 반응 속도는 이
남자의 확실한 상한선이었을까? 레그네지의 영창이 끝나기 전,
마검의 자루에 다카이의 손가락이 닿을 수 있다면 한계를 뛰어
넘은 반응 속도. 그렇다면 지금 여기서 레그네지의 비장의 카드
를 사용해야 할까———?

"너는……."

레그네지가 입을 여는 모습을 보고 다카이는 당당히 양손을

내렸다.

"안심해. 아직 아무것도 할 생각은 없어. 카테에게도, 네게도."

"카테의 심문이라면 내가 입회하지."

"하하. 그러니까 의미가 없다고. 이렇게 대담한 수를 쓸 정도로 기합이 들어간 공작원이라면 어차피 입을 열지는 않을 테고——."

도적은 어깨를 움츠렸다.

"만약 누군가가 바람을 넣었대도 **누구였는지** 보지도 못했을 테고."

팔랑팔랑 손을 흔들며 다카이는 모습을 감추었다. 밤의 어둠에 섞이는 듯했다.

그 자리에 남겨진 레그네지는 침묵한 채 카테의 일기를 내려다보았다.

표지를 보자 그 내용에 대해 즐거운 듯 말하던 소녀의 미소를 떠올릴 수 있었다.

'……나는 버리지 않아.'

그가 이끄는 무리는 이미 군대화되어 야생의 삶으로는 돌아갈 수 없었다. 신공국의 비호가 필요했다.

무리의 생존 책무일까? 아니면 이 세상에서 유일한 마음의 안녕일까?

'나는 옳은 선택을 했어. 항상.'

◆

콩과 밀을 몇 종류의 향신료와 함께 졸인 수프. 신선한 훈제 말고기. 하얗게 끓인 죽. 과일 꿀 소스를 곁들인 생채소. 그리고 멀리 이타키 고산에서 가져온 백포도주.

경계의 타렌은 결코 화려함과 낭비를 좋아하는 장수는 아니었지만, 의붓딸과 식사할 때는 늘 위치에 맞는 요리를 준비하도록 주의한다.

맛있는 음식은 시력이 차단된 카테가 아직 느낄 수 있는 행복 중 하나이기 때문이다.

"그래서…… 레그네지가 나갈 때 내 숄을 다리에 걸고 간 거야. 너무하지? 나는 어디에 잃어버렸는지 모르는걸. 방만 샅샅이 더듬었지."

"그건 재난이었겠네. 레그네지잖아. 그것도 상당히 뻔뻔하게 정색했겠지. 용서해줘."

"알아. 후후."

타렌은 훈제 고기를 카테의 접시에 덜었다. 카테도 그것을 이해하고 보이지 않지만 능숙하게 포크와 나이프를 이용하여 자르고 입에 넣었다.

타렌은 굳이 카테를 아낄 마음은 없지만, 그런 식사 예절이나 걸음걸이, 계단을 오르고 내리기나 욕실에 들어가는 방법에 이르기까지의 일상적 행위를 볼 때마다 마음속으로 감탄했다.

카테는 기억력이 아주 좋은 아가씨다. 배운 것을 기억하고 재현하는 데에는 이능이라고 해도 과언이 아닐 흡수력이 있었다.

『진짜 마왕』의 공포에 몸과 마음이 쇠약해져 거의 발광 상태였던 카테가 이렇게까지 다시 설 수 있었던 것은 그녀가 자신이 가진 힘으로 본인의 일상을 재구축할 수 있었기 때문이다.

"……맛있다."

"그래? 좋은 시대가 왔어."

짧게 대답하며 웃었다. 『진짜 마왕』의 시대. 타렌이 카테의 나이였을 무렵에 그녀는 이미 병졸로서 전쟁에 나갔었다. 배급된 식량은 참담했고, 언젠가 친자식을 낳는다면 절대로 이렇게 배곯는 일은 없게 하겠다고 맹세한 적도 있다. 전시에 입은 부상 때문에 그것도 이루지 못하게 되었다.

───전화(戰火)의 시대. 광기의 시대. 『진짜 마왕』이 죽은 지금, 인족은 그 저주에서 빠져나올 수 있을까?

"저기, 어머니."

"늘 말했잖아. 그렇게 부르지 말라고. 네 친어머니께 미안하네."

"……응. 저기…… 레그네지에게 위험한 짓을 시키고 싶지 않다고 부탁하고 싶어서."

"위험이라면, 그 임무는 언제나 그래. 아니면 특별히 마음 쓰이는 거라도 있었니?"

"……또 싸움이 시작돼?"

"그렇겠지. 나는 마왕 자칭자야. 황도는…… 왕국은 마왕을 자칭하는 자를 용서하지 않아. 예외 없이 토벌의 손길이 미치지. 그렇게 되면 나는 이곳 리치아를 지켜야 해."

그것도 백성에게 준비한 표면적 원칙이다. 타렌은 이 전쟁에 대의를 내세울 생각은 없다. 그렇지 않으면 강대한 황도에 이기기 불가능할 것이다.

"황도는 왕국 시대부터 이어진 인족지상주의야. 리치아가 그들에게 투항하면……."

───레그네지 무리도 살아서 갈 수는 없다.

카테와 레그네지는 타렌이 최초로 그녀들을 찾아낸 그때부터 함께였다. 카테는 레그네지가 사람들을 구할 천사라고 믿고 싶었으리라. 그래서 눈이 보이는 타렌의 입으로 레그네지의 정체를 고할 수는 없었다.

───그가 사람에게 해를 끼치는, 공생 불가능한 와이번이라는 사실을.

"응, 괜찮아. 그저 어린애의 응석이야……. 하지만."

카테는 수프에 입을 댔다. 식사가 진행되지 않았다.

"어머니는 정말로 오직 전쟁 때문에 나와 레그네지를 은닉한 건지 알고 싶어."

"몇 번이나 말했잖아. 너희들에게는 중대한 전술적 가치를 두고 있고, 그 이상의 이유는 필요하지 않아. 그러니 너도 나를 어머니라고 불러서는 안 돼."

그 말대로였다. 타렌은 장군으로서 카테와 그녀를 따르는 와이번의 병력을 이용하고 있다. 아무리 모녀의 유대를 키우려 해도 그 전제가 있는 한 그녀는 결코 카테의 어머니는 될 수 없다.

"……행복해질 수 있을까……?"

"너나 레그네지가?"

"어머니…… 타렌 님도. 전쟁에 이겨서 리치아가 풍요로워진다면…… 안전해진다면 모두 행복하게 살 수 있을까……?"

"걱정하지 마. 나는 무패의 장군이야. 경계의 타렌이야. 황도와의 분쟁 정도는 금방 끝낼 수 있고말고."

타렌은 작게 한숨을 쉬며 카테의 몸을 부드럽게 지탱하여 일으켜 세웠다.

"오늘은 그만 자. 너는 쓸데없는 걱정이 너무 많은 것 같아."

"응. ……잘 자. 어머니."

"또 그런다, 카테."

그런 말과 함께 떠오른 미소가 아무리 불안하고 장군답지 않더라도 눈이 먼 카테는 그 얼굴을 볼 수 없었다. 그것이 천만다행이었다.

"잘 자. 타렌 님."

"그래. 잘 자."

좁은 길에 상점이 밀집된 리치아 시가지는 마치 요새를 중심으로 펼쳐진 미로 같았다.

곳곳에 선 첨탑이 햇빛을 가늘게 반사하는 모습에 작은 키아는 압도되었다.

"……뭐, 생각보다 별거 아니네!"

옆을 걷는 에레아를 향해 그녀는 일부러 그렇게 말했다.

"그렇게 생각하나요?"

"이타에는 더 큰 나무도 있었어. 과일도 이곳에서는 그렇게까지 신선하지 않고. 미니어의 마을은 역시 시끄럽고 좁을 뿐이야."

하늘 높은 곳을 기구가 아닌 와이번 편대가 가로질렀다. 다른 인족의 마을에서는 볼 수 없는 하늘의 모습보다도 키아는 가게에 채소나 과일이 즐비한 데 놀란 모양이었다. 처음 보는 미니어의 모습들에 눈을 빛내는 키아는 평소보다 더 그 나이다운 천진난만한 소녀로 보였다.

"후후. 황도의 마을은 더 굉장하답니다."

"거짓말 마……."

상점 사이를 누비며 달려간 마차의 기세에 놀라 키아가 하려던 말을 멈추었다. 그녀는 에레아를 올려다보며 다시 말했다.

"……분명 거짓말이야."

"그런가요? 선생님은 거짓말을 하지 않았는데요."

──붉은 지전의 에레아가 이 마을을 방문한 이유는 관광을 위해서도, 더구나 키아의 수업을 위해서도 아니다. 만능이자 궁

극의 사술사. '세계사'의 실재는 다가오는 상람 시합에서 그녀가 이기기 위한 유일하고 가장 큰 비장의 카드였다.

키아와 에레아와의 연결고리에 다다를 가능성이 있는 자는 시합이 시작되기 전에 배제할 필요가 있었다.

'황도의 암살 작전이 성공한 뒤에는 잠입 공작원도 본국에 귀환하게 돼, 그렇게 되면 다른 사람의 눈을 속여 죽이기도 어려워져. 다소 무리를 해서라도 이 단계에서 처리해야 해———.'

이윽고 두 사람은 시가지 변두리의 작은 공원에 다다랐다. 중앙에 썩어빠진 인공 샘이 있었고, 울타리가 정확히 거리로부터의 이목을 차단했다.

오늘 접촉할 공작원에게는 다른 병사를 통해 이 공원의 장소와 일시를 전달했다.

"누구랑 약속한 건데? 에레아."

"선생님의 옛 지인이요. 말하자면 길어요."

"……그렇다고 혼자 숙소에 있으면 너무 심심하잖아. 공부는 절대 하지 않을 거야!"

"선생님이 없으면 안 되나요? 후후후. 키아는 품이 드는 학생이네요."

"그러니까……! 어린애 취급하지 말래도!"

키아가 이 모임에 동행한 것은 본의가 아니기는 했지만, 그녀와 기다리는 동안에는 서로 얼마든지 이야기가 이어져 지루하지 않았다.

바다로 이어지는 하구 부근이기 때문이리라. 운하 방향에서 흐른 바람에는 희미하게 짠 내가 났다.

공원의 장의자에 한동안 앉아 있자 옆에서 목소리가 들렸다.

"……일찍 왔네. 에레아."

후드가 달린 망토로 윤곽을 가린 여자였다. 하지만 마치 어린 애처럼 키는 극단적으로 작았다.

월람의 라나라는 이름의 황도 공작원이었다.

에레아가 키아의 마을에 잠입하는 계기도 된, '세계사'의 거처를 아는 리치아의 첩보병을 에레아에게 팔아넘긴 장본인이기도 했다.

"에레아 선생님이라고 불러주세요. 라나 씨."

"아아…… 그래? 그런 신분이던가? 좋아, '선생님'. 그 아이가 제자야?"

에레아는 '세계사'의 수색을 라나에게서 비밀리에 이어받았고 실패로 끝났다. ───표면적으로는.

'세계사'는 신공국의 첩보부대 사이에서 소문으로는 흘렀지만, 만능 사술사라는 존재를 진심으로 믿는 이는 없었다. 월람의 라나 말고 '세계사'의 수색 사실을 아는 이는 없고, 그녀 한 사람만이 에레아와 키아와의 연결고리에 다다른 가능성을 남겼으며, 눈앞의 키아가 그렇다는 것을 모르고 있었다.

지금은 아직.

"……뭐? 당신도 선생님의 제자야?"

"뭐, 그런 셈이지. 예전에. 나는 월람의 라나야. 잘 부탁해."

라나는 웃으며 키가 비슷한 키아의 머리를 쓰다듬었다.

그녀를 비롯한 리치아 내의 공작원은 현재 메이지시의 히도우를 중심으로 한 작천 본부의 지휘 계통 아래 들어가 있지만, 본래는 에레아가 관할하던 암살부대의 인원이기도 하다.

"귀엽다. 이름이 뭐야?"

"······키아."

"흐~음. 그럼 키아. 언니랑 같이 관광이라도 갈까? 선생님은 진지하고 재미없거든."

"아니······. 이런 마을에 별다른 게 뭐 있겠어."

"커다란 배가 있어. 리치아는 물의 마을이니까. 다른 마을에는 좀처럼 없는 유람선이야."

"배······?!"

"음식도 이곳은 향신료를 이용한 요리가 맛있어. 밥을 지어 만든 요리도 있지. 빵과는 또 다른, 아주 맛있는 음식이야."

"으······ 응."

키아의 애매한 끄덕임은 에레아에게 어떻게 보이는지를 신경 쓰는 것 같기도 했다. 그때까지의 기세는 온데간데없고 온순하게 중얼거렸다.

"라나가 그렇게까지 말한다면 좋아. 아마······."

"그렇게 결정한 거다? 갈까?"

"라나 씨."

"알아."

라나는 살짝 기지개를 켜고 에레아의 귓가에 입을 들이댔다.

"내가 이곳에 있는 건 표면적으로는 안내인의 업무를 수행하기 위해서야."

"······사냥은 언제 시작돼?"

"금방. 사냥감은 '별'을 손에 넣었어. 공작원이 많이 죽었지만, 오히려 내게 이르는 선은 끊어졌지. 와이번의 출격 이력도 곧 흘릴 수 있어."

"······."

"이쪽의 일에는 뛰어난 녀석을 두 마리만 끌어들였어. 바다의 히그아레와 소리 절단의 샤르크. 물론 암살로 결판을 짓는다면 부딪칠 걱정은 없고——— 만에 하나 암살 작전이 실패한다면 뛰어난 용병은 내란의 씨앗이 될 수 있어. 잘 부추길 방법은 있지."

황도 제17경은 잠시 생각에 잠겼다. 라나의 작전은 현재 순조롭게 진척되고 있다. 그녀를 당장 처리하는 것은 좋은 작전이 아니리라.

황도가 움직이기 직전의 시기를 가늠하여 그때까지는 본래의 작전을 계속 실행시켜야 한다. 그리고 두 사람이 리치아를 떠날 때에 맞추어 그녀를 행방불명으로 처리한다. 수사의 손이 시외의 에레아에게 미칠 무렵에는 타렌 암살의 혼란이 사건 그 자체를 덮을 수 있다.

"알겠습니다. 선생님도 같이 가도 될까요?"

"······딱히 에레아는 숙소로 돌아가도 되는데?"

"하하. 그렇게 말하지 마, 키아. 이래 봬도 선생님도 외로움을 탄단 말이야. 그렇지?"

"라나는 아직 입이 가벼운 버릇이 고쳐지지 않은 모양이네요."

"왜? 덕분에 이런 일을 잘해."

"선생님에게는 고맙게 생각해."

라나는 친근하게 웃었다. 공작원으로서가 아니라 진심으로 그렇게 생각하는 듯했다.

◆

"키아. 안 자? 졸리지 않아?"

"응⋯⋯. 아직 괜찮아⋯⋯."

"글러 먹은 것 같은데."

에레아에게 업힌 키아는 놀다 지친 것처럼 보였다.

저녁. 시장의 불빛들이 길을 만들었다. 황도 정도는 아니지만, 상야등과 야점이 즐비하여 활기차고 경제가 풍요로운 마을이었다.

"⋯⋯타렌 장군은 좋은 위정자겠지?"

"뭐, 그렇지. 그러니까 직접 다 해야 한다는 책임감도 강할 거야. ⋯⋯타렌에게 조금 더 인망이 없었다면 이렇게는 되지 않았을 거야."

"그렇게 생각하세요?"

"이쪽에서 오래 있다 보면 알 거야. 리치아의 독립은————타렌이 왕을 자칭하기 시작한 것은 그 사람의 백성이 그렇게 바랐기 때문이야. 그녀야말로 왕에 적합하지. 자신들의 나라를 원했어. ⋯⋯마왕 자칭자는 예전부터 모두 그런 것일지도 모르겠지만."

황도 제23장군보다도 똑똑한 자는 있었다. 인망을 가진 자도, 무예에 능한 자도.

하지만 황도의 체제에서 벗어나 오로지 홀로 국가를 움직일 수 있는 자는 분명 그녀밖에 없었으리라.

"……술집 녀석들의 이야기를 들었어? 모두 황도와의 전쟁을 마치 축제처럼 생각해. 무적의 와이번군과 무적의 타렌이 있으면 이길 수 있다고 생각해. 자기들에게까지 쳐들어올지도 모른다는 생각을 안 해."

"만약 타렌 장군이라면 평지인 메이지시를 금세 함락시키겠죠. 그곳을 거점으로 와이번이 넓은 방공망을 구축하면 육로를 이용할 수밖에 없는 황도군은 진군할 수단을 잃을 테니까요."

"홋. 문관 주제에 전술도 잘 아네? 에레아 선생."

"그녀에게는 배운 게 많았어요. 결국, 한 번도 감사의 말을 하지 못했지만요."

"아하하. 이제 와서 동정하지 마. 그 사람을 죽이지 않으면 또 전면 전쟁이야. 『진짜 마왕』도 죽었는데 그런 건 누구에게도 좋지 않아. 어차피 사라지지 않으면 곤란해."

"……그렇겠지요."

라나도 전쟁 중에는 첩보 길드인 '흑요의 눈동자'의 일원으로서 다수의 지저분한 일에 발을 담근 몸이다. 과거에 소속되었던 조직을 배반하고 홀로 황도로 내려온 경위가 있다.

"이제 곧 이 일도 끝이야. 나는 황도에서 느긋하게 지낼 거야. 이번에는 정말로 안내인이라도 하면서 말이야……."

몇몇 대화를 나누며 그녀들은 불빛이 비치는 리치아를 걸었다. 하늘에는 와이번이 날아다녔고, 이따금 주민 몇 명이 그것을 올려다보았다.

인족과 용족의 공존. 그것이 정말로 가능한 일이라면 얼마나 많은 사람이 구원받을 수 있을까? 경계의 타렌이 이상과 의무에 집착하지 않고 한 명의 장군으로서 삶을 영위했다면 잃지 않았을 목숨이 혹시 있었을까?

풍경이 어두워지기 시작하며 눈꺼풀이 무거워진 키아를 상점의 의자에 앉혀 쉬게 하던 무렵, 라나는 장난감 기념품을 산다며 그녀들 둘에게서 멀어졌다.

물론 에레아는 그녀를 미행했다. 월람의 라나에게서 눈을 뗄 수는 없었다.

"……!"

그러던 도중에 그녀는 모퉁이에 높이 쌓인 짐 뒤로 몸을 숨겼다. 라나의 뒤를 쫓았지만, 지금 길 저 멀리에 보이는 모습은 둘이었다.

"……그래서, 타렌의 말에 따르면 내통자가 있대."

"호오. 그게 왜? 다카이."

끝을 물들인 흑발에 집사복을 입고 눈이 날카로운 남자였다. 얼핏 여성으로 오인할 만큼 단정한 용모. 그는 한 손으로 기묘한 곡검(曲劍)을 갖고 놀며 라나의 진행 방향을 가로막고 있었다.

"카테가 그렇게 말했다면 어때?"

"어떻고 자시고, 별다른 사건도 아니잖아? ……타렌의 양녀가 직접 정보를 흘린 걸 테지."

"그 아가씨는 일기를 쓰고 있었어. 놀랍지? 내가 온 '저편'에도 그런 문자가 있었어. 눈이 보이지 않는 사람도 읽고 쓸 수 있는…… '점자'라는 것이지―――."

"……."

"잘 생각해. 눈이 완전히 먼 소녀가 정보를 기록해서 외부에 흘린다고는 아무도 생각하지 않아. 게다가 알리바이도 충분해. 당신은 계속 마을 밖에서 샤르크나 히그아레 같은 용병을 찾고 있었지? 자신이 없는 동안 카테에게 **대신 기록을 시킨** 거야."

맑은 하늘의 카테는 통솔 개체에게 직접적으로 그날의 동향을 들을 수 있는, 타렌을 제외하면 유일한 특권 계급이다. 그리고 월람의 라나 같은 대담함과 실적에 의한 신뢰가 있는 한은 그녀의 몸종이나 교사를 가장하여 접근하기도 쉬웠다.

"그리고 돌아온 뒤 일기 내용을 베껴서…… 어떠한 수단으로 외부에 넘기면 돼. 만일 카테에게 죄를 뒤집어씌울 수 있다면 대단한 분단 공작의 업적이 될 거야."

다카이라 불린 남자의 말투는 확신으로 가득했다. 통찰력도 전투도 모두 상대를 웃돈다는 강한 확신이.

"전직 첩보 길드인 당신이라면 구멍의 수와 배열로 암호를 만드는 정도는 해본 적 있겠지? 카테의 기억력이라면 그걸 외울 수도 있었겠지."

"이봐. 그렇게까지 말한다면 증거는 있겠지?"

"사본이야. 리치아에 돌아온 뒤 점자 작성기와 함께 회수했겠지. ……하지만 이쪽은 점자 작성기와 달리 외부의 놈들에게 넘기기 전까지는 처분도 못 해."

다카이가 호주머니에서 꺼낸 종이 다발을 앞에 두고 라나는 뒤로 주춤했다. 상야등의 청백색 빛에 식은땀이 흉흉하게 반사되어 보였다.

"……어떻게."

"어떻게?! 숨긴 곳을 어떻게 찾았냐고?! 하하하하하! 이봐, 도적인 내게 그걸 묻는 거야?! 내게 열지 못하는 자물쇠는 없고, 찾지 못하는 은닉처는 더더욱 없어. 나간 대미궁을 혼자 공략한 내게 그렇게 어리석은 질문을 하는 거야?"

"빌어먹을, 얼마 남지 않았는데……!"

"타렌에게도 이건 자주 하는 말인데."

기술의 차원이 달랐다. 최정예를 자랑하는 황도의 첩보병이 아무리 교묘하게 숨긴대도 세계를 초월한 기술 앞에서는 발끝에도 미치지 못했다. 그것이 '손님'.

"나 일 잘하지?"

라나가 연행되는 모든 과정을 본 에레아의 심장이 경종처럼 계속 울렸다. 행운이었다. 그 '손님'이 이쪽을 알아채지 못한 것도, 그가 라나와 접촉한 그때 자신이 따라가지 않은 것도.

'아니. 행운——— 정도가 아니야.'

이미 사태는 '세계사'의 은폐에 한하지 않는다. 한시라도 빨리 라나의 입을 봉쇄해야 한다. 그것이 가능한 존재는 지금, 붉은 지전의 에레아 말고 있을 리 없었다.

월람의 라나는 말단의 공작병과는 비교도 되지 않을 정도로 깊숙한 곳까지 작전에 관여하고 있다. 만약 그녀가 입을 열면 황도의 작전 그 자체가 깨질지도 모른다. 그리고 같은 날에 그녀와 만났던 에레아와 키아에게도 다음 날 아침을 기다리지 않고 수사의 손길이 뻗칠 터였다.

가령 그렇게 되었을 때——— 키아의 힘은 무적이라도 에레아
는 전혀 그렇지 않다.

"……에레아, 왜 그래?"

등 뒤에서 들린 졸린 목소리에 에레아는 저도 모르게 몸을 움
츠렸다.

어느샌가 깬 키아가 그녀의 뒷모습을 쫓는 것을 깨달았다.

"라나가."

"응……? 괜찮아? 떨잖아. 에레아."

"……라나가. 도적에게 잡혀갔어요."

의심할 줄 모르는 키아의 무구한 푸른 눈이 보석처럼 밤의 빛
을 비추었다.

"구…… 구하러 가야 해."

———가능할까?

그녀의 전능한 사술의 힘을 이용하면 아침까지 전혀 흔적을 남
기지 않고, 키아 자신에게조차 사태를 알리지 않은 채 월람의 라
나를 죽이고…… 이곳 리치아 신공국을 탈출하는 게 가능할까?

해가 저물어 가는 저녁이었다. 황도의 군이 체류하는 메이지시와 리치아 신공국의 경계에 있는 평야를 나아가는 무리가 있었다. 황도에서 파견된 정규병으로 구성된 초계부대였다.

머나먼 갈고리발톱의 유노와 버드나무 검의 소지로도 그들과 동행했다. 소지로의 작전 목표인 리치아 부근의 지형을 파악하기 위해서라는 명목이었지만, 부대장이 나간의 멸망 속에서 살아남은 유노를 동정하여 이야기를 듣고 싶어 한다는 이유도 컸다.

"……황도와 신공국은 적대 관계에 있다고 히도우 님께 들었습니다만."

기병의 뒤에서 천천히 흔들려가며 유노는 옆 말에 탄 부대장에게 물었다.

"그렇다면 저희가 이렇게 무장 상태로 접근하는 것도 리치아 측에게 비난받지 않을까요? ……물론 풋내기의 쓸데없는 걱정이란 걸 알고 있지만요."

"음. 그 인식에는 조금 잘못이 있을지도 모르겠네요. 저희와 신공국은 확실히 일촉즉발 상태지만, 그래도 표면적으로는 우호 관계에 있어요. 리치아가 독립을 철회하고 저희의 산하로 들어오기까지의 유예 기간이라는 조건이었던가요? 음. 애초에 이 초계는 신공국 측의 요청에 응한 것이에요."

"네……? 그런가요?"

"부근에서 빈발하는 도적 습격 때문에 메이지시 방면을 관할하는 황도 측에도 치안을 유지할 노력이 필요하다고 말해서 온 거죠. 리치아 독립을 인정하지 않는다면 당연히 황도가 책임을 다해야 한다고요. 즉, 이런 형태지만, 도적 경계와 토벌 체재를 갖추어야 한다는 거예요."

"하지만 도적은……."

리치아를 습격하고 경제 공격을 가한 도적도 황도와는 표면적으로 관계가 없을 뿐, 실제로는 그들에게 사주받은 무장 세력일 터였다. 암살 작전에 어느 정도 관여한 유노의 시점으로는 그런 뒷사정도 추측할 수 있었다.

결국 이 초계 임무는 황도에는 완전한 자작 연극인 셈이다.

"음. 신경 쓸 필요는 없어요. 어느 정도 알려진 일이고, 신공국 측도 그걸 알고 있을 테니까요. 그러니 이건 단순한 도발이에요. 출격의 수고와 비용을 쓸데없이 쓰게 하여 조금씩 사기를 꺾는 거죠. 이쪽이 섣불리 대응하면 전쟁 개시의 구실로도 쓸 수 있고요. 효과는 아주 미미하지만, 해봐서 손해 볼 건 없죠. 경계의 타렌은 제법 빈틈없는 수를 쓰는 장군이라고 생각해요. 음."

"……저기, 대장님. 정말로 전쟁을 피할 수 없을까요?"

그것은 아주 어리석은 의문이었을지도 모른다. 하지만 황도와 신공국의 정세를 듣고 난 뒤 유노가 줄곧 생각하던 것이었다.

"이봐, 곤란해."

부대장의 반대쪽 옆에서 목소리가 끼어들었다. 걸어서 따라오던 소지로였다. 초계의 한가운데에 말이 속도를 높여도 그는 믿기 힘든 가뿐한 몸동작으로 따라왔다. 피로한 기색조차도 없었다.

"베는 보람이 있는 녀석과 붙을 수 있다고 해서 여기까지 왔잖아. 아무 일도 일어나지 않으면 나는 곤란해.”

“상대가 소지로의 사정을 알 리 없잖아.”

“그야 그렇겠지. 타렌이라는 녀석과 직접 만나서 전쟁을 시작할까?”

“……저기. 죄송해요, 대장님. 그 사람은 이쪽 세계를 모르는 ‘손님’이라…….”

———전쟁이 싫다. 사람이 죽는 건 무섭다.

『진짜 마왕』의 시대만으로도 그런 일은 많았다.

‘저편’의 세계의 가치관이 그랬을까? 버드나무 검의 소지로에게는 그렇게 평범한 감각이 모자란다. 나간이 불타는 지옥 같은 광경 속에서도 그는 웃었다.

“평화적인 노력이라면 저희도…… 황도도 충분히 계속해 왔어요. 경계의 타렌은 본래 황도의 제23장군이었으니까요. 이쪽도 생각하는 게 없는 건 아니에요. 리치아를 독립특구로 정하고 마왕 자칭자 인정을 철회하는 제안도 받았어요. 하지만…….”

“놈들은 아직 와이번 무리를 끌어안고 있어. 게다가 군비 증강을 멈추지 않지.”

“……!”

———그리고 이따금 이러한 통찰력을 보인다. 상식도 윤리관도 틀을 벗어나지만, 상황의 요점을 유노보다 훨씬 명료하게 포착하는 것이다.

“네. 와이번은. 안 돼요. 명백하게 인족의 제어에서 벗어난, 위험한 힘이에요. 타렌은 싸움을 멈출 생각이 없어요———. 역시 **마왕**에 지나지 않아요. 인족의 시작부터 이어진 왕국을 대신

하여 자신이 새로운 질서를 세우려 하고 있어요. 『진짜 마왕』의 위협이 수습된 이 동란의 시대에도 싸울 셈이에요."

"······."

"싸움에 미친 수라예요."

유노는 입을 다문 채 과거에 뤼셀스와 했던 이야기를 떠올렸다.

───왕국은 앞으로 어떻게 될까?

역사상 다 헤아릴 수 없을 정도의 마왕 자칭자를 치고 드래곤이나 오거처럼 강대한 종족에게서도 생존권을 쟁탈해 온 왕국의 힘과 문명은 결국 『진짜 마왕』에게 무엇 하나 이기지 못했다. 2,000년 넘는 역사의 왕국이라는 형태마저 통합된 황도로 변하고 말았다.

왕의 힘은 과거처럼 절대적인 것은 아니다. 새로운 질서를 필요로 하는 자가 이 지평의 어딘가에 있을지도 모른다.

"유노. 저기 말이지."

"······왜 그래?"

"적이 있어."

소지로의 말에 등줄기가 오싹하게 얼어붙었다.

부대장도 후방의 병사에게 진행 정지를 명하고 소지로와 같은 한 점을 주시했다. 언제부터 그랬는지는 모른다. 거리는 멀지만, 언덕의 기슭에 그 모습이 보였다.

군대는커녕 부대도 아니었다. 그곳에 머무른 이는 단 두 명이었다.

'───안 돼.'

맨 처음 머리에 스친 생각은 그것이었다.

'도망쳐야 해. 지금. 당장.'

이성은 분명하게 광경을 인식했다. 단 두 명. 서로의 인원 차이가 명백하게 보이는데도 불구하고 유노의 사고는 그 하나에 고정되어 다른 무언가를 생각할 수 없었다.

공포가 자신의 폐를 조였다. 변변한 전투 경험이 없는 그녀조차 그렇게 감지한 것이다. 마치 던전 골렘이 움직이기 시작한 그 날과 비슷한 감각이었다.

"경계 태세."

목소리를 죽인 부대장의 지시도 아주 멀리서 들리는 것 같았다.

멀리 그림자의 윤곽은 넝마를 두른 순백의 스켈톤과 전체가 뿌리로 뒤덮인 맨드레이크였다.

"거기 둘. 멈춰. 우리는 황도군이야. 리치아 신공국의 요청을 받고 순회 임무 중이지. 이름과 통행 허가인을 제시하도록."

"━━━수작이 제법이군. 대장님."

스켈톤은 나른하게 목을 돌렸다. 그 오른손에는 그 자신의 몸과 마찬가지로 순백의 긴 창이 있었다.

"우리가 누구인지 묻는 건가? 아니면 도적 사냥에 나서 놓고 **정말로 도적을 만날** 줄은 몰랐다고 하는 건 아니겠지?"

"……네크오. 리타. 응. 후방 세 명을 데리고 성채로 돌아가. 본부에 보고를━━━."

끼릭━━━ 하고 유노가 거의 들어본 적 없는 고음이 울려 퍼졌다.

바람이라기보다 섬광이었다. 스켈톤의 창과 소지로의 검섬이 격돌한, 음속 돌파 소리였다.

'응?'

스켈톤의 하얀 창은 부대장의 목을 절단하기 바로 직전에 밀쳐졌다.

절속(絶速). 펄럭이는 넝마의 잔상만이 유노의 눈에 비쳤다.

방금 눈을 한 번 깜빡거리기 직전까지 이 적과 황도군의 사이에는 60걸음 넘게 거리가 벌어졌을 터였다———.

"———위."

부대장과 스켈톤 사이에 끼어든 소지로는 유쾌한 듯 웃었다.

이 자리의 그 누구도, 소지로 **자신조차** 보지 못한 창격의 궤도를 시력이 아니라 육감으로 보았다. 그것도 순식간에 검을 맞댈 정도로 정밀하게.

"넌 누구냐? 제법이군."

"그렇군. 내 창에 맞설 수 있을 정도의 녀석이군."

스켈톤은 중얼거렸다.

콰지직, 하고 검극의 그것이라고는 생각할 수 없는 굉음이 울려 퍼졌다. 세 번의 격돌이 순식간에 포개지며 그렇게 들린 것임을 소지로와 샤르크만이 인식할 수 있는 소리였다.

"———이거 미안하군. 당신은 아까 그 검이 전속력이었나?"

"……!"

소지로는 자신이 베였다고 인식했다. 어깨에 새겨진 절창에서는 피가 튈 정도의 시간도 없었다.

"멈춘 것처럼 보였어."

"뼈가 잘도 떠드는군."

소지로의 요격이 따라가지 못했다. 한편, 질량에서 뒤지는 샤르크는 방금 이 교착을 이용하여 소지로가 내지른 검의 무게에 튕겨 나가며 거리를 두었다. 긴 창의 날이 일방적으로 닿는 거리였다.

말도 안 되는 속도로 이계의 '손님'과 맞붙었다. 소리 절단의 샤르크의 창은 보이지 않았다.

'우상완. 쇄골.'

소지로는 보았다. 창을 잡은 손의 첫 움직임이나 동작의 기색 등으로는 도저히 따라잡을 수 없었다.

본능과 경험. 예지 능력과 대등한 정밀도를 보이는 전투의 이치로 다음 동작을 보았다.

'서혜부. 좌대퇴동맥. 심장. 오른쪽 귀―――.'

일순 공기가 폭발했다. 칼자루에서 한 손을 뗐다. 소지로의 검은 우상완을 노린 하얀 창을 위로 튕겨냈다. 인식이 불가능한 궤도를 그리며 창은 쇄골로 향했다. 칼자루 끝에서 빗나갔다. 공중에서 날 끝이 반전되며 번개처럼 서혜부로 향했다. 예측하고 있었다. 얕게 박히며 그대로 좌대퇴부로. 맨손. 검에서 뗀 한 손의 손등을 옆에서 대고 피했다. 적이 거리를 두었다. 모든 것이 불꽃이 터지는 것보다 빨랐다.

"―――샤악!"

찰과음 같은 숨결과 함께 소지로는 돌격했다. 동시에 심장을 노린 샤르크의 찌르기는 예상외의 접근 때문에 치명적인 궤도를 벗어났다. 스켈톤이 몸을 비틀었다. 소지로는 깊게 비스듬히 검을 휘둘렀다.

손에는 느낌이 없었다.

'늑골 사이인가?'

뼈를 **통과했다**. 스켈톤의 골격 속에는 통상적으로 있어야 할 내장기관이 없었다.

"대단한 근성이군. 크크크."

평범한 사람을 수십 번 죽일 수 있을 절속의 연격을 다시 이용하며 샤르크는 농담을 던졌다.

"이 녀석은 **뼈**가 부러질 것 같아."

"진짜로 부러지면 재미없지."

장절한 전투가 벌어지는 뒤에서 이를 꽉 깨물며 부대장은 외쳤다.

"손을 멈추지 마! 활을 조준해라! 스켈톤이 아닌…… 맨드레이크다!"

한편, 소지로는 땅을 힘껏 밟고 묵직한 참격을 펼쳤고, 샤르크는 재차 반동 때문에 뒤로 밀렸다.

"시이이……익."

"……히그아레. 이 검사는 내가 막을게. 말을 빼앗아."

속도로는 소리 절단의 샤르크가 압도적으로 우위다. 하지만 버드나무 검의 소지로가 가진 전투 감각은 그 전제도 벗어난다. 샤르크의 절속으로도 유리한 거리에서 계속 싸울 수 없다.

본래는 방어조차 허용하지 않는 백병의 전투 능력을 가진 양쪽이기에 일어날 리 없는 버티기 상태였다.

"당신이 베기에는 힘겨운 적이야. 먼저 이탈해, 히그아레."

"네."

샤르크와 함께 행동하던 맨드레이크는 천천히 걸음을 옮겼다.

'손님'과 스켈톤의 심상치 않은 백병 속도에 압도되었어도 황도 병사의 반응 또한 결코 뒤지지 않았다. 그들은 단련을 거듭한 황도의 정규 부대다. 이 시점에 이미 불온하기 짝이 없는 맨드레이크의 요격을 준비하고 있었다.

그들의 손가락이 화살통의 화살을 만졌다. 창 자루를 쥐었다. 혹은 전령을 위해 말을 돌리려 했다.

"말을 빼앗겠습니다. 공격권 내에 있습니다."

펑 하고 덩굴이 한 번에 튀었다.

"―――요격!"

황도병 중 누군가가 외쳤다.

무수한 덩굴은 하나의 성난 파도가 되어 병력을 삼켰다.

초절정 기술을 동반한 살의의 파도는 말이 달리는 것보다도, 화살이 날아가는 속도보다도 훨씬 빨랐다. 그리고 바다의 히그 아레가 아직 40걸음만큼 먼 거리에 있더라도…….

쇄도하는 식물질의 채찍을 그들은 방패로 받아넘기거나 검으로 잘라내려 시도했―――. 하지만 덩굴 한 줄기마다 교묘한 신경이 지나듯 그것은 다양한 방어를 우회하여 방어구의 틈을 정밀하게 누볐고, 그들의 살갗을 베었다.

"으."

"크윽."

"크헉."

"으윽…….."

신음이 들렸다. 치사에 이르는 단말마는 아니었다. 바다의 히그아레의 동시 42조 참격은 필요 이상으로 깊게 베는 게 아니라 갑옷의 틈을 파고들어 최소한의 찰과상만을 입혔다.

아직 샤르크와 공방을 이어가는 소지로와, 말 위에 둘이 탔기에 기수를 방패 삼은 유노만이 기적적으로 다치지 않았다. 바로 눈앞에 격통으로 신음하는 기수의 등이 보였다.

"아, 뜨…… 윽, 뜨거워……."

"아, 아아."

유노는 공포를 느꼈다.

바로 눈앞에 있는 기수가 괴로워하는 모습이 지독하게 섬뜩했다. 건장한 장정이, 최강의 황도 병사가 턱 끝을 스쳤을 뿐인 상처에 끙끙댄다고? 유노는 즉각 부대장을 돌아보았다.

"대…… 대장님! 대장님, 무사하십니까……!"

"……치, 치명상은, 아니야. 갑옷의 틈을 노렸지만, 콜록, 콜록."

"대장님."

부대장이 기침을 하자 입이 아니라 안와에서 액체가 쏟아졌다. 유백색의 징그러운 액체였다.

맨드레이크의 독이다. 신경이 녹은 것이다. 유노의 목 속에서 소리 없는 비명이 새어 나왔다.

"──윽."

나아가 유노의 앞에 있던 기수의 갑옷이 스르륵 미끄러졌다.

그 속에 있던 인체가 형태를 잃고 땅바닥으로 흘러내린 것을 깨달았다. 녹아내린다. 무너져내린다.

유노의 시야에 들어온 모든 부대원이 그렇게 녹아내렸다. 한 명도 피하지 못했다. 아까 그 덩굴의 껍데기는 모든 것을 삼키는 죽음의 해일 그 자체였다. 교전이라 부를 만한 것은 그렇게 끝났다.

"유노!"

샤르크와 장절하게 검을 부딪치며 소지로는 외쳤다.

덮쳐온 히그아레의 독검을 베었다지만, 그래도 고정된 채 한 발도 움직일 수 없었다. 나간의 던전 골렘마저 절단한, 공포를 모르는 이계의 검호가.

"얼른 가! 그러다 죽어!"

"하, 하지만, 나는!"

"──네. 당신은 가세요."

잎이 바스락거리는 듯한 목소리였다.

"히이……익!"

그것은 유노의 코앞에서 울렸다. 바다의 히그아레가 뿌리로 얽듯 유노가 탄 말의 몸통에 달라붙은 것이다.

"사, 살려줘……!"

"네. 살려주겠지만, 저는 이곳에서 이탈할 필요가 있거든요."

유노는 공포를 느꼈다. 소지로보다 더 빠른 속도를 자랑하는 정체불명의 스켈톤도 상상을 초월하는 위협이었지만, 이 맨드레이크의 전력은 그 이상으로 부조리했다.

반응할 수 없는 속도로 지상 최대 국가의 병력 전체를 제압하고 일격에 독살하는 괴물에게 누가 이길 수 있단 말인가.

"리치아까지 말을 모세요. 저는 말을 조종할 수 없으니 당신이 해야죠."

"윽, 으윽…… 하지만, 나는……."

맨드레이크의 독을 가진 단검이 시야 끝에서 빛나는 것이 보였다.

"부탁드립니다."

"……."

그녀만이 살아남은 것은 우연이 아니었다. 히그아레는 리치아에 귀환한다는 명령을 순순히 실행했을 뿐이다. 처음부터 말을 몰 단 한 명만 남기고 몰살한 것이다. 가장 공포에 굴하기 쉽고 충성심이 없는 한 명…… 머나먼 갈고리발톱의 유노를.

유노는 한심함에 눈물을 흘렸다. 그녀는 약하다. 소지로처럼 엄청난 힘을 갖지 않은 자는 세계의 부조리에 압도되는 것 외에 선택지가 없다.

강요받아 고삐를 당기며 말을 몰았다. ———계속해서 싸우는 소지로를 남겨두고.

유노는 지금 후회로 입술을 깨물었다.

"……왜…… 왜…… 목숨 구걸을……!"

15 ◈ 벽력

저녁 늦게 시작된 비는 조금 거세진 모양이었다. 황도군이 체류하는 메이지시의 성채에 나타난 일당도 추위와 비로부터 몸을 지키기 위해 외투를 단단히 여몄다.

"───무슨 용건이야? 아저씨. 방해할 셈이라면 황도까지 쫓아낼 거야."

집무실의 히도우는 느닷없는 방문자 때문에 명백히 뿔이 난 상태였다.

제20경인 그는 타렌 암살 작전을 지휘하는 입장이었다. 신공국의 움직임에서 한시도 눈을 뗄 수 없었다. 그러니 노장의 심기를 살피는 데 쓸 시간은 없었다.

"정식 지원 파견이야. 의회에도 임시 출격을 신청했어. 절차상으로는 문제없어!"

"필요 없댔잖아. 못 알아들었어?"

"하, 하지만…… 끄응……!"

손님은 히도우와 마찬가지로 황도 29관이다. 제6장군인 정숙의 하르겐트라는 이름이며 초로의 무관이다. 능력에 맞지 않는 지위에 집착하는 이 남자를 히도우는 명백히 싫어했다.

불과 얼마 전에는 자욱한 연기의 비케온 토벌에 실패하고 자신이 양성한 총병부대를 반파시켰다고 한다. 그뿐이라면 아직 낫다. 그의 진군 경로에 대한 보고가 늦어져 숙영지가 히도우의 수송 작전에 간섭했고, 도중에 불필요한 언쟁을 불렀다.

보아하니 거느린 병사의 숫자도 불안하여 전력에 보탬이 될 것 같지 않았다.

"아저씨가 있어봤자 병사가 쓸데없이 혼란스러울 뿐이야. 현장 지휘관을 맡길 생각도 없어. 꼭 있어야겠다면 병사만 두고 황도로 돌아가."

제20경 히도우가 아버지뻘인 제6장군에게 의견을 낼 수 있을 정도로 황도 29관에는 나이와 서열에 따른 표면적인 상하 관계가 없었다.

따라서 현장의 병사 입장에서는 지휘 계통이 여럿 존재하는 상황이 될지도 모른다. 하르겐트가 아무리 무능한 장군이라도 그것을 이해하지 못할 정도는 아닐 것이다.

"그게 아니야! 와이번에 대처할 전문가가 필요해! 상대가 그냥 와이번이 아니라는 정도는 알지!"

"……이봐. 무시하는 거야? 타렌의 와이번군을 상대로 책략도 없이 싸울 것 같아? 한심해서 눈물이 나는군. 얼른 꺼져."

"타렌이라고?! 아니야. 그런 문제가 아니라고!"

하르겐트는 주먹으로 탁자를 때렸다.

히도우가 어떻게 생각하든 그에게는 무엇보다 절실한 문제였다.

"'질주하는 별'이 와!"

제6장군의 병사는 적지만, 모두가 와이번을 상대로 완전무장했다. 그것은 리치아 신공국의 와이번군 병사를 대처하기 위해서가 아니다. 더 강대한 적에 대비하기 위해서였다.

"질주하는 별의 아르스가? 놈이 이곳에?"

"신공국은 나간 대미궁에서 '차가운 별'을 빼앗었어! 미궁에서

'질주하는 별'보다 더 빨리! 놈이 그걸 묵과할 것 같아?! 지평의 어디서든 알아낼 수 있다고는 생각하지 않아?! 이 메이지시도 신공국과 함께 습격받을지도 몰라!"

"그게 뭐?! 아저씨가 그 장비로 '질주하는 별'을 처리해준다면 환영하겠지만! 부탁이니 얌전히———."

그때, 막대한 충격이 성채 전제를 뒤흔들었다.

"……으."

"으앗."

하르겐트는 그 자리에서 볼썽사납게 넘어졌다. 거대한 전술 탁자가 큰 충격에 돌바닥 위를 미끄러졌다.

외벽의 무언가가 벗겨져 떨어지는 묵직한 소리가 울려 퍼지기 시작했다.

"뭐, 뭐지……? 방금 그건 뭐야?!"

노장은 옆으로 쓰러진 전술 탁자 끝을 손으로 더듬으며 창밖에서 새어 들어오는 빛을 보았다.

흐린 밤이었다.

"비…… 빛……?"

공기가 빠지는 듯한 이상한 소리가 무겁게 이어졌다. 메이지 시의 요새를 에워싼 돌벽이 끓어오르며 활화산 화구의 용암처럼 부글거렸고 단속적으로 파열되는 소리가 들렸다.

태양을 잡아 늘인 듯한——— **눈부신 빛의 선**이 끊임없이 쏟아졌다.

그 빛은 액화된 뒤 기화된 외벽을 관통하여 다음 외벽 층을 즉시 녹이기 시작했다. 그 정도의 위력을 유지하며 빛은 끝날 기미가 없었고 2층의 외곽도 관통했다.

그리고 연이은 충격의 파도가 두 사람의 평형을 무너뜨렸다. 성채 그 자체에 착탄한 것이다.

"젠장!"

책상을 잡고 자세를 고친 히도우는 입을 열었다. 이 이상한 사태를 설명할 수 있고 생각할 수 있는 가능성이 딱 하나 있었다.

"———'차가운 별'이야."

도시 간의 포격마저 가능케 하는, 나간 대미궁의 결전 마구. 리치아 신공국에서 이곳 메이지시의 거리는 처음부터 사정권 내에 있는 것을 알고 있었다. 하지만 그렇다고 해도.

"지금 이 단계에서 단행한다고?! 미쳤나, 타렌!"

선전 포고조차 없었다. 황도와 냉전 상태라지만, 지금 명목상으로 메이지시는 신공국과 우호 관계에 있을 터였다. 신공국 측의 정당성은 어디에도 없다.

그 경계의 타렌에게 전쟁을 개시할 만한 대의를 준비할 힘이 없었다고는 생각할 수 없다. 설령 권리를 쟁취하기 위해 싸우는 길을 선택했더라도 쟁취한 권리가 정당하지 않다면 올바른 통치를 이어갈 수 없기 때문이다.

'결국……! 결국, 예정대로인가? 이게 놈의.'

가장 강대하고 재능 있는 마왕 자칭자가 그 **올바름조차** 버릴 수 있었다면. 그들 황도가 경계의 타렌의 밑바탕을 잘못 봤다면.

"히도우 님! 보고 드립니다!"

"……윽, 뭐지?! 방금 그 공격에 관한 건가!"

노크도 없이 들어온 전령병의 모습에서 위급한 소식임을 알아챘다.

"아니요……. 초계부대가 귀환하지 않습니다! 안부를 확인하러 간 척후의 보고에 따르면…… 모두 독극물로 예상되는 것에 살해되어…… 저, 전…… 전멸했다고 합니다……!"

"젠장! 그런 건 더 빨리 전해야지! 최소한 포격 전에……!"

──그게 아니다. 히도우도 이해하고 있다. 한 명의 전령도 이곳에 보내지 않도록…… 이상 사태를 감지하지 못하도록 적군은 초계부대를 전멸시킨 것이다. 게다가 그들은 쉽게 교체할 수 있는 메이지시의 현지병이 아니다. 황도 측의 정규병이다. 연락도 없이 행방이 끊어진 인원의 안부를 확인할 시간. 크게 결여된 인원을 재배치할 시간.

그리하여 번 시간으로 기습을 꾀했다. 모두 치밀하게 계산된 작전 행동이다.

"네…… 네엣. 아무도 귀환하지 않았습니다. 생존자도 확인하지 못했습니다……."

"히도우! 걸쇠의 히도우! 네놈은 방법이 있는 건가!"

하르겐트는 크게 당황하며 창문 쪽을 불안하게 바라보았다. 이어질 공격에 겁을 먹은 모양이었다. 히도우는 이마에 손을 대고 어금니를 꽉 깨물었다.

"……암살 작전의 패는 소지로뿐만이 아니야. 이미 한 명…… 지나가는 재앙의 쿠제를 투입했지. 신공국이 시작한 이상은 놈도 움직일 거야. 순서가 그래."

"말도 안 돼! 이미 암살 단계가 아니야! 병사를 투입해야 해!"

"성채 밖으로 내보낼 수 있을 리가 없잖아! 지금 이 도시를 함락시키고자 와이번병이 와 있는데!"

"……!"

하르겐트가 창밖을 본 것은 이어질 포격이 두려워서만이 아니었다. 뛰어난 결전 마구인 '차가운 별'의 포격도 진정한 위협의 전초전에 지나지 않았기 때문이다.

시가지째로 방어의 거점을 파괴하고 지휘 계통에 혼란을 준 틈을 노려 신공국의 와이번병이 무리를 이루어 기습한다. 밤의 어둠 속에서 하늘의 대군에게 습격을 받으면 아무리 인족 국가에서 최대의 숙련도를 자랑하는 황도군일지라도 쉽게 무너질 것이 명백했다.

"그…… 그렇다면 내…… 내가 책임지기로 하고 내 부대를 투입하지. 그러면 문제없어……!"

제6장군 하르겐트는 책상에 엎드린 채 작게 말했다.

"와이번 토벌이 내 임무야."

"웃기지 마, 아저씨!"

히도우는 더 이상 짜증을 감추지 않고 벽을 때렸다. 그런 판단에 이른 사고를 이해할 수 없었다. 상대는 통상적인 와이번이 아니다. 조금 전에 그렇게 말한 사람은 하르겐트다.

"포격 때문에 지형이 파여 멀쩡하게 대공 부대를 전개할 수 없어! 투입하면 그놈들의 사냥감이 될 거야! 대부대가 출입하느라 문을 열면 그곳으로 떼 지어 침입하여 학살할 테지! 모든 창을 닫고 기다려야 해! 농성전 말고 방법이 없어!"

"하지만 히도우, 그러면 승산은……."

"있어! 빠르든 늦든 이 성채를 가장 먼저 노리리라는 것은 알고 있던 바야! 도시에서 떨어진 진지에 즉시 움직일 수 있는 별동대를 대기시켜 뒀어! 우리는 놈들의 주의를 계속 끌면 돼!"

"……조, 좋아. 하, 하지만!"

하르겐트는 주먹을 쥐고 다시 한번 창밖을 내려다보았다. 창문에서 노리고 있는 이상, 다음 '차가운 별'의 공격이 언제 올지도 모르는 이상, 그것은 무의미하게 몸을 위험에 노출시키는 어리석은 행위에 지나지 않는데.

"그렇다면 밑에 있는 메이지시의 병사는 어떻게 되지?! 그들이 시민을 지키며 죽어가는 동안 위광 있는…… 왕의 위광을 업은 황도 29관이 거북이처럼 몸을 움츠리고 보고 있으라는 말이야!"

충격으로 기울어진 탑 때문에 깨질 것 같은 경종이 계속해서 울렸다. 메이지시의 경비병이 펼쳐진 모습은 확실히 보였다. 그 활도 갑옷도 명백히 질이 떨어졌다. 숙련도는 두말할 나위 없이 황도의 정규병에 비해 훨씬 뒤졌다.

"나는 가겠어. 나는…… 나는 와이번과의 싸움에서만큼은 물러선 적이 없었어. 여기서 내가 가지 않는다면 모든 것이 사라져! 누구 하나 놈들에게 당하게 두지 않겠어!"

"이봐!"

히도우는 격앙되어 노장의 멱살을 잡았다.

"훌륭한 마음가짐으로 그걸 할 수 있다면 상관없어! 모두가 아저씨에 대해 어떻게 말하는지 알아?! 잘 들어. 병사는 한 명도 투입하지 않아! 당신의 병사도 말이야! 아저씨가 위대한 황도의 병사라면 부대 녀석들도 모두 마찬가지야! 자아도취 해서 개죽음을 당하는 꼬락서니에 휘말리게 두지 않아!"

"……조…… 조, 좋아……! 그럼 병사는 필요 없어!"

한 바퀴 넘게 어린 청년의 사나운 모습에 식은땀마저 흘리면서도 하르겐트는 물러서지 않고 선언했다. 악은 스스로를 배반하는 것이다.

"나 혼자 가지!"

황도의 정점에 선 29명의 일각이면서도 그렇게 어리석은 판단을 하는 남자였다.

"……젠장."

홀로 남은 히도우는 혀를 찼다.

하르겐트의 판단도 어느 측면에서는 옳았다. 신공국이 대의 없이 선제공격을 했다면 황도가 그것에 응전하지 않는 모습을 보이는 것은 도리어 백성들에게 비난의 대상이 될지도 모른다.

'……이긴다면 말이지.'

자신이 육성한 총병을 데려가지 않고 혈혈단신으로 작전실을 뛰쳐나간 제6장군의 뒷모습을 바라본 뒤에도 히도우는 생각했다. 적의 의도를. 이 공격 이후에 무엇을 바라는지를.

'선전 포고 없는 기습의 우위성을 포기하면서까지 이 작은 도시를 노렸어. 하지만 점령을 위한 보병부대 전개도, 메이지시에 대한 계획적인 움직임도 전혀 보이지 않는 것은 왜일까? 이 공격의 목적은 제압이 아니라…… 일방적인 학살이 아닐까? 타렌은…… 이 도시를 통째로 와이번군의 소굴로라도 삼을 셈인가……?'

명료하지 않은 추측에 지나지 않는다. 경계의 타렌의 사고가, 전략이 지금은 읽히지 않았다.

읽을 수 없으면 두렵다. 폭력과 파괴는 두렵다. 마치―――― 마치 마왕군 같다.

'타렌은 자신이 새로운 공포가 되려고 해. 그러기 위해 이 메이지시를 본보기로 삼을 셈이야. 마왕 **자칭자**가 아니라 자신이 바로 다음 마왕이라고…… 그렇게 말하고 싶은 건가?'

성채 안에 남은 히도우는 작전 회의를 소집하면서도 참모 한 명에게 지시를 내렸다.

"……도시병들을 지키며 겸사겸사 하르겐트 아저씨도 지켜. 긴급 7번 라디오를 연결해."

"긴급 7번……?! 누구와 통화하십니까?"

"잔말 말고 얼른 일이나 해."

히도우는 참모에게 받은 라디오에 말했다.

"일어났나?"

〈―――― 큭큭.〉

라디오에서는 소녀의 웃음소리가 되돌아왔다. 전화(戰火)의 참극에 어울리지 않게 가련한 목소리였다.

남회능력 니히로. 지나는 재앙의 쿠제가 호위로 있었던 레버넌트 소녀는 지금 황도군의 별동대와 함께 유사시에 대비하고 있었다.

"출격이야, '남회능력'. 제6장군의 부대에 방해가 될 적을 우선하여 섬멸해. 신공국의 와이번을 모조리 처리해. 지시가 있을 때까지 인족의 적병에게는 최대한 손대지 마."

〈후후. 괜찮겠어? 그대들은 줄곧 나를 투입하기 꺼렸잖아?〉

"상황이 바뀌었어. 버드나무 검의 소지로가 죽고 암살 작전이 성공한다는 보증이 없어졌어. 이쪽도 군을 움직인다. 만약 쿠제의 일이 실패로 끝난다면———."

'차가운 별' 같은 대량 파괴 병기를 준비한 건 타렌뿐만이 아니었다. 히도우가 성채 공격에 대비하여 숨겨뒀던 비장의 카드 이름은 바로 '남회능력'이다.

"네가 신공국을 무너뜨려."

시민의 희생과 그것으로 상실되는 정의를 두려워하지 않는다면 그렇게도 할 수 있었다. 제20경 히도우는 처음부터 승산을 계산하고 이 싸움에 임했다.

〈좋아. 그 정도는 식은 죽 먹기지. 만약 전쟁에 이긴다면 내 소원을 들어줄 거지?〉

"인족과 동등한 권리 보증과 황도의 정식 시민권. 어디서도 불평이 나오지 않을 인가를 받아주지. 마음껏 살아."

〈학교에 소속을 두는 것도.〉

"작전이 성공하면."

전국을 움직이는 작전 지시는 아주 간결하게 끝났다. 걸쇠의 히도우는 매우 침착해 보였다. 참모는 두려움에 떨며 히도우의 안색을 살피듯 말했다.

"그, 그 괴물을…… 저희가 이용해도 될까요?"

"……놈은 병기니까. 하지만 내가 아까 거래한 대로야."

히도우가 니히로를 석방한 이유는 최악의 전쟁 병기로 두려움을 산 '남회능력'에게 교섭의 여지가 있다고 판단했기 때문이다. 다른 누구도 그렇게 생각하지는 않았다.

"그 녀석은 미니어로 돌아가고 싶은 모양이야."

"그런 생각을."

과거에 혈혈단신으로 황도의 방면군을 파괴한 괴물이다. 황도가 '남회능력'을 죽이지 않고 붙잡았던 사실마저 대다수의 병사는 몰랐다. 인간은커녕 마족으로서도 크게 동떨어졌다.

"믿으십니까? 히도우 경."

"───어차피 내가 옳은지 어떤지는 금방 알 수 있을 거야."

◆

메이지시에서 조금 떨어진 오목한 땅의 야전 진지. 정치적인 균형 상태를 이용하여 와이번병의 초계 범위에서 교묘하게 숨은 형태로 설치된 이 진지는 남회능력 니히로를 들이기 위한 곳이기도 했다.

한쪽 눈을 앞머리로 가린 레버넌트 소녀가 중화차를 만졌다. 여러 수송 부대가 교란을 일으키고, 기간트 공병과 전용 활차를 이용하여 이 진지에까지 반입한 짐이다.

"'남회능력'! 히도우 각하의 출격 명령은 받았겠지!"

"응. 방금 들었어. 문을 열어줄 거지?"

중화차의 경비를 맡은 젊은 병사는 씁쓸한 표정으로 문을 열었다.

"……정말로 이 녀석을 내보낸다고?"

"큭큭큭. 너도 내가 배반할 것 같아?"

"……."

"내가 미니어가 아니라 못 믿는 거야?"

황도는 인족을 위한 국가다. 와이번을 비롯하여 수족이나 마족도 구별 없이 이용하는 신공국과는 다르다. 뒤집어 생각하면 그러한 인족 국가가 세계를 지배할 정도로 인간의 단결력은 강하고, 인간이 아닌 자는 역사상 패배가 결정된 자일지도 모른다.

무겁게 삐걱거리는 소리를 내며 화차가 열렸다. 그 내부에 담긴 커다란 그림자는 역시 인간이 아니었다.

접혀서 담긴 부위는 거대한 8개의 다리였다. 금속질의 칠흑 같은 장갑으로 덮인 괴물은 자연계에서 볼 수 있는 거미를 이상하게 비대화한 것처럼 보였다.

───사술을 푸는 강대한 거미 괴물을 타란튤라^{지수(蜘獸)}라고 부른다.

본래는 인간 마을에서 멀리 떨어진 깊은 땅에만 생식하며, 지상에서는 드래곤에도 버금가는 수족이다. 소굴의 종사(縱絲)는 오거의 강한 힘으로도 끊을 수 없는 강도를 자랑하고, 횡사(橫絲)는 와이번의 골격을 통째로 쉽사리 절단하는 예리한 단면을 가진다.

하지만 그 괴물이 착용한 금속 장갑은 명백하게 인간의 손이 만든 것이다. 이것도 남회능력 니히로와 마찬가지로─── 그녀의 일부로서 인간의 손에 의해 개조된 마족이었다.

크게 열린 타란튤라의 흉부 안에는 한 명의 미니어가 들어갈 만한 공간이 마련되어 있었다.

"……또 싸우는군."

매장의 헤르네텐이라는 이름을 부여받았다. 그것이 타란튤라 본래의 의사를 빼앗고 사술을 소통할 수도 없는 레버넌트일지라도 니히로에게는 자신의 육체와 대등한 애착을 품은 존재였다.

"하지만 그래야 우리지. 헤르네텐."

니히로는 옷의 단추와 벨트를 하나씩 풀며 하얀 맨살을 밤공기에 드러냈다.

"……이, 이봐!"

"후후. 왜 그래?"

마족인 소녀는 동요하는 병사에게도 요염하게 웃을 뿐이었다.

알몸을 헤르테넨의 안에 넣었다. 니히로의 척수에서 뻗은 무수한 신경의 촉수는 처음부터 이 생체 전차를 조종하기 위한 접속 기관이었다. 별개의 이름과 육체를 가졌어도 신경을 통해 오감을 공유하는 그녀들에게 본래 피아의 경계는 없으며 의복조차 그 사이를 구분하는 이물에 지나지 않았다.

안에서 조작하여 금속 몸통은 밀봉되었다. 생체 전차인 헤르테넨은 탑승자인 니히로의 신경 접속에 의해서만 개폐된다.

칠흑 같은 장갑 속에서 죽은 고기에 감싸인 채 소녀는 한숨처럼 중얼거렸다.

"───아아. 오랜만이네. 내 몸."

타란튤라의 팔안(八眼)에 생명이 깃들며 악몽 같은 붉은색이 숲의 진지 한가운데에 불길하게 빛났다.

매장의 헤르테넨을 수용했던 상자는 첫 동작만으로 파괴되었다. 온통 강철로 이루어진 중화차도, 진실의 힘을 발휘한 최악의 병기 앞에서는 설탕 과자와도 마찬가지였다.

그리고 거대한 몸이 달리며 사라졌다. 땅바닥은 일직선으로 깎였다.

"후후후후! 후후…… 몸이 가벼워!"

그 자리에 있는 누구의 지시를 받은 것도 아니었다. 나무들을 쓰러뜨리며 달리는 칠흑의 기체 안에서 니히로는 아무에게도 들리지 않는 환호성을 질렀다.

"자유, 자유야……. 아아. 자유는 좋구나!"

'차가운 별'의 포격이 일어난 때로부터 조금 시간을 거슬러 올라간다. 바다의 히그아레에게 협박당해 신공국에 다다른 유노가 갇힌 곳은 즐비한 첨탑 중 한 곳의 지상층 감옥이었다. 격자 틈으로 엷은 빛은 보이지만, 지금도 밖에서 일상을 보내는 사람들은 누군가가 이곳에 갇힌 사실조차 알아채지 못할 것이다.

"딱히 이곳은 죄수를 가두는 시설이 아니야. 날뛰는 주정뱅이 정도의 구치소지. 원한다면 도주를 시도해도 돼."

유노를 연행한 남자는 흑발에 날카로운 눈을 가진 미니어였다. 도중에 몇 가지 형식적인 질문을 받았지만, 그녀가 군사적인 기밀과 연관이 없는 일반인이라는 것도, 타렌을 암살하는 계획이 황도 측에서 진행되는 것도 진즉에 알려진 모양이었다.

그녀는 다만 히그아레가 신공국에 귀환하기 위한 기수에 지나지 않았다.

"오자마자 미안하지만, 나도 더 중요한 손님을 붙잡은 참이라. 네게 그렇게까지 신경 쓸 수가 없거든. 편히 있어."

"……윽, 당신…… 그 검……."

걸쇠의 히도우에게 그 남자의 겉모습에 대해 들었다. 찾아내야 할 원수였기 때문이다.

"검사……! 당신이 까치 다카이로군……!"

"이런, 나도 드디어 여성 팬이 생긴 건가? 검사가 아니라고 몇 번을 말해도 믿어주는 녀석이 없네……."

다카이는 웃었다. 마을 하나의 멸망을 보아 온 남자라고는 생각할 수 없는, 그늘지지 않은 웃음이었다.

"하지만 조금은 얼굴이 알려졌나 보네. 당분간 황도에서 도둑질은 못 할 것 같아."

"나…… 나는 머나먼 갈고리발톱의 유노야! 나간 미궁 도시의 유노! 당신이……."

"아아, 나간……. 거기?"

이유 없는 재앙. 별안간 그녀의 세계를 무너뜨린 악몽. 누군가가 그것을 일으켰다고 믿고 싶었다. 모든 비극의 원흉에 있는 『진짜 마왕』처럼 뭔가 하나라도 원인이 있었다고.

"당신이 나간 미궁을 **풀어버려서**! 그래서 그게 움직이고 말았어! 우리는 모두 당신 때문에……!"

"아니, 그건 아니지."

증오가 담긴 외침을 '손님'은 진지한 표정으로 가로막았다.

"나간의 일은 내가 대미궁을 공략해서 '차가운 별'을 훔친 게 원인일지도 모르지만. 하지만 애초에 너희 나간의 학자나 탐색가도 대미궁을 해명하는 게 목적이었지?"

"뭐……?"

"아니면 너희 중에 누구 한 명이라도…… 최심부에 도달하면 던전 골렘이 움직일 거라고 예상한 녀석이 있었어?"

누구 하나 아무것도 몰랐다. 마왕 자칭자 키야즈나가 남긴 대미궁이 얼마나 끝없고, 얼마나 악의에 가득 찬 재앙의 상자였는지도.

"……윽, 그럼 어떻게 하면 되는데?! 당신…… 당신들은 자기 마을이 멸망하고…… 친구들이, 가족이 죽어도 아무렇지도 않게 있을 수 있어?! 그래서 전쟁 같은 걸 일으키는 거야?!"

"그것도 잘못 알고 있네. 나는 전쟁 같은 걸 하고 싶지 않아."

"그……그럼…… 다른 사람들의 마음도 그럴 거라고 생각할 거 아냐?! 나도……."

"아니. 전쟁이 좋든 싫든 그 녀석들의 마음이지."

"그런 점이……!"

유노는 자신의 마음에서 끓어오르는 실체 없는 원한의 정체를 마침내 이해한 듯했다.

그녀가 정말로 원망하는 것은 강자의 무관심이다.

───모두 마찬가지다. 다카이도, 소지로도, 히도우도, 타렌도. 아무것도 모르는 신공국의 백성도. 자신이 빼앗기는 쪽이 아니라 빼앗는 쪽으로 살 수 있으리라는 교만이, 짓밟히는 자의 비참함보다도 목적을 우선하는 무관심이 전쟁이라는 재앙을 일으키는 것이다.

그들은 유노와 다르다. 뤼셀스와도 다르다. 직접 스스로의 운명을 결정할 수 있다. 강자이니까.

"하지만, 뭐─── 친구나 가족이 죽어도 아무렇지도 않은 건 맞아. 내게는 그렇게 과분한 게 없었으니까."

"……윽."

"하하하. 세상 모든 보물을 훔쳐도 가족은 훔칠 수 없어."

"나…… 나는 반드시 당신에게 복수하겠어! 용서 못 해……. 막무가내든 틀렸든 내 괴로움을 깨닫게 해주겠어!"

"딱히 상관없지만……. 나처럼 푼 녀석이나, 마침 거기 있던 녀석이나, 만든 녀석이나, 연관된 녀석들에게 모두 순서대로 복수할 셈이야? 원망받는 쪽이 말하기는 좀 그렇지만, 그래서야 평생 자유로울 수 없을 텐데."

"알 게 뭐야! 그딴 건……!"

"아……좋아, 유노. 그렇게까지 확고한 마음이라면."

다카이는 몸을 구부려 유노의 머리를 쓰다듬었다. 그리고 그 늘지지 않은 미소를 지었다.

"지금 해."

"……."

"소매 안에 있는 화살촉이라도 날리게? 시험해봐도 돼. 내 손끝보다 빠른지 어떤지."

만져볼 것까지도 없이 유노의 무기도 전투 수단도 알고 있었다. 투옥할 때 빼앗기지 않은 건 빼앗을 것까지도 없었기 때문이었다.

탈주조차 처음부터 문제가 아니라고 간주한 것이다. 초계부대가 기습을 받았다. 전투의 도화선에 이미 불이 붙었다면 무력한 소녀 한 명이 적지에서 움직여 봤자 무엇 하나 할 수 있는 일은 없다.

"으, 으으으……윽, 으, 윽…… 윽."

"그래. 복수는 그런 거야. **그 정도**의 마음에 목숨을 걸다니 바보 같은 일이잖아? 고향도 가족도 새로 찾으면 되지 않아?"

두 다리에 힘이 풀려서 일어날 수 없었다. 발길을 돌린 적의 뒷모습을 쫓을 수도 없었다.

"으으으으……윽!"

"안심해. 바깥이 잠잠해지면 내가 석방해줄게. 그 근성을 봐서."

격려되었다. '저편'이 자아낸 모든 일탈을 받아들여 온 이 세계에는 아직 아무도 파낼 수 없을 정도로 무수한 위협과 진실이 남아 있다. 유노 같은 소녀에게는 손이 닿지 않을 정도—— 마치 버러지처럼. 정신에도, 육체에도, 유노는 상처 하나 낼 수 없었다.

"뤼셀스…… 나, 나는……!"

올바름에 등 돌린 원한의 벌을 유노는 오래전부터 받고 있었다.

그녀에게는 그 무력함이 적지의 어둠에 내몰린 것보다 더 큰 절망이었으니까.

◆

넝마를 두른 백골의 창병이 리치아 중앙 성쇄의 집무실로 귀환했다. 소리 절단의 샤르크였다.

창밖을 채운 병사들을 어두운 안와로 내려다보았다.

"수가 많네. 축제라도 시작하는 거야?"

"홋. 그러게. 네놈에게는 그럴지도 모르지만."

대답한 타렌 외에 집무실에는 리치아 신공국의 무쌍한 정예가 모여 있었다. 까치 다카이. 석양의 날개 레그네지. 바다의 히그아레.

"귀환이 늦었네요, 샤르크 공."

"그래. 너는 무사히 돌아온 모양이라 다행이야, 히그아레."

죽은 자인 스켈톤은 본래 피폐를 모르는 종족이지만, 그때의 샤르크는 전혀 그렇지 않았다. 오랜 시간 극도로 집중하느라 정신적인 소모를 한 것이 원인이었다.

"그 검사는 상당해. ───다카이, 너와 마찬가지로 '손님'일지도 몰라."

"호오. 죽였어?"

"움직이지 못하게 해서 충분히 시간은 벌었지만. 이 보수에 비해서는 너무 많이 일했을 정도야. 진심으로 죽이라는 이야기라면…… 나도 **목숨을 걸어야** 해."

"충분해. 소리 절단의 샤르크. 도달을 막을 대책은 이쪽에서 세울게. 이제 거기서 쉬고 있어."

"그거 잘됐군. 자랑은 아니지만, 쉬는 건 주특기거든."

샤르크는 나른하게 의자에 앉았다. 그렇게 꼼짝 않고 있자 마치 진짜 백골 사체처럼 보였다.

타렌은 애용하는 검의 칼자루를 더듬었다.

"……특출난 개인의 힘인가? 나를 직접 칠 셈이로군."

"가능성은 클 거야. 내가 도망쳐 돌아온 만큼 너도 어느 정도 도망치기 쉬워졌겠지."

"후후후. 농담도 잘하네. 공포의 주체가 되어야 할 자가 두려움을 보일 수는 없지."

타렌은 검을 뽑아 그 자리에 있는 모두에게 고했다.

"……올바른 덕으로 세계를 통치할 수 있었으면 좋았을 것을."

그것은 이제 자조에 지나지 않는 말이다.

'차가운 별'의 포격은 전쟁의 도화선이 되었다. 마왕이 뒤로 물러날 수는 없다.

"하지만 현재를 사는 우리에게는 이미 그럴 여력이 없어. 인간의 이성이나 정의를 진심으로 믿을 수 있는 자도 이 세상에 없어. 모두『진짜 마왕』이 빼앗아갔으니까. 입으로 무엇을 지껄인들 백성의 마음에 새겨진 힘은 한 가지── 공포야."

세계는『진짜 마왕』을 쓰러뜨릴 힘을 원했다. '진짜 마왕이 쓰러진 지금도 남겨진 힘만이 수없이 꿈틀거리고 있다. 나간의 턴전 골렘이 그렇듯이. 지금은 영웅이라 불리는 자들이라도 평화로운 시대에는 결국 그렇게 되듯이.

수라처럼 이제 평범한 힘으로는 토벌도 할 수 없는 백귀마인.

황도에 유일하게 남은 왕족의 모습을 보면 그들은 지금이야말로 움직여 세계를 재차 멸망으로 이끌 것이다. 타렌은 그런 자들을 제압할 힘을 원했다. 공포를.

"전쟁의 문은 내가 열게. 맞서는 모든 자를 유린한다는 의지를 '차가운 별'의 빛으로 새기겠어. 세계가 내 의지를 막는 한, 나는 싸울 거야. 네놈들도 그러도록 해. 그 재능과 무를 휘두르는 수라의 세계야말로 네놈들이 바란 것이잖아?"

"암살자라. ……성가시네. 하하. 강할 것 같아."
도적   인간
밴디트. 미니어. 까치 다카이.

"저는 새 주인을 지킬 뿐이에요."
검노   근수(根獸)
글래디에이터. 맨드레이크. 바다의 히그아레.

"나는 언제든 좋아. 바보들에게 보여줄 말로는 하나야."

커맨더. 와이번. 석양의 날개 레그네지.
<small>사령관　조룡(鳥竜)</small>

"레그네지. 장애물을 배제하고 메이지시를 함락시켜. 보급선을 끊고 고립시켜. 우선은 네놈들 와이번의 공포를 보여줘."

"크. 크크크. 허가했군, 타렌. 이제 메이지시의 인족은 모두 우리의 먹이야."

"하지만…… 그 전에 정리해야 할 바보가 있어."

레그네지가 목에 건 라디오 수신기에서는 끊임없이 보고가 울려 퍼졌다. 머리를 들고 날개를 펼쳤다. 구름 너머에서 무엇이 나타났는지 그의 방공망은 이미 알고 있었다.

"황도의 증원인가? 레그네지."

"예상한 바야."

망설임 없이 잘라 말했다. 자유를 버린 그가 언젠가 결판을 내길 고대한 상대다.

"저 녀석은 가장 먼저 정리한다."

───멀리 상공.

거리의 불빛을 내려다보는 밤의 구름 사이에서 와이번이 강하했다. 리치아에도 황도에도 속한 적 없는 새로운 방문자는 날카롭게 날개를 펼치고 바람을 맞았다.

그 와이번에게는 세 개의 팔이 있었다.

17 ❖ 야화

'차가운 별'에 불탄 시가지의 밤은 무수한 날개에 뒤덮여 있었다. 그것은 새가 아니다. 사술을 풀 지성을 가졌고, 병사를 말과 함께 쉽사리 찢어발기는 와이번 무리였다.

"말을 멈추지 마라! 되도록 시가지에서 멀리 끌고 가라——."

"어흑."

"······뮐, 크윽."

말을 몰려던 병사가 둔탁한 소리와 함께 무너졌고, 그 목소리에 돌아본 자도 두개골이 파열되어 죽었다. 그들은 직접 미끼가 되어 무리를 유도하려 한 결사대였지만.

신공국의 와이번병은 그저 상공을 선회했다.

"젠장······ 또다! 또 저 공격이야······!"

"와이번은 이쪽으로 내려오지도 않았는데! 젠장······."

가림막에서 몸을 내밀면 그 순간에 뼈가 으스러지고 두개골이 깨져 죽는다. 저격일지도 모르지만, 이 밤의 어둠 속에서는 공격의 정체를 판단하기 너무 곤란했다.

"기다려······. 또 불길이 번지고 있어. 곡식 창고가 있는 쪽이야. 그 빛의 공격 때문에 일어난 화재가 아니야."

"불을 쏘는 건가?! 와이번이······."

황도병과 비교하면 숙련도가 뒤지지만, 메이지시의 병사도 시가지의 자경을 맡은 이상은 와이번의 습격에 어느 정도 대처한 적은 있다. 하지만 신공국의 와이번병은 그들이 보아 온 존재와는 달랐다. 높은 지성과 통솔력이 있었다. 어쩌면 불을 쏠 수도 있을 것 같았다.

그렇다고 해도 그들은 방법이 없었다. 이 세계에서 강자 쪽이 아닌 자에게는 선택의 여지조차 주어지지 않는다.

"———그래. 놈들은 불을 쏘고 있어!"

무너진 문에서 말도 타지 않고 달려온 남자가 있었다.

그들보다 훨씬 늙은 병사였지만, 훌륭한 장비로 보건대 황도군 장군임을 알 수 있었다

"메이지시의 제군! 나는 황도 제6장군인 하르겐트! 정숙의 하르겐트다!"

"'날개 제거자'?!"

"제6장군이 와 있어?!"

하르겐트는 피에 젖은 건물 잔해를 꺼내어 메이지시병에게 보여주었다.

"공격의 정체는 이거다. 투석…… 낙석이라고 하는 게 옳을지도 모르겠군. 바다에 가까운 지역의 와이번 중에는 이런 짓을 하는 자가 있었다. 조개나 갑각 생물을 높은 곳에서 낙하시켜 파괴하는 것이다. 이건 저격이 아니라 투석이다!"

"……도, 돌……!"

"돌 따위에…… 모두 죽은 거야?"

머스킷이 어느 정도 보급된 이 시대에도 실전에서 투석은 버젓이 유효한 전술이다. 메이지시병도 충분히 그 정도의 지식은 있었지만, 생각이 거기까지 미치지 못했다.

시야를 좁히는 밤이라는 것만이 원인은 아니었다———. 전장에서 무기를 이용하여 싸울 수 있는 것은 인족이나 귀족(鬼族) 등

인형(人型) 생물에 한한다는 선입관이 있었다.

"잘 들어라. 적은 이걸 대지 전술로 운용하는 지능이 있다는 뜻이다! 하늘을 나는 여러 개체가 동시에 지상의 작은 표적에 다수의 돌을 **폭격**하는…… 단발 공격이 아니라 동일한 병종의 부대를 예비로 두고 파상 공세를 펼치고 있다! 시가지에 불이 발사되고, 놈들에게 우리 모습이 일방적으로 보인다!"

전술로 이러한 공격을 하는 와이번은 오랜 세월 와이번을 사냥해 온 하르겐트조차 처음 본다. 본래 와이번의 공격 수단은 날카롭고 강한 발톱과 기동력을 살린 입체적인 기습이다.

"그렇다면 불길이 퍼지는 것도……."

"의도적인 공격이야. 연료가 담긴 병을 떨어뜨려 화재를 퍼뜨리고 숨어 있는 우리를 태우려는 거지. 그러니 불이 두려워서 부주의하게 나서면 그때를 치는 거지……!"

적의 수법을 간파한 하르겐트조차 행운의 도움 없이는 여기까지 이르지 못했을 것이다. 성채에서 히도우가 경고한 대로 상공에서 보고 알 수 있을 법한 대부대를 투입했다면 그 시점에 어이없이 전멸했을 것이다.

"하르겐트 장군님! 저건 신공국의 와이번군인가요?! 왜, 무슨 이유로 저희가 공격을 받는 거죠?!"

"모른다! 하지만 아까 그 폭격은 선전 포고가 없는 일방적인 공격이었다! 리치아 신공국은 조약을 깼다! 전쟁은 더 이상 피할 수 없다!"

"황도군은 저희를 버린 건가요?! 앞으로 얼마나 버티면 될까요!"

"음…… 화, 황도군도 초계 중인 부대가 리치아 측의 기습으로 괴멸하고 있다! 따라서 재편성에 시간이 걸리고…… 즈……
증원은 요청 중이다! 할 수 있는 일부터 한다! 작전은 내가 생각
한다!"

하르겐트는 고뇌에 찬 표정으로 말했다. 황도는 그들에게 도
움이 되지 않을 것이다. 그렇다고 해서 이 정도로 고도의 부대
운용과 전술 지휘 능력을 가진 통솔 개체를 상대로 하르겐트 혼
자 가담한다고 뭘 할 수 있을지도 알 수 없었다.

"원인을 생각하고 대책을 세운다! 대책이다! 지금은 철저히
방어하며 대책을 세운다……!"

지금 그가 할 수 있는 일은 메이지시 병사의 쓸데없는 죽음을
막고 시간을 버는 것밖에 없다. 그는 장군이지만 무적의 영웅은
아니며 평범하기 그지없다는 것을 자각하고 있다.

하르겐트는 하늘을 올려다보았다. 이 정체 모를 병력에 원인
이 되는 한 점이 존재한다면.

'전선부대의 후방을 멀리 선회하는 와이번이 있어……. 그게
라디오를 이용한 지령 중계 단체라면…… 어딘가에 통솔 개체
가 있을 터……. 어딘가에……!'

하나의 생물 같은 무리의 중추에 상황을 관찰하고 대응을 처
리하는 두뇌가 존재할 터였다.

그리고 하르겐트가 생각하기에 그것은 아마 이곳 메이지시는
아닐 것이다. 리치아까지 이르는 어딘가의 하늘에서 지령을 내
리는 것이다. 머나먼 상공. 이쪽이 결코 손댈 수 없는 영역에서
오는 지령.

하늘을 제압당하고 일방적으로 노려지기만 하는 상황에 그러

한 적을 웃도는 게 가능할까? 아니. 애초에 이곳에서 살아남는 것조차———.

다른 방향의 하늘을 보던 시병이 외쳤다.

"하르겐트 장군님. 뭔가 보입니다."

"뭔가?"

"뭔가…… 빛났습니다만."

머지않아 쿵 하는 굉음이 하늘에서 울렸다.

메이지시병이 본 것은 그것에 앞서 밤하늘을 가른 번개였다.

"으……."

수많은 와이번병이 밝은 불꽃에 감싸여 추락하는 모습이 보였다.

그 번개는 자연계의 것이 아니었다. 천공을 옆으로 가로질렀다. 살상 범위는 점을 노리는 미니어의 화살 따위와는 비교도 되지 않는——— 뇌굉(雷轟)의 마탄(魔彈).

"마탄——— 마탄이라고?"

구름을 떨치고 하늘의 포위 한가운데에 나타난 가는 날개가 있었다. 와이번이었다.

몇 마리의 전위가 난입한 와이번을 발톱으로 찢어발기려 했다.

밤의 어둠을 가르는 빛의 검신이 내달리자 그것들은 근접 사정에 도달하기도 전에 격추되었다.

"설마."

와이번 무리가 긴장하며 흩어졌다.

난입자는 매우 이상한 속력으로 대열에서 흩어진 개체를 절단하고 사격하여 순식간에 무리의 통제를 분단했다. 눈부시게 빛나는 마검이 한 번의 섬광으로 네 마리의 와이번을 한꺼번에 불태웠다. 밤하늘에 총성이 울려 퍼지며 흩어지려던 와이번병이 차례로 떨어졌다.

———마검. 마탄.

그렇다. 그가 오지 않을 리가 없다. 하르겐트 자신이 한 말이었다.

"질주하는 별의 아르스……!"

와이번의 영웅의 힘을 빌리는 것은 하르겐트의 인생에서 더할 나위 없는 굴욕이다.

하지만 전에 없을 정도로 도움을 원했다. 이 전장에서 제6장군이 손에 쥔 목숨은 자신뿐만 아니라 메이지시병의 것도 있으니까.

한 번은 물러난 와이번병이 재차 한 마리의 난입자에게 몰려들었다. 공중을 자유자재로 나는 채찍이 그들을 관통하거나 베었다. 그날, 하르겐트가 본 적 없던 마구였다.

빛이 내달리며 총성이 하늘을 뚫었고, 검의 빛이 춤추며 목숨을 잃은 와이번이 나뭇잎이나 눈처럼 떨어졌다.

무시무시한 신공국의 와이번병도 보통의 와이번을 훨씬 능가하는 예외 개체의 앞에서는 잡병과 다름없어 보였다. 지상에 알려진 여러 전설을 답파한, 이 세계 최강의 모험가. 그것이 질주하는 별의 아르스.

"……가능하겠어."

누군가에게 하는 말은 아니지만 그렇게 중얼거렸다.

"하르겐트 장군님. 저건? 저희는…… 어떻게 움직여야 합니까?"

"하르겐트 장군님!"

"제6장군님!"

하르겐트는 당황하여 메이지시병을 보았다.

"기다려. 모두 이……일단 진정해."

장군으로서 결단을 내린다면 히도우가 움직인 별동대와 함께 신공국에 쳐들어올 터였다. 하지만 자기 자신의 병사도 아닌, 제6장군으로서 그를 따를 뿐인 그들을 사지로 내모는 것이 정말로 올바른 지시일까?

말도 안 되는 공격을 받아 저항할 힘도 없이 유린당할 따름인 그들에게는 그것이 '날개 제거자'인 하르겐트 같은 장군일지라도…… 의지할 상대가 있다는 것만이 버팀목일지도 모른다.

"메이지시는 저희의 고향입니다! 부디 작전을!"

"이게 공격이라면 나는…… 신공국을 용서하지 않겠어."

"포격 당한 가족의 원수를 갚게 해주십시오! 제가!"

하르겐트는 메이지시병의 얼굴을 보았다. 그들의 눈 속에는 의분에서 오는 투지 외에 또 하나의 감정이 보이는 것 같았다.

──공포가.

『진짜 마왕』의 공포는 계속 남아 있었다. 그 하나의 형태는 마음을 파멸로 몰고 가는 광기다.

'여기서 나아가지 않으면 그들의 마음은 꺾일 거야……. 하지만 나 자신은. 나는 전란의 분위기에 휘말리지 않는다고 말할 수 있을까……?'

밖을 엿보며 포위에서 벗어날 수 있는 경로를 머릿속으로 그렸다. 와이번의 힘도, 그 시야의 범위도, 하르겐트는 누구보다도 잘 알고 있었다. 전화(戰火) 속에서 이만큼의 병사를 데리고 빠져나가기는 어렵겠지만, 그들은 지금 질주하는 별의 아르스의 습격에 의식의 대부분을 할애했다. 지상을 기는 병사는 하늘을 제압하는 그들에게는 무력하기 때문이다.

돌파는 불가능하지 않다. 그의 친구가 아군이니까.

"―――나는. 나는 와이번을 사냥하는 게 사명이야. 물론 통솔 단체를 격파한다. 하지만 제군들은 이곳 메이지시를 지키는 것이 의무일 터. 하지만…… 내가 나서지 않아도 싸우겠다는 자는 신공국으로 진군하라. 그런 자만…… 이 정숙의 하르겐트가 최대한 지휘하겠다."

◆

하르겐트가 포위를 돌파하려는 상공.

질주하는 별의 아르스는 집요하게 모여든 병력을 홀로 끌어들이며 무자비하게 섬멸했다.

"끽, 끼익."

"섬멸. 질주하는 별의 아르스를 목표…… 음, 으음."

히렌진겐의 빛의 마검이 세 마리를 한 번에 때리고 그 육체를 증발시켰다. 다만 자신의 목숨도 돌아보지 않고 모여든 와이번병의 이상함을 아르스는 의아해했다.

'……이상하군.'

통솔 개체의 전술에 충실한 작전 행동을 취한 모양이지만, 개개의 병사는 명백하게 야생의 와이번보다 지성이 낮다. 지상에는 고도의 폭격 전술을 실행하며 공중의 아르스에게는 계속 무의미한 돌격을 반복할 뿐이었다.

"크으…… 으윽, 도, 망."

"……"

그중 한 마리가 역시 명료하지 않은 말을 뱉었다.

"도망쳤, 군. 질주하는 별의 아르스."

그 개체도 직후, 두개골을 총탄에 관통당하고 떨어졌다. 그 후 아르스는 날개로 공기를 가르고 공중에서 자세를 반회전시켰다.

"───키오의 손."

손안에서 초고속으로 채찍이 연장되며 의지를 가진 듯 주위의 와이번병을 때렸다. 두 마리는 강렬한 타격 때문에 그 충격으로 갈기갈기 찢어지며 장기가 흩어졌다. 반동으로 날아갈 뻔한 몸을 한쪽 날개를 펼쳐 멈추었다. 불타는 메이지시에서 흐른 상승기류를 아르스는 등 뒤에서 맞았다.

"……뭐지?"

초고속 전투를 계속하면서도 아르스는 말할 수 없는, 불쾌한 감각을 느꼈다.

"……내 이름…… 알고 있지……? 너희들……."

"으, 으으───."

"끼익, 크르르르르."

아까 그 개체는 무엇을 전하려 한 걸까? 순간적인 빈틈이 치명적인 이 공방 속에서 그 위화감을 주는 것이 목적이었을까?

"……."

가령 그렇더라도 아르스는 처음부터 그들과 대화를 나눌 생각은 없었다. 와이번이라는 종족에게는 같은 와이번일지라도 자신들에게 장애가 되는 한 단순한 적에 지나지 않는다.

"휘~익, 도망, **쳤군.**"

"……."

"무리에서."

공기를 가르는 피리 같은 소리와 함께 비행하는 마겜이 그 말을 뱉은 한 마리를 옆에서 꿰뚫었다. 질주하는 별의 아르스가 가진 두 개째의 마겜. 전율하는 새라는 이름의 마겜이다.

추락하는 개체를 내려다보았다. 그들은 다만 통솔 개체의 지령에 따랐을 뿐이다. 이 특공 전술도, 입에 올린 말도, 모두 그들 자신의 것은 아니다.

왜 난입자에 지나지 않는 아르스를 집요하게 공격하여 소모시키려는 것일까?

"……왜지?"

질주하는 별의 아르스의 말투는 늘 음울하며, 와이번인 그는 미소를 짓는 일도 없다.

하지만 만약 그에게 조소에 가까운 감정이 있다면 이때가 그랬으리라.

"……시시한 소리를 하는군…… 레그네지."

아르스는 머스킷에 다음 탄환을 장전하여 후방의 개체를 조준했다. 라디오를 통해 통솔 개체의 지령을 중계하는 통신수 배치는 싸움 속에서 이미 확인했다.

"……!"

하지만 방아쇠를 당기기 직전, 아르스는 갑자기 채찍을 휘둘렀다. 옆에서 접근하던 와이번병을 얽어 끌어당기는 반동으로 공중에서 급제동을 걸었다.

그 직전, 보이지 않는 무언가가 진동했다.

직선상에 존재한 와이번병은 예리한 무언가에 의해 세로로 절단되며 아르스가 방금 회피한 보이지 않는 공격의 실재를 나타냈다.

'……와이번병이 아니야…….'

공격의 방향으로 생각되는 지점으로 고개를 돌렸다. 불타는 메이지시에서 떨어진 지상의 암흑에 빛나는, 붉은 요광(妖光)이 있었다. 아르스의 시력으로는 보였다. 불길하게, 마치 괴물의 눈처럼 여덟 개.

───지잉, 하고 재차 현악기 같은 울림이 들렸다.

다른 무리가 한꺼번에 절단되었다. 날아온 공격의 정체는 보이지 않았다.

"…….."

아까 쏘아 맞히려던 와이번 통신수에게 시선을 되돌리자 그것도 이미 사라진 뒤였다. 격추된 것이다. 적에게 시선을 보낸 짧은 순간에.

멀리 지상의 붉은 눈빛은 그대로 밤의 어딘가로 사라졌다. 쿵쿵, 묵직한 나무들을 베어 넘기는 듯한 소리가 멀어져갔다.

소리도 없이 날아와 난무하는 와이번의 병력을 정확히 격추하여 그 공격 방향도 명확하지 않았다.

수많은 전설과 상대하며 승리해 온 아르스조차.

지상의 메이지병을 무시하고 아르스를 비롯한 공중의 와이번만을 노려 공격했다. 즉, 방금 그 적안(赤眼)의 적은 신흥국 측의 병기가 아니라 황도 측이 투입한 무언가다.

정체불명의 존재가 향한 곳은 통솔 개체를 쫓는 그가 가야 할 방향이기도 했다.

"……신공국인가?"

전화(戰禍)가 메이지시를 덮친 그 시각.

신공국의 야경 한가운데를 숨죽여 달리는 두 사람의 모습이 있었다. 제17경 붉은 지전의 에레아. 어린 엘프 소녀에게는 별명이 없었다. 하지만 이 키아야말로 '세계사'라 불리는 전능한 사술을 행사하는 자이며, 그 사실을 아는 이는 극소수다.

리치아의 시민은 아까 천공에 빛난 의문의 광선의 정체와 메이지시의 방향으로 날아오른 와이번군에 대해 불안과 억측을 나누는 데 몰두하여 인파를 헤치고 달리는 두 사람을 신경 쓰는 이도 없었다.

"【라나를 찾아라】."

키아가 속삭이자 작은 천 조각이 명령을 받은 듯 공중에 떠올라 두 사람을 이끌었다. ───가까이에서 아이들이 노는 것처럼 보이는 광경에 에레아는 재차 '세계사'의 힘을 두려워했다. 전능한 사술은 어린 키아가 본래 알지 못하는 것조차 파헤친다.

"키아. 너무 눈에 띄는 힘은 쓰지 마세요. 도적의 거점에 숨어들어 라나 씨를 구해낼 뿐이에요. 소동을 일으키면 라나 씨나 저희가 오히려 위험해지니까요……."

"라나는 선생님의 친구잖아! 그런 말을 할 때가 아니지!"

"그래요……. 네, 그렇죠."

사실은 달랐다. 지금의 에레아는 어떻게 해서든 월람의 라나를 제거해야 한다. 만약 그녀가 납치된 직후에 살해되었을 뿐이라면 이렇듯 적지를 바삐 뛰어다니는 위험을 무릅쓸 일도 없을 것이다. 그렇지 않을 가능성을 없애기 위해 갈 수밖에 없다.

"거기 두 사람! 뭐 하고 있어? 현재 군 시설 주변은 경계 태세야. 한시라도 빨리 시가지에———."

"도적 일당이에요. 잠재워요!"

"응……? 자, 【잠들어라】."

키아는 조금 곤혹스러운 모양이었지만, 문명에 어두운 엘프 아이다. 에레아의 말투에 압도되어 두 명의 순회병을 한 마디로 혼절시켰다.

아무리 육체가 강인하고, 아무리 검이나 활의 기교를 잘 부려도 '세계사' 앞에서 그 힘들은 아무런 의미도 갖지 못한다. 그녀가 가진 힘은 그렇게 평범한 힘을 전혀 다른 측면에서 부정하는 전능한 권리다.

앞장서서 나아가는 키아를 바로 쫓지 않고 에레아는 혼절한 병사의 옆에 몸을 구부리고 발을 멈추었다.

"……? 에레아, 괜찮아? 저……저기, 나쁜 놈은 내가 모두 쓰러뜨릴게! 얼른 가자! 신경 쓸 것 없어!"

"……네. 괜찮아요. 늦어서 죄송해요."

에레아는 얼굴을 들고 부드러운 미소를 지어 보였다. 키아의 사술을 목격한 자는 확실히 처리해야만 한다. 독이 든 환약을 입에 머금은 이 두 병사는 두 번 다시 눈을 뜨지 못할 것이다.

'———키아의 탐지가 최단 거리로 안내하고 있어. 아까 본 빛이 '차가운 별'의 기습 포격이라면 방금 같은 순회병도 적지 않은 숫자가 방위 쪽에 배치되었을 터……'

"이 벽 너머지?【길을 열어라】."

키아는 주저 없이 사술을 행사하고 두툼한 돌벽을 관통하는 길을 만들어냈다. 이토록 큰 변화를 일으키는데 말이 채 끝나기도 전에 현상이 발생하고 있다.

"여기서부터는 도적에게 들키지 않도록 나아가요. 다른 사람에게 저희의 모습이 보이지 않게 할 수 있나요?"

"……그런 방법이 있었네.【모습을 감춰라】."

돌벽의 그림자를 따라 병사의 등 뒤로. 방위를 위해 미로처럼 복잡하게 뒤얽힌 신공국의 구조는 두 사람에게 유리하게 작용했다. 키아의 사술이 다양한 길을 최단 거리로 열었고, 에레아의 공작원으로서의 기술이 병사와의 접촉을 넘겼다. 부득이하게 격퇴한 소수의 병사는 은밀하게 말살했다.

겨우 두 명의 여자들이 엄계 태세인 군사 시설에서 아무에게도 목격되지 않고 나아갔다. 상식적으로는 불가능한, 무모하기 짝이 없는 시도였지만, 그 불가능을 가능케 하는 '세계사'의 사술은 무시무시했다.

키아가 명령을 내리자 건조물의 위치마저도 쉽사리 움직여 길을 봉쇄했다.

"【길을 열어라】. 이게 쫓길 걱정도 없어. 내게 걸리면 간단하지."

"……본래 있는 길을 닫았으니 돌아가는 건 그만둬요. 거리에 있는 사람이 나중에 곤란해할 테니까요."

"딱히 별거 아니잖아? 길은 또 만들면 돼."

이윽고 두 사람은 한 시설의 지하에 도달했다. 중범죄자용 감옥으로 보였고, 무거운 강철문이 죽 늘어서 있었다.

"라나 씨가 있는 곳은―――."

"알아. 여기야. 【잘라라】."

키아는 라나가 갇힌 방의 자물쇠를 즉각 말로 절단했다. 가차 없이 문을 열어젖히며 외쳤다.

"구하러 왔어!"

구석에 앉아 있던 이는 당연히 몸을 움츠렸고, 느닷없는 방문자를 보았다. 자신이 본 것을 믿을 수 없다는 듯 머뭇머뭇 목소리를 쥐어 짜냈다.

"……키아?"

라나는 에레아가 예상한 것만큼 많이 다치지는 않아 보였다. 그녀가 갇힌 뒤로 얼마 지나지 않아 그 포격이 있었던 점을 고려하면 타렌 측으로서도 내통자 확보를 황도 측에 들키기 전에 신속히 진행할 필요가 있었을지도 모른다.

"키아. 라나 씨의 간호는 제가 맡기고 당신은 밖을 맡아요. 어쩌면 순찰자가 올지도 몰라요. 누가 오면 저를 불러주세요."

"알았어."

라나는 동요를 감추지 못하는 모습으로 눈앞의 두 사람을 견주어보았다.

"에레아도…… 어떻게……."

"라나 씨. 설 수 있나요?"

"……아…… 아니, 이상해."

에레아에게 내민 손을 잡기 직전에 라나의 움직임이 멈추었다.

"너희들…… **어떻게** 이곳에 왔어……?! 신공국에 남아 있는 공작 부대를 동원해도 돌파할 수 있는 경비가 아닐 텐데! 어, 어떻게 키아가 이곳에 있지……?"

"……."

"……설마 에레아."

라나가 보는 상대는 에레아가 아니라 키아였다. 오늘 하루를 함께 논, 교사 에레아의 작은 제자일 터였다.

그녀는 두려워했다. 타렌이 세계에 뿌린 조사단이 찾고도 끝내 발견하지 못한 최강의 '세계사'가, 이론적으로도 말이 안 되는 마재(魔才)가 이 세계에 실재한다면.

그 존재가 어떤 형태일지 자세히 아는 이는 없었다. 심지어 키아처럼 아무 특별할 게 없는 평범한 소녀가 **전능**하다니.

"바, 발견했구나……. 진즉에――."

"더 이상 말하지 마세요. 상처가 깊어져요. 라나 씨."

붉은 지전의 에레아는 몸을 구부려 라나와 시선을 맞추었다. 이렇게 강행 돌파를 하기로 선택한 이상은 라나 본인에게 일이 드러나는 것은 피할 수 없으리라는 걸 알고 있었다.

라나의 정신력을 고려하면 생각하기 어려운 일이었지만, 어쩌면 에레아가 입을 닫을 것까지도 없이 황도의 작전을 이미 어느 정도 말했을지도 모른다.

하지만 문제는 없다. 에레아는 라나를 확실히 제거하기 위해 여기까지 왔으니까.

키아에게 들키지 않고 죽일 방법도 이미 준비했다. 라나의 입가에 손을 뻗어――,

"누가 왔어."

복도 쪽에 선 키아가 목소리를 낮추어 말했다. 에레아는 즉각 그쪽을 보았다.

복도 안쪽의 횃불은 꺼졌고, 어둠 속에 그림자만이 떠올라 보였다. 인족은 아니다. 무수한 뿌리에 뒤덮인…… 커다란 맨드레이크의 그림자였다.

"이곳으로 이어진 경로의 경비병이 쓰러져 있었습니다."

담담한 말이 차가운 복도에 울려 퍼졌다.

"히그아레."

월람의 라나가 절망적인 목소리로 으르렁거렸다.

"기, 기다려…… 히그아레."

"네. 뭐죠?"

"이 녀석들은 나를 처리하러 왔어. 정보는 아무것도 건네지 않았어! 정말이야! 타, 타렌에게…… 나를 죽이라는 명령을 받았어?!"

평소의 꼿꼿한 태도는 처참히 무너졌다.

'세계사'는 이 세계의 누구도 상상할 수 없는 사술로 현상을 뒤틀지도 모른다. 붉은 지전의 에레아는 첩보부대의 무자비한 지휘관으로서 붙잡힌 라나의 목숨을 당장이라도 빼앗을지 모른다.

———하지만 그래도. 그럴 가능성이 아무리 크더라도 바다의 히그아레와 싸우면 반드시 죽는다.

"질문이 있어요. 그쪽 아이는 누구죠?"

히그아레는 전혀 감정을 보이지 않고 기계처럼 물었다.

"어떻게 침입했죠?"

"……에레아."

키아는 에레아의 옷자락을 잡았다. 어린 그녀가 모르는 분위기. 평화로운 일상에서 크게 동떨어진, 미래가 닫혀 가는 죽음의 기색이다.

"……읏, 그래, 히그아레! 알고 있어?!"

라나는 떠들어댔다. 히그아레의 검이 움직이는 순간을 조금이라도 늦추려 했다.

"신공국이 찾던 '세계사'가 어디에 있었는지! 지금———."

"【피하라】!"

키아가 외쳤다. 도망칠 곳이 없는 복도에서 히그아레의 막대한 물량의 덩굴이 마구 날뛰었고 가득 메워 절단했다. 그 성난 파도는 순식간에 시야 전체까지 이르렀고, 키아뿐만 아니라 더 안쪽에 서 있던 에레아도, 라나도 도망칠 수 없었다.

별명은 바다의 히그아레. 거리가 벌어져 있든, 가려져 있든, 얼마나 많든, 그 참격의 바다 한가운데에 휘말려 살아남을 생명체는 없다.

"……."

"당신 뭐야?"

히그아레는 복도를 메운 덩굴의 바닷속을 보았다.

어깨너머로 돌아본 긴 금발 사이에서는 아주 맑고 푸른 눈이 히그아레를 바라보고 있었다.

"……아니. 피하라, 가 아니었네."

키아는 다시 심호흡을 했다.

"【위험한 것으로부터 우리를 지켜라】."

회피할 수 없을 터인 덩굴의 참격은 모두 세 사람을 피했다.

매우 정밀한, 직접적으로 공격 궤도에 간섭하는 역술의 다중

발동에 의한 결과였지만, 그 과정을 인식할 수 있던 이는 '세계사' 자신을 포함하여 존재하지 않았다.

그녀는 다만 공격에 **맞지 않도록** 명령을 내린 데 지나지 않았으니까.

"그렇군."

검노인 맨드레이크는 늘 그렇듯 사실을 솔직하고 담담하게 받아들였다. 아무리 말도 안 되는 이능을 가진 적일지라도 그에게는 그것이 일상이었으니까.

"바깥 세계에는 제가 모르는 기술도 많군요."

항상 **다음 시합은 더욱 위험하고, 살해되는 것은 너.**

"또 하나 배웠습니다. 감사합니다."

———따라서 치명적인 검의 일격조차 맞지 않는 상대도 당연히 예상하고 있었다.

복도를 메운 덩굴에 달린 단단한 잎이 살며시 열렸다. 그것은 다만 소녀인 키아에게는 애초부터 지각할 수 없는 미미한 움직임이었다. 그 틈에서 새어 나온 것은 무색무취의 기화 맹독이었다.

바다의 히그아레가 감추고 있는 무수한 비장의 카드 중 하나였다. 오랜 연구를 거친 지평 최강의 맨드레이크라면 종족 특유의 치사 맹독을 기체로 발현할 수도 있다.

"말이 방아쇠인 사술이라면 호흡을 할까요?"

"?"

키아는 몇 번인가 눈을 깜빡였다. 무슨 일이 일어나는지 이해할 수 없는 모습이었다.

─────그녀들을 메우듯 뻗은 덩굴이 맹독의 발생원이었다. 이 지하의 폐쇄된 공간이라면 호흡이 세 번을 채우기 전에 모든 생물을 반드시 죽일 것이다. 이미 늦었다.

"호흡 정도는 하지."

"……."

─────독이 효과 없다.

이 공간에서 눈과 입을 열고 말을 하는데 멀쩡하다.

"말했잖아?【위험한 것으로부터 우리를 지켜라】."

물질을 열분해하는 열술인가? 아니면 화학적으로 변화시키는 생술인가? 그 복합인가? 키아는 자신이 바라는 결과를 명령했을 뿐이다. 평범한 사술사는 도저히 불가능한, 복잡하기 그지없는 공정이 작용하여 히그아레의 독을 계속 분해하는 것이었다.

지극히 단순하고, 그렇기에 결코 뒤집을 수 없는 최강의 존재.

전능하기에 무적.

"당신은…… 대체."

히그아레는 처음으로 공포의 감정을 훤히 드러냈다. 『진짜 마왕』의 위협이 눈앞에 다가온 그때조차 다만 살기 위해 사실을 받아들인 검노였다.

"……."

그 말을 마지막으로 그는 앞으로 무너졌다. 차가운 돌바닥에 쓰러져 움직이지 않았다.

키아는 다시 한번 눈을 깜빡였다.

"……죽였……나요, 키아?"

이능의 공방이 거기서 수습된 것을 알아채고 에레아는 마침내 몸의 보호를 풀었다. 복도를 메운 덩굴이 시들어 본체의 죽음을 보여주었다.

키아의 방어가 완전한 걸 알면서도 처음 보는 무시무시한 존재였다.

그럴 터였다. 힘의 차원이 너무 달라서 그 한계조차 완전히는 알 수 없었다.

"아……아니. 그런 말은, 난…… 하지 않았……는데. 정말로 죽었어……?"

"……."

알 수 없는 적. 그리고 의문의 죽음.

하지만 주위를 둘러본 키아는 그 이전에 우선해야 할 일이 있다고 깨달았다.

"에…… 에레아! 라나는 어디 있어?!"

"……."

"지금 내가 싸우는 동안에…… 어딘가로……!"

"키아. 우리도 여기에서 즉시 도망쳐야 해요. 라나 씨는 분명 자력으로 탈출할 수 있을 거예요. 감옥에서 해방된 것만 해도 잘된 일이에요."

"그럴 수가……. 하지만 그 맨드레이크처럼 위험한 녀석이 아직 있을지도 모르잖아?! 그냥 둘 순 없어! 라나는 내 친구인데!"

에레아는 자신의 손바닥을 보았다. 라나를 더 이상 깊게 쫓는 것은 도리어 '세계사'를 남의 눈에 드러내는 일일지도 모른다. 그녀를 감옥에서 놓아준 시점에 에레아의 최소한의 목적은 달성했다.

"구하러 가자, 에레아!"

"그런 건······."

──하지만. 자신의 제자가 진심으로 그렇게 바랄 때······ 키아를 이끌어야 할 한 사람의 교사로서 에레아는 어떻게 대답해야 했을까?

맑고 푸른 눈이 에레아를 올려다보았다. 진심으로 에레아를 믿고 있었다.

어리석다고 생각했다. 그녀의 본성은 아무것도 모르는 키아를 속이고 자신을 위해 이용하는데 아무 죄책감도 느끼지 않는데.

"우리라면 할 수 있어."

"당신은······ 당신은 떼만 쓰는 아이로군요. 키아."

"선생님에게 떼를 쓰면 안 돼?"

◆

바다의 히그아레는 죽었다. 하지만 그를 죽인 자는 '세계사'는 아니다. 그 존재는 에레아 일행의 지점을 기준으로 히그아레의 반대쪽 모퉁이에 숨어 있었다.

"후헤헤······ 정말이지 성가신 녀석부터 처리하려 했는데."

나른하고 자조적인 미소를 흘렸다.

"싸우지 않고 끝났으니 운이 좋은 건지 나쁜 건지."

그는 히그아레를 노리고 이곳에 왔다. 따라서 그의 거리에서는 히그아레가 발사한 무수한 덩굴 맞은편에 존재하는 키아나 에레아의 모습까지는 보였을 리가 없다.

전능과 필살.

절대 권능끼리 서로의 충돌을 피한 것은 종이 한 장 차이의 기회에 지나지 않았다.

"……미안해, 맨드레이크. 내 천사님의 힘은 나와 비슷해서 겁이 많거든———."

검은 옷을 입고 지저분하게 수염이 난 남자였다. 히그아레가 키아의 존재에 정신을 빼앗긴 순간. 맨드레이크 이상의, 진정한 절대 치사의 검술사 천사는 그 일격의 기회를 놓치지 않았다.

바다의 히그아레의 진짜 사인은 이 지하를 메운 기화독을 공격 수단으로 택한 것이다.

그것은 이곳의 모두를 끌어들인 **살의 있는** 공격이었다———. 따라서 조용히 노래하는 나스티크는 순식간에 히그아레의 뒤로 전이하여 '죽음의 송곳니'를 박아넣을 수 있었다.

거리가 떨어진 그의 옆까지 치사량의 농도를 보낼 시간도 주지 않았다.

"나를 죽이려는 놈은 모두 죽어."

걸쇠의 히도우가 보낸 또 한 명의 자객은 리치아 신공국의 맨 안쪽까지 다다랐다.

죽음의 천사에게 저주받은 암살자의 이름은 지나가는 재앙의 쿠제였다.

"이건 뭐야?"

신공국의 빛이 보였다. 소지로는 어깨에 검을 짊어지고 중얼거렸다.

평원에서 소리 절단의 샤르크와 교전을 벌인 뒤 소지로가 향한 곳은 본거지인 메이지시의 성채가 아니라 적지인 리치아 신공국 방면이었다.

피와 검을 무엇보다 갈구하는 이계의 검호에게 추격 이외의 선택지는 없었다. 하지만.

"아…… 늦었나?"

길에 방위선을 친 신공국병의 포진은 마치 벽과도 같았다. 흙무더기와 가시철사를 둘러쳤고, 경사면 위에는 여러 궁병과 총병이 배치되어 있었다. 이 싸움을 앞두고 공들여 준비했다고 해도 아까 그 '차가운 별'에 의한 기습 공격이 있은 뒤로 짧은 시간에 이 방위선을 구축한 신속함은 타렌 수하의 병사가 높은 숙련도를 갖고 있기 때문이리라.

나아가 리치아 신공국을 아는 사람이라면 신공국에 드나드는 이 길은 이미 와이번병의 '눈'의 범위 안에 있다는 것을 알 수 있다. 대부대가 공격해 온다면 즉각 하늘에서 무수한 증원이 출현할 것이다.

기마병이 리치아에 접근하는 일은 이미 불가능하며, 도보로라면 더더욱 그랬다.

하지만 버드나무 검의 소지로는 걸음을 늦추지 않고 손쉽게 방위선과의 거리를 좁혔다.

"이봐!"

검을 짊어진 채 '손님'은 큰소리로 외쳤다.

"너희들, 잠시 비켜 있어. 베어봤자 재미없을 것 같거든."

대답 내신 화살과 총격의 빗발이 쏟아졌다. 사람을 피바다로 만들고도 남을 양이었지만, 소지로는 당연한 듯 멀쩡했다. 째앵, 하고 공기가 파열되는 소리만이 소지로가 휘두른 검의 초현실적인 속도를 알려주었다.

"몸통에 일곱 발밖에 안 왔어! 쏠 땐 쏘더라도 잘 좀 노려봐!"

걸음은 잠시도 멈추지 않았다. 마치 불가피한 운명처럼 최전선에서 대열을 이룬 병사를 향해 소지로의 검이 타이밍을 포착했다.

"……윽, 이 자식! 황도의 자객이냐!"

"비키라고 했어."

조금의 망설임도 없이 눈앞의 병사를 베어 쓰러뜨리며 나아갈 셈이었다.

――하지만 직전에 소지로는 돌아보았다.

"이봐. 저 소리는 뭐지?"

"아……."

느닷없는 질문에 병사가 반응을 하기도 전에 거대한 포탄 같은 무언가가 격돌했다.

그리고 진지와 함께 그들을 뭉갰다. 검은 덩어리가 우지직우지직 대지를 부수며 경사면 직전에 정지했고, 그 뒤로 병사들이 피의 띠를 짙게 그렸다.

"……뭐야? 너."

소지로는 가로 방향으로 굴러 피했다. 검을 잡았다.

지금 날아온 것은 이 세계에서 아직 본 적이 없는 괴물이었다.

———올려다볼 정도로 큰 몸을 가진 거미였다. 검은 금속 장갑이 별과 시가지의 빛을 기괴한 일곱 빛깔로 반사했다.

괴물이 목소리를 냈다.

"너희들에게는 미안하게 생각해."

전혀 어울리지 않게 가련한 소녀의 목소리였다.

"하지만 모두 죽어야겠어———. 모두가 지나갈 수 있게 해야 해."

"초…… 총격은 효과가 있나?!"

"아까부터 하고 있어! 포를 이용해!"

"초계의 와이번대에게 통신을!"

화살이 쏟아지고 총격이 끊임없이 발사되었다. 신공국병의 다양한 공격이 통하지 않았다. 그것도 아까 소지로가 그랬듯 초현실적인 기능으로 회피한 것은 아니었다———. 그저 단순히 금속 장갑의 이상할 정도의 강도에 막혔다.

"포격 개시!"

"키득키득키득."

요란한 폭렬음과 함께 포격 진지에서 유탄이 쏟아졌다. 폭발이 지표면을 날렸고, 불꽃이 돌멩이를 휘감아 올렸다. 타란튤라는 웃으며 미동도 하지 않았다.

"키득, 키득키득키득……."

———매장의 헤르테넨. 남회능력 니히로가 타는 기계이자 생체 전차로서 개조된 타란튤라다. 그 장갑 재질은 성심역강(星深

瀝鋼)이라는 이름의 초현실적인 마석(魔石)이며, 숙달된 공술에 의한 직접 가공을 제외하면 평범한 힘도 열도 흠집 하나 낼 수 없다고 한다.

그리고 탑승자인 남회능력 니히로는 헤르테넨의 한계를 넘어서는 출력에 의한 급가감속에 견디는 목숨 없는 레버넌트다. 유인기이자 필요최소한의 산소를 통과시키는 통기 구멍마저 없는 궁극의 장갑인 이 괴물 전차에 취약한 곳은 존재하지 않았다.

견고하기로는 나간 던전 골렘도 능가하는 지상 궁극의 전차.

"안 돼! 방어선을, 후퇴……윽!"

"크윽."

멀리 떨어진 병사 일당에게 한 번의 도약으로 쫓아가 치어 죽였다. 말 그대로 괴물 같은 출력으로 기동하는 헤르테넨의 대질량은 그 자체가 살인적인 무장이었다.

붉은 눈동자가 하늘을 올려다보며 소녀의 서늘한 목소리를 냈다.

"와이번병은 아직인가? 놈들을 떨어뜨리지 않으면 선도자가 될 수 없……!"

강대한 타란튤라는 지면을 박차며 후퇴했다. 다만 그만큼의 움직임으로 경로상의 수많은 흙무더기가 갈라지며 그 뒤에 있던 병사들의 피와 살이 뒤섞였다.

"이봐. 너. ……이제 질문에 대답해."

그녀가 짐작한 위협은 아까 자신과 함께 포격에 휘말렸을 터인 트레이닝복 차림의 검사였다.

"너는 뭐야?"

"너에 대해서는 들었어. 버드나무 검의 소지로. 나는 아군이야."

"이봐. 너. 그런 이야기가 아니잖아."

소지로는 검을 축 내리고 피와 내장, 살과 비장으로 얼룩덜룩 물든 신공국의 진지를 보았다. 암살과 잠입을 맡은 소지로는 '남회능력'이라는 최후의 수단에 대해 알지 못했다.

하지만 알았다고 해도 베어야 할 강자만을 바라는 그는 똑같이 행동했을 것이다.

지상 궁극의 전차를 향해 역시 대수롭지 않게 걸어갔다. 멸망한 나간에서 소지로가 유노에게 말한 M1 에이브람스는 '저편'에서 주력 전차의 이름이었다.

"혼자 날뛰지 마. 할 거면 나랑 해."

"키득키득…… 왜?"

"강하니까."

검호는 순간적으로 거리를 좁히고 일섬을 휘둘렀다.

소지로가 공격을 마쳤을 때, 타란튤라는 이미 후퇴한 뒤였다.

"……정말로 인족이야?"

애초에 백병의 거리로까지 접근시킬 생각은 없었다. 소지로와 교전하지 않아도 그녀는 이 자리에서 와이번병을 기다리다 무찌를 수 있으면 그걸로 족했으니까.

시체를 개조한 니히로나 헤르네텐처럼 미니어를 넘어서는 구조를 가진 것처럼도 보이지 않았다. 하지만——— 방금 파고들던 모습과 검의 속도는.

"싸움이 좋다니 제정신이 아니군."

"……몸속이야. 봤어. 네 목숨."

고개를 숙이고 검을 뽑은 자세로 중얼거렸다.

"너, 목숨이 **하나밖에** 없네. 탈 것과 타는 녀석을 합쳐서 하나 인가?"

"......!"

남회능력 니히로는 엄청난 경도를 자랑하는 장갑 외에도 여러 기구를 갖고 있었다. 하지만 그 일부분을, 그것도 겉모습을 보기만 해도 간파할 수 있는 자는 지금껏 존재하지 않았다.

니히로는 이 '손님'에 대한 경계를 강화했다. 마찬가지로 황도에 속한 아군이라도…… 아니. 그렇기에 위험했다.

거대한 타란튤라는 언덕 위로 이동하여 소지로를 붉은 눈빛으로 내려다보았다.

"너와 싸울 생각은 없어. 이 진지를 제압할 생각도."

지잉, 하고 현악기 같은 소리가 나며 신공국의 사수 일당이 한 번에 잘렸다. 그것이 거체의 학살극에서 살아남은 마지막 병사였다.

"지금 끝났으니까."

그 말을 마지막으로 신공국의 방향으로 모습을 감추었다.

지근거리에서 상대한 소지로에게는 그 공격의 정체가 보였다.

"……실이야. 실을 쏘는군."

타란튤라 둥지의 날실은 오거의 강한 힘으로도 끊을 수 없는 강도를 자랑하며, 씨실은 와이번의 골격을 쉽사리 절단하는 예리한 단면을 가진다.

이 실을 쏘아 야간의 와이번을 떨어뜨릴 정도의 사정거리와 정밀도를 자랑하는 포격 능력이 남회능력 니히로를 무적의 전차로 만드는 기구 중 하나였다.

그리고 그것들의 무장과는 별개로 마족으로서의 그녀가 가진 최대의 기구가 존재한다———.

"어라?

마을의 불빛을 향해 유린을 이어가는 가운데, 니히로는 위화감을 느꼈다.

탈 것인 헤르네텐에게 생겨난 이변은 척수에서 뻗은 신경을 통해 감지할 수 있었다.

"———눈이 **세 개** 없어."

과연 매우 예리한 절단면이라 지금까지 갈라지지 않은 건가? 아니면 세계의 수준을 초월한 검섬이 상대에게 베인 것조차 자각시키지 않은 건가? 헤르네텐의 머리는 비스듬히 날아갔고 눈빛을 세 개 잃었다.

헤르네텐의 온몸을 뒤덮은 장갑 재질은 성심역강(星深瀝鋼)이라는 이름의 초현실적 마석이었다. 예사롭지 않은 힘도 열기도 상처 하나 낼 수 없을——— 터였지만.

"버드나무 검의 소지로. 네가 파고들었을 때, 진즉에 머리를 베었군……. 키득, 키득."

치명상을 자각하고 니히로는 오히려 웃었다.

헤르네텐은 질주하고 도약하여 다섯 개의 눈으로 하늘을 뒤덮은 와이번병을 차례로 격추했다. 머리를 절반 잃고도 타란튤라의 움직임은 조금도 둔해지지 않았다.

레버넌트인 헤르네텐도 니히로도 육체는 진즉에 **죽었다**. 한편, 골렘이 목숨의 사술을 새긴 각인을 잃지 않는 한 멸할 줄 모르듯, 목숨의 핵이 있는 한은 **살아 있는** 것이다.

목숨의 제어는 마족의 작성자가 지향하는 도착점 중 하나라고 한다. 자신이 아닌 다른 존재에게 목숨을 임시로 맡기는 기술 또한 그 극점에 이르는 길이라고도 한다.

"아무래도…… 너 말고도 나를 죽일 수 있는 상대가 있었던 모양이야. 쿠제."

공유의 주술이라고 한다. 조종하는 니히로가 무너지지 않는 한 '남회능력'은 불사신이다.

그것은 죽은 자이기에 보행만으로 지형을 파괴할 수 있는 탈 것의 무게와 속력에조차 적응한다.

그것은 군세를 단번에 절단하는 원격의 필살 공격 수단을 가진다.

그것은 평범한 공격은 모두 차단하는 장갑과 멈추지 않는 불사성을 동시에 지녔다.

두 개의 몸을 가졌으면서 단 하나의 유린 기능만을 추구한 참렬(慘烈)의 전기(戰騎)다.

카타프락토이. 레버넌트.
기병 시마(屍魔)

남회능력 니히로.

지상에서 싸움이 열린 그 시각, 신공국 상공의 와이번병은 다른 위협을 맞받아치고자 그 날개를 집결하고 있었다.

앞서 '차가운 별'의 공격과 함께 메이지시를 기습한 폭격부대는 하늘에서 난입한 자의 공격을 받아 괴멸 상태였다.

바로 그 적을 기다리며 레그네지는 수하의 와이번병들에게 고했다.

"―――최강의 공격은 히렌진겐의 빛의 마검. 검을 뽑은 순간 빛의 날을 뻗지. 사정거리는 4m. 이걸 경계할 필요는 없다. 어차피 놈의 공격은 제대로 맞으면 죽을 뿐이니까. 또 하나의 마검은 전율하는 새. 소음을 흩뿌리며 직접 날아다니는 검이지. 적이 또 한 마리 있다고 생각하면 돼. 이걸 맞받아칠 부대는 나뉘어 있다."

질주하는 별의 아르스가 '차가운 별'을 가진 리치아 신공국에 직접 나타나지 않은 것은 레그네지에게 뜻밖이었지만, 동시에 **상상 이상**의 흐름이기도 했다.

지금까지 명확하지 않던 질주하는 별의 아르스가 가진 마구의 거의 모든 특성을 파악할 수 있었기 때문이다. 폭격부대의 교전이 시작된 것을 알고 그 파괴까지의 흐름을 전술로 편성한 시점에 또 하나의 장치도 이미 완료되었다.

"키오의 손이라는 마편(魔鞭)이 있어. 사정거리는 12m, 혹은 그 이상이지. 내 주위를 둘러싸서 지키는 형태로 쓰는 경우가 있어. 그럴 경우의 유효 사정거리는 절반 이하야. 경계가 필요한 건 이쪽 공격이지. 12m. 복창해, 쓰레기들아."

"키익, 12, m."

"12……."

"크르르, 접근, 하, 하지 않아."

"기억했어? 주요 병장의 총은 그 이상의 사정거리가 나와. 스치기만 해도 흐물흐물해져서 죽는 독 마탄과 번개를 쏘는 뇌굉(雷轟)의 마탄이 있어. 이건 사격 자세와 장전 자체를 계속 방해하면 견제할 수 있어. 방해하는 건 12m 권외에서, '자살 공격'은 여러 마리가 동시에, 6m 권외에서지━━━."

"오케, 이…… 작전……."

"키리, 리리릭……! 질주하는 별을, 공격!"

질주하는 별의 아르스는 무적의 모험가다. 이곳 지상에 군림하던 수많은 전설은 모두 그에게 제패되었다.

하지만 석양의 날개 레그네지에게━━━ 그가 이끄는 와이번 병에게 조건은 달랐다. 그들은 무적의 모험가의 습격을 예기할 수 있었다. 그리고 아르스가 가진 여러 공격 수단을 알고 전술에 따라 대처할 수 있었다.

'와이번에게 영웅은 필요 없어. 지금 여기서 끝내주마.'

대월(大月)과 소월(小月)의 두 월광을 등지고 다가오는 가느다란 날개가 보였다.

전설을 끝낼 자. 질주하는 별의 아르스.

"아아…… 오랜만에 보는 얼굴이군. 꽤 오래 도망쳤지? 세 팔의 아르스."

레그네지는 악의를 담아 비웃었다.

"드디어 무리로 돌아왔군. 너 같은 쓰레기라도 환영해. **내 무리**는 말이야. 먹이 조달 담당을 맡겨주지."

"……시끄러워."

총성. 비행 도중의 사격이라고는 생각할 수 없는 엄청난 속사였다.

충분한 거리를 두고 있던 레그네지는 다른 병사를 방패로 삼았다. 늘 무리의 중앙 부근에 진을 치고 직접 사선을 지나지 않는 형태로 진형을 짠다.

"큭, 하하하! 설마 화난 거야? 아니지? 네게 화낼 머리는 없어. 타고나기를 그렇지. 땅바닥을 느릿느릿 기거나 하며 변변히 바람도 못 타는——— 세 팔의 루저. 그게 너지. 나는 잘 알아."

아르스는 연이은 탄환을 장전하려 했다. 다수의 와이번이 포위를 개시했고 방해하고자 주의를 끌었다. 아래쪽으로 잠기듯 통과하는 무리가 있었다. 신공국의 문장이 새겨진 갑옷의 등에는 타오르는 짚이 묶여 있어 자극적인 연기가 순식간에 시야를 덮었다.

비스듬한 방향으로 날아 도망쳤다. 그렇게 포위에서 벗어나는 경로도 레그네지의 전술에 포함되어 있었다.

"———왜 이곳 리치아에서 너를 기다렸을까?"

"……!"

아르스가 자세를 고치기도 전에 총성이 연이어 울려 퍼졌다. 몸을 비틀어 회피했지만, 한 발의 탄환이 피부 근처를 스쳤다.

특별한 공격은 아니었다. 그저 총격이었다. 하지만 당연히 눈앞의 와이번병이 행한 공격은 아니었다.

아래쪽을 내려다보자 리치아에 늘어선 첨탑 몇 개에 반짝이는 총구가 보였다.

"직접 총을 쓰다니 그냥 바보나 할 짓이네? 아르스."

신공국의 일반병이었다. 통상적인 와이번은 팔이 없어서 총을 다룰 수 없지만, 미니어는 다르다.

공중의 적을 몰아 노리는 저격점에서 쓰러뜨린다. 유효한 전술이다.

와이번병이 재차 연기를 살포하기 시작했다. 그들이 태우는 짚은 아르스의 위치를 지상의 병사에게 알리는 유도등이기도 하다. 지상의 탑에서는 끊임없는 총격이 이어졌다. 재장전 주기에 변화를 주어 공격을 계속했다.

'……방공망의 틈새를 돌파해서…… 아니야.'

한 마리의 병사가 발톱을 이용한 접근전을 시도했다. 미끼다. 날개를 멈추고 대처하면 이쪽이 떨어진다는 걸 아르스는 잘 안다.

'……이 거리에서…… 쓸 수 있는 무기는.'

빛의 마검으로, 키오의 손으로 상황을 바로잡으려 했다. 하지만 적은 여러 마리를 끌어들일 수 있는 사정권 내에 다가오지 않았다. 다음 수단을 강구하기보다도 먼저 공격의 폭풍이 닥칠 것이다.

연기. 총격. 발톱 공격.

_{레그네지로부터 리치아의 바람으로}
"【kekexy ko khart】."

그리고 사술.

"……성가시군……."

"【kent kakor. kokket korp. kokaitok】."
돌아오는 경반(鏡盤)   끈 달린 별   비춰라

레그네지가 방출한 열술의 적광을 아르스는 피했다. 총탄이 날개의 일부를 찢었다. 계산한 피탄이었다. 공세로 전환할 순간을 위한. 준비와 사출의 동작에 포함된다.

"전율하는 새……!"

요란한 금속음과 함께 마검이 날았다. 레그네지 무리의 일부가 즉시 반응했고, 발톱으로 마검을 요격했다. 맞아떨어진 마검은 공중에서 궤도를 바꾸어 아르스의 손으로 되돌아왔다.

방금 즉각 대응한 일당의 반응은 명백하게 이 비행 마검을 포획하려는 시도였다. 이 전투에서는 무모하게 써서는 안 된다고 판단했다.

"……키오의…….."

"【kekexy ko khart. kent kakor】."
레그네지로부터 리치아의 바람으로 돌아오는 경반(鏡盤)

다음 순간 아르스가 뽑은 무기는 키오의 손이 아니라 히렌진겐의 빛의 마검이었다. 지상에 있는 사수의 장전 간격이 겹쳤고, 세 발의 사격이 동시에 쇄도했기 때문이다. 빛의 검에 막힌 총탄은 튕기지도 않고 증발했다.

"【koket korp. kokaitok】."
끈 달린 별   비춰라

붉은 쐐기 모양의 빛.

레그네지는 재차 영창을 마쳤다. 아르스는 죽음의 광선을 피했다.

한 번이라도 직격을 입을 수는 없었다. 백에 가까운 병력과 전황에 동시에 주의를 빼앗기며 계속해서 집중해야 했다.

"……."

아르스는 작은 단지 같은 마구를 꺼냈다.

와이번의 포화 공격은 가차 없이 이어졌고, 아르스에게 다양한 공격에 대처하도록 계속해서 강요했다. 무리인 그들은 지치지도 않았다. 아르스가 죽을 때까지 멈출 일은 없을 것이다.

"슬슬 말할 여유도 없어졌겠지?"

레그네지는 도발했다.

"아르스. 세 팔의 아르스. 아직 '차가운 별'을 원하나? 크. 크. 네가 무슨 생각을 하는지 맞혀볼까? ……'차가운 별'이 지금 네 손에 있으면 좋겠다고 생각하지? 분한가? ……네게 그렇게 훌륭한 마음이 존재한다면 말이지만."

"……'차가운 별'이라고……?"

아르스의 마구에 도시를 멸망시킬 광선이 있었다면, 혹은 드래곤처럼 멸살의 브레스가 있었다면 레그네지의 병력을 소탕할 수 있었을까?

발톱과 총격이 다가왔다.

키오의 손을 또 하나의 꼬리처럼 구부린 반동으로 아르스는 공세를 회피했다. 공중의 적을 포착하여 끌어들이지 않아도 그렇게 이용하면 비상하는 궤도를 자유자재로 바꿀 수 있었다.

"……[kekexy ko khart]."

<small>레그네지로부터 리치아의 바람으로</small>

그리고 급격한 회피운동 와중에 아르스의 단지 속에서는 작은 불똥 같은 것이 쏟아져 신공국의 시가지로 낙하했다. 그것이 공격이었다.

"그런 게 없어도……."

"[kent kakor……!]"

<small>돌아오는 경반(鏡盤)</small>

"······나라 정도는 멸망시킬 수 있어. ───지면 달리기."

불꽃의 선이 눈 밑에서 일직선으로 달렸다.

레그네지는 무슨 일이 일어나고 있는지 보았다. 아르스가 떨어뜨린 불똥─── 밝은 불 구슬이 고속으로 시가지를 달려 연소를 펼치고 있었다. 아까 메이지시에서는 보지 못했던, 질주하는 별의 아르스의 또 하나의 마구였다.

의지를 가진 듯 달리고 화력을 키우며 직접 불길을 확장하는 불꽃. 이름하여 지면 달리기.

'시가지야. 군사 시설조차 아니라고. 무의미한 공격이야. 카테는······.'

사투의 소용돌이에 있으면서 레그네지가 가장 먼저 의식한 방향은 중앙 성쇄에 인접한 탑 중 하나였다.

'······카테가 있는 곳까지는 퍼지지 않아. 기껏해야 미니어인 시민들만 죽겠지.'

작은 안도는 어쩌면 빈틈이었는지도 모르겠다. 아르스의 손에서 소리도 없이 마편 키오의 손이 뻗었다. 레그네지가 방패로 삼았던 병사는 경골이 꿰뚫려 죽었다.

"······16m. 크, 크······ 역시 최대 사정거리를 감췄군. 아르스."

통솔 개체가 공격받은 그때에는 가장 가까운 병사가 대신 희생되었다. 망설임 없이, 죽음도 불사하고.

"무의미한 잔꾀였지만."

"······그놈들은······ 뭐지?"

공격을 회피한 빈틈을 누비고 재장전한 총탄으로 적을 저격하며 아르스는 물었다. 제거된 개체의 자리는 즉각 다른 개체가 메웠고, 레그네지의 작전 행동이 무너지는 일은 없었다.

"와이번이 아니야……."

"크크크크. 가르쳐줄까? 생술로 머리를 좀 만졌지. 너도 그렇게 해줄게."

"……. 농담이겠지?"

생술은 세포나 생체 활동에 대한 의료적인 작용도 가능케 하는 술법이지만, 고등 뇌기능까지 뒤틀 수는 없다. 와이번은 곤충이나 어류와는 다르다. 사술이 상통하는 생명체다.

──지극히 높은 지능으로 병력을 통솔하고 인족과의 연계마저 해내는 천재. 철저한 공포와 탄압의 결과로 개체의 죽음을 개의치 않고 따르는 와이번 병사.

그것만으로는 전혀 설명할 수 없는 이상성이 레그네지 병력의 근간에 있었다.

본래 이끌던 무리의 대부분을 『진짜 마왕』에게 잃었을 터인 이 통솔 개체는 불과 4년도 되지 않아 일국에 필적하는 항공 전력을 재건한 것이다.

"이야기를 시작한 건…… 시간을 벌기 위해서인가? 세 팔의 아르스."

아르스의 빛의 검섬이 총격의 빗발을 막았다. 이것도 네 발의 총격이 겹쳐졌기에 긴급히 회피한 것이었다. 이어서 총성이 울렸다. 회피. 다시 이어졌다. 끊이지 않았다.

사선에서 탈출하기 위한 경로를 찾고자 안구의 움직임만으로 주위를 탐색했다.

포위망은 이미 회복되었다. 구멍이 없다.

"……바보야?! 크크크크크! 시간이 지나면 지날수록 네가 지는 게 당연하잖아?! 여기는 신공국이야! 미니어 저격병 정도는 얼마든지 동원할 수 있지! 네가 이곳에 왔을 때부터 이 지역에 모이기 시작했다, 얼간아!"

"……너는 예전부터…… 말이 참 많군. 레그네지……."

"맞아. 후회해라. 패배를 인정해라. 그러라고 말하는 거야. 네가 얼마나 잘못되었고 무능한 쓰레기였는지 자각할 수 있도록. 잘 들어——— 응? 잘 생각해, 아르스. 진즉에…… 너는 전술적으로 졌어."

지금 이때까지 통솔 개체인 레그네지를 쓰러뜨리지 못했다. 메이지시에서 교전을 벌였을 때처럼 와이번병의 숫자를 크게 줄이지도 못했다.

따라서 앞으로 시간이 지난대도 질주하는 별의 아르스의 이 상황이 개선될 일은 없다.

지상의 저격은 비례하여 밀도를 높였고, 아르스의 움직임을 제약하는 와이번군은 자리를 바꾸어가며 체력을 회복했다. 한편 아르스는 극도의 집중과 반사를 요하는 회피 행동을 계속 강요받으며 언젠가, 혹은 당장이라도 파탄 날 것이다.

특별한 기량이 없는 일반병의 총탄이라도, 무리의 잡병인 와이번의 발톱이라도 직격을 받으면 죽는다는 사실에는 변함이 없으니까.

영웅을 짓밟는 병력. 그것이 와이번의 사령. 석양의 날개의 레그네지의 전술이었다.

"……음. 시간이 되었군."

아르스는 지독히 음울하게 중얼거렸다.

그는 날개를 접었다. 공중에서 바람을 받아야 할 날개를 접는 의미는 하나밖에 없다. 레그네지는 의아해했다.

'급강하한다고?'

사살 행위다. 질주하는 별의 아르스는 손수 날갯짓의 제어를 포기했다.

"……시간이 필요했어."

그 말을 한 순간, 아르스는 등에 연이은 충격을 받았다. 한 발. 두 발.

다섯 발이 직격했다. 아르스가 충격을 계속 회피할 수 있었던 이유는 인지를 뛰어넘은 기동력이 있었기 때문이며, 단순한 낙하를 저격하는 정도의 행위라면 신공국의 병사에게는 일도 아니다.

"끝이로군."

질주하는 별의 아르스가 추락했다.

과거의 광경을 기억하고 있었다. 바다의 절벽. 높은 태양을 향해 날아간 날개.

힘 있는 자의 권리로서 무리를 버린 자와 힘 있는 자의 의무로서 무리를 지킨 자.

진정 가치 있는 것을 손에 넣은 자는 어느 쪽일까?

"———내가 옳았어."

시가지에 타오르는 불꽃의 바다로 그 모습은 사라져갔다.

불꽃. 화염을 펼치며.

"……!"

레그네지는 가능성에 생각이 미쳤다. 수하의 무리에게 외쳤다.

"……전 부대는 낙하하여 추격하라! 적의 생존을 전제로 두고 질주하는 별의 아르스를 포위한다! 발견한 그 자리에서 꼼짝도 못 하게 하라! 알겠나? 목숨과 바꿔서라도 말이다!"

"모, 목숨…… 크, 으으으으."

"끼익, 포위를, 아, 알겠습니다……."

"복창하지 마! 얼른 가라, 쓰레기들아!"

하늘의 병력이 파도처럼 낙하를 시작했고, 죽 늘어선 첨탑 틈으로 잠겨갔다.

지면을 질주하는 불꽃을 내뿜은 그때부터…… 아르스의 행동 전체에 의미가 있었다면, 어쩌면 그것을 노린 것이리라.

그리고 시가지의 일각에 마검의 섬광이 보였다.

그 빛이 질주하는 별의 아르스의 생존을 나타내는——— 히렌 진겐의 빛의 마검.

◆

사상 최강의 모험가는 다양한 공격용 마구를 가짐과 동시에 공격을 막을 마구도 갖추고 있었다. 원형의 목걸이 같은 그 장신구의 이름은 사자(死者)의 거대한 방패다.

과거에 자욱한 연기의 비케온을 쓰러뜨렸을 때 검은 연기의 브레스를 무효화하고 자신의 몸을——— 그리고 범위를 펼친 주변마저 지킨 그야말로 무적의 마구다.

방어 중에는 막대한 침식을 동반하며 공격이나 비상 동작이 불능이 되는 발동 대가는 있지만, 급강하하는 중에 한해서는 그것도 큰 지장은 없다.

"발견! 끼익, 끽, 질주하는 별의 아르스 발견!"

"추, 추, 추격을…… 실행!"

시가지를 누비듯 저공 비행하는 아르스에게 와이번병이 모여들었다. 언동은 모조리 이상했다. 지성이 낮다기보다 언어 능력이 몹시 단순했다.

"……징그럽군."

아르스가 방출한 키오의 손은 세 마리의 와이번병을 동시에 관통하고 순식간에 운하에 버렸다.

시가지는 불바다로 변했다. 초자연적인 불꽃이 내달리고 있었다. 아르스는 이 지면 달리기를 조종하여 시가지에 방화하고 지상 부대의 즉각적인 반응을 노렸다.

그것이 아르스의 책략이었다.

남의 손에 의한 저격이 레그네지의 공격 수단이라면 그 공격을 **끊어내면 그만이다.**

여러 탑에서 저격할 수 있는 고공이 아닌 저공. 탑이나 건조물의 틈새에 적을 끌어들여 저격도 병사의 증원도 끊은 상황에서 각개 격파를 실행한다. 비장의 카드인 사자의 거대한 방패를 이용하여 낙하한 것은 지면 달리기의 불꽃에 의한 불길이 충분히 번질 시간을 벌었기 때문이었다.

"원인을 생각하고 대책을 세운다."

과거에 미니어 친구가 했던 말이다.

지상에 이름난 전설들을 적으로 돌렸을 때에도 질주하는 별의 아르스는 늘 생각하며 대책을 세웠다.

그게 바로 진정한 힘이라고 믿었다.

"……대책을 세운다. 그래……."

"도망칠 수 있을 줄 알았나?"

목소리는 등 뒤에서 들렸다. 아르스는 고개를 그쪽으로 돌렸다.

수십 마리의 와이번병을 이끈 레그네지가 내려서 있었다.

"나는 너처럼 무리에서 도망치지는 않았어. 그리고…… 도망치는 것도 여기까지다. 너는 네가 도망친 무리의 손에 죽을 거야."

"……도망친다는 건…… 적에게 할 소리야……."

아르스는 다만 음울하게 말했다.

"……결국 네게는 **자기 무리가 적**이었구나."

"쓰레기 자식."

무엇보다도 자유로운 모험가는 처음부터 자신의 무리에 개의치 않았다. 태어날 때부터 와이번의 영역을 벗어난 이단이었다. 레그네지가 몇십 년이 지난 지금도 무리라는 소속을 고집하는 것은 그에게 우습기만 했다.

"여기서 타 죽겠네. 세 팔의 아르스."

전위의 와이번병이 움직였다. 단조롭기 그지없는 돌진을 빛의 마검의 검섬이 쉽사리 처리했다.

건조물이 늘어선 저공에서는 아까처럼 전방위적인 압력을 가할 수 없었다. 반드시 방향이 정해졌다. 절단된 와이번병의 뼈는 지상의 시가지로 추락했다…….

———그리고 폭발했다.

"……폭약."

갑작스러운 폭풍(爆風)에 자세가 무너진 다음 순간, 연이은 돌격이 다가왔다. 모두가 죽음을 불사하고 광기 어린 병력. 그들은 그야말로 **죽기 위해** 덤벼왔다. 주위를 에워싼 화염의 불꽃에 날아들어 폭발의 여파에 아르스를 끌어들이기 위해서만.

"……뭐야?"

악몽 같은 맹공을 견뎌내며 아르스는 애타는 목소리를 냈다.

"……웃기지 마……. 와이번이 아니야……."

자유롭지 않다. 무엇도. 와이번이 와이번으로서 갖춘 것이 이 부대에는 아무것도 없었다.

폭발이 이어졌다. 섬광이 번쩍였고 바람이 휘몰아쳤다.

"하하하하하! 그래! 이놈들은 **이제** 와이번이 아니야."

아까까지는 들리지 않던 푸득푸득 불온한 날개소리가 들렸다.

레그네지로부터 유폐의 날개로   어지러운 천개(天蓋) 젖은 금 파편
"【kekexy ko kuyukha. kirikiker. kenhaor———】."

혼란에 뒤섞여 뭔가 결정적인 사태가 일어났다.

병력 속에서 레그네지는 크게 날개를 펼쳤다.

훑트려라
"【———kotastenon】."

붉은 불꽃 속에 길게 뻗친 연기가 있었다. 그것은 연기가 아니라 아주 가느다란 한 무리였다. 리치아 신공국의 곳곳에 우뚝 솟은 첨탑에 자리 잡았던 **것**은 와이번뿐만이 아니었다.

석양의 날개의 레그네지는 거리에 숨어 있던 또 하나의 병력을 투입했다.

"멍청하기는. 너는 구제불능 얼간이야. 제 의지로 여기까지

도망친 것 같아? 재미있는 걸 가르쳐줄까?"

"!"

아르스는 공중에서 몸을 뒤틀었다. 독극물의 연기가 아니었다. 결정적인 이물이 호흡에 섞여 체내에 침입한 감각이 들었다.

"협각충(鋏刻蟲)의 일종은 꽃가루가 타는 냄새에 유인되는 성질이 있어. 내 생술로 조종하는 벌레지. 메이지시에서도 너는 내 병사를 꽤 불태웠지?"

"……크, 으."

"짚을 태운 연기도 들이마셨어. 자폭 연기도 네 호흡기에 부착되었지. 자폭 공격으로 너를 몰아넣은 위치는 벌레의 소굴로 둘러싸인 사냥터야. 네 생각처럼…… 모두 처음부터 다 내 전술의 상정에서 벗어나지 않았어. ───독가스 따위보다 훨씬 소량으로도 유효하지."

벌레가 우글우글 아르스를 뒤덮었다. 병사를 돌격시킨 것은 아르스를 그 자리에 붙잡아두고 이 징그러운 벌레떼에 당하게 하기 위해서였다.

직접 몸에 모여든 벌레는 기동력으로 떨굴 수도 없었다. 빛의 마검으로 불태울 수도 없었다. 충격도, 채찍도, 유효한 대처는 아니었다.

"어떻게 될 것 같아?"

몸부림치면서도 전투를 계속하려는 모험가를 높은 곳에서 바라보며 레그네지는 비웃었다.

리치아 신공국의 공군은 의사를 빼앗긴 와이번의 군이었다. 『진짜 마왕』의 재앙에 한번 무리를 빼앗긴 통솔의 천재는 다시

무리를 유지하기 위해 무슨 짓을 한 것일까?

"입천장과 콧구멍을 물어뜯어서…… 뇌의 **자유 의지 부분을 먹어버리지.**"

석양의 날개의 레그네지는——— 틀림없는 천재였다.

곤충에게 자연계에서는 불가능한 거동을 습성으로 부여할 정도의 생술 천재. 그것이 본능을 뛰어넘어 무리를 통솔하는 이상한 힘의 정체였다.

벌레를 조종하고 다른 와이번을 그야말로 곤충과 같은 사고능력에 빠뜨리면 생술의 처치로 맹목적인 지향성을 부여할 수 있다. 그는 수많은 와이번 무리를 그렇게 흡수하여 이 병력을 만들어낸 것이다.

와이번이자 커맨더.^사령관 그리고 짐승보다 더한 짐승성으로 대형무리를 지배하는——— 테이머.^조련사

"네가 무슨 생각을 하는지 맞혀볼까?"

"……을…… 생각……."

"그래. 아까와는 달리 지금은 나 자신이 생술을 전하기 위해 앞에 나섰어———. 마지막 힘으로 기습해서 사령탑인 나를 공격하면 돼."

"……대책……."

벌레 때문에 기도가 막혀 숨을 쉴 수 없게 되면 그것이 입천장을 물어뜯고 뇌에 침식할 때까지 얼마 남지 않는다. 아니면 산소가 바닥난 아르스가 쇄도하는 와이번병에게 찢기는 게 더 빠

를까?

"......!"

"빛의 마검을 뽑는다."

모험가는 빛의 마검을 뽑아 레그네지에게 덤벼들었다. 죽음을 앞둔 도박. 그 행동도 모두 읽혔다. 여러 마리의 와이번병을 희생하여 지형을 따라 위쪽으로 도망쳤다.

"무의미해. 쓰레기야."

애초에 이곳에서 레그네지를 죽여봤자 어차피 죽을 운명을 바꿀 수는 없다.

벌레는 이미 몸속에 침식했다. 생술에 의해 주어진 지향성은 술자를 배제하면 사라지는 종류의 것이 아니다. 대처할 수 없는 안쪽에서 뇌를 먹어치울 뿐이다.

"[kekexy ko kuyukha. kirikiker. kenhaor. kotastenon]."
레그네지로부터 유폐의 날개로   어지러운 천개   젖은 금 파편   홀트려라

다시 주르륵 포개진 벌레가 아르스의 육체로 모여들었다.

마지막 발버둥으로 거리를 좁힐 것도, 그리하여 아르스가 날아갈 위치도 모두 계산되어 있었다. 견고한 편대에 보호된 레그네지에게 공격이 도달하는 것은 처음부터 말이 안 됐다.

그래서 힘이 다했는지 아르스의 손에서 빛의 마검이 미끄러져 떨어졌다. 머스킷도, 끝없는 마구를 수집한 배낭도 동시에 떨어졌다.

질주하는 별의 아르스의 가장 강력한 힘의 근거인 마구가——.

"......."

아르스는 멍하니 상공을 올려다보았다.

이제 닿지 않는다.

"네 인생은 무의미했어. 모은 보물도, 명성도."

아르스를 내려다보며 레그네지는 말했다.

"노래를 아나? 나는 진정한 보물을 발견했어. 너를 넘어서는."

"……뭔데?"

모여든 벌레가 호흡기를 막았지만 그는 중얼거렸다.

아르스가 올려다보는 것은 레그네지가 아니었다.

"……위로……."

그 너머의 첨탑이었다.

"뭘…… 나는 진즉에 네게 이겼……."

전장을 저공으로 옮겨서 어느 방향을 봐도 첨탑이 있었다. 리치아 신공국은 와이번병의 거주구인 첨탑이 숲처럼 죽 늘어선 나라니까.

아르스의 시선을 알아채고 레그네지도 등 뒤의 첨탑을 보았다.

"……."

아르스를 내려다보는 한, 편대에 보호받는 한, 공격이 올 리 없는 등 뒤의 사각지대를.

질주하는 별의 아르스는 무슨 말을 한 것일까? 그가 생각한 것을 맞힌다면.

───위로 도망칠 줄 알았어.

"이겼는데."

그 정상에서 거대한 불꽃이 쏟아졌다.

소유자의 의지로 달리는 불꽃의 마구─── 지면 달리기.

첨탑의 안쪽에서 하늘까지 **달려 올라간** 그것은 그 궤도 위에 존재하는 레그네지와 아르스를 거대한 열기로 함께 불태웠다.

"……말이 너무 많아. 레그네지."

통솔 개체와 벌인 전투의 영웅은 정해졌다. 아르스는 지면에 쌓인 십수 마리 와이번병의 밀로를 내려다보았다. 가볍게 헛기침을 하자 불에 탄 벌레의 사체 파편이 팔랑팔랑 떨어졌다.

맹렬한 불길을 온몸에 받으면서도 아르스가 입은 부상은 뜨거운 공기를 들이마신 호흡기의 화상뿐이었다. 자기 자신의 마구로 적들과 함께 자신을 불태우는 순간에 유일하게 손에 남아 있던 마구를── 사자(死者)의 거대한 방패를 발동한 것이다.

공격이 도달하지 않는 거리. 체내로 잠입한 죽음의 벌레떼.

그것들은 아르스도 예상하지 못한 공격 수단이었다. 하지만 그는 상상을 넘어서는 다양한 전쟁 국면에 **계속 대응해 온** 모험가였다.

"……입 다물고 있었으면 조금 더 성가셨겠지."

──최소한의 방어 범위. 자신의 **육체만**을 지키듯이. 일부러 맞은 불꽃은 그 이상의 모든 것을 불태우고 체내에 모인 벌레떼들도 예외 없이 박멸했다.

직접 뒤집어쓴 불꽃에 휘말리지 않기 위해 한번 마검과 배낭을 놓을 필요가 있었다.

"……."

내려서서 자신의 보물을 땅바닥에서 회수했다.

화염에 불탄 대지에서 밤하늘을 날아가는 날개의 그림자를 보았다.

온몸에 심각한 열상을 입은 레그네지가 중앙 성쇄의 첨탑으로 날아가는 모습이었다.

자유를 택한 개체는 그것을 다만 지켜보았다. 자비 때문이 아니었다.

"……. 잘 가라."

◆

활기가 넘치던 리치아의 밤은 지금은 더욱 밝지만, 그것은 파멸의 불꽃이었다.

집들이 무질서하게 불에 탔고, 시민은 화염과, 방어전을 깨고 돌입한 거대한 타란튤라와, 그것에 이어 침입한 병력의 위협에 떨며 숨을 곳을 찾지 못하고 있었다.

아지랑이에 흔들리는 풍경 속을 달리는 두 개의 그림자가 있었다.

"에레아! 거리가 불타고 있어! 화, 화재……야?!"

에레아는 험악한 표정으로 광경을 바라보았다. 지금 메이지시에서 작전 지휘를 맡은 이는 제23경 히도우였다. 가령 그가 '차가운 별'의 기습 공격에 응하여 병력을 투입한대도 주택구를 불태우는 작전까지 용인할 남자는 아닐 터였다.

'결국 이 화염은 메이지시병의 폭주거나, 아니면 다른 요인…… 다른 누군가가 불을 질렀거나야. 어느 쪽이든 황도는 혼란을 틈타 이대로 신공국을 함락시킬 터…….'

상황은 몹시 악화되어 있었다. 가령 병사가 폭주하는 것이라면, 설령 그것이 아군일지라도 위험하다.

"……에레아."

앞선 키아가 갑자기 멈춰섰다.

그 시선 끝에서 이쪽을 향해오는 두 명의 병사는 명백히 신공국의 병사는 아니었다.

그들은 본대의 작전 행동에서도 벗어난 모양이라 지저분한 검을 한 손에 내려 들고 서로 대화를 나누고 있었다.

"이봐. 여자가 있어. 신공국 여자겠지?"

"그만둬. 쓸데없는 생각 하지 마. 병사가 아니잖아."

"알게 뭐냐, 젠장……! 우리의 메이지시는 이놈들에게 당했어! 같은 죄잖아!"

남자 한 명은 충혈된 눈으로 말을 쏟아냈다. 그 험악함에 키아가 숨을 삼키는 것을 알 수 있었다.

에레아는 도망칠 길을 찾았다. 불길이 아직 닿지 않은 길은 적어 보였지만, 진짜 위기는 아니었다. '세계사'의 힘을 이용하면 그들을 격퇴하는 정도는 대수로운 일도 아니지만.

'하지만 그들이 메이지시병이라면 황도 측……『세계사』의 힘을 본 자는 처리할 필요가 있으니 어느 정도의 변명을 준비하지 않고서는 뒷일이 성가셔질 거야…….'

"너희들…… 잘 들어, 너희들, 움직이지 마……!"

흥분한 남자가 검을 쳐들며 이쪽을 협박했다. 그리고 다가왔다.

키아는 조금 떨리는 목소리로 말했다.

"에레아."

키아에게 한 마디 허가만 내리면 무력화는 식은 죽 먹기다. 그녀가 움직이지 말라고 말하기만 하면 끝난다.

"기다리세요, 키아. 제가…… 선생님이 우선 이야기를."

"―――뭐야? 이런 상황에 여자를 꼬실 얘기라도 하는 거야?"

"응?"

낮은 목소리는 에레아의 바로 뒤에서 들렸다. 정말이지 예고도 없이.

즉각 돌아본 등 뒤에는 넝마를 걸친 스켈톤이 있었다. 언제 어떻게 접근했는지 전혀 알 수 없었다.

스켈톤은 하얀 창을 돌리며 남자들에게 어두운 안와를 향했다.

"재미있겠네. 나도 끼워줘."

"방해하지 마! 마족 주제에 이 자식."

말이 끊어졌다. 두개골이 혀와 함께 잘려 날아갔기 때문이다.

"힉."

또 한 명의 남자에게는 참극에 반응할 시간만은 있었다. 그 조금 전에 진즉 경동맥이 절단되었지만.

그 자리의 누구도 그것이 창을 휘둘렀다는 것조차 인식하지 못했다. 스켈톤과 병사들의 사이에는 에레아 일행을 가운데에 두고 집 두 채 이상의 거리가 벌어졌을 터였다.

"그럼."

사체 옆에서 창을 짚어지고 스켈톤은 에레아 일행을 평가하듯 보았다.

빛과 같은 살육극을 펼친 창병의 이름은 소리 절단의 샤르크라고 한다.

"너희들도 이 나라 놈들이 아니지? 누구야?"

"……."

"말 안 하네. 죽은 사람보다 말이 없다니."

샤르크는 농담하며 긴 창을 한 번 돌렸다.

붉은 지선의 에레아는 기색만으로 명료하게 이해할 수 있었다. 그녀가 지금껏 보아온 어떤 존재보다도 전사로서의 차원이 다른 상대다. 그가 마음만 먹으면 도주도 저항도 불가능할 것이다.

'선수를 쳐서─── 죽어, 라고 말하게 할 수밖에 없어.'

스켈톤을 소체(素體)로 한 마족에게도 사술로 형성된 일시적인 목숨이 있다. '세계사'의 명령은 유효할 터였다. 하지만 그것을 키아에게 바로 말하게 할 수 있을까?

이 스켈톤의 창은 말보다 빠르다. 들키지 않고 지시할 수 있을까?

"난."

굳은 목소리로 키아가 말했다.

"이, 이타 수해도에서 공부하러 왔어. 이 사람은 내 선생님이고…… 그러니까, 그, 도와준…… 거지? 고마워."

"……."

"하지만."

키아의 푸른 눈이 이미 말이 없는 두 병사를 보았다.

"하지만 죽이는 것까지는 아닌 것 같아."

샤르크는 살며시 움직임을 멈추었다.

"키아!"

"그렇잖아! 아직 아무 짓도 하지 않았어! 나였다면 더 잘 해결

했을 거야!"

"크크. 크크크크크크."

스켈톤이 어깨를 흔들었다. 웃고 있었다.

"……그래. 거기 있는 아가씨의 말이 맞아."

피로 물든 창을 재차 짊어지고 샤르크는 한 방향을 가리켰다.

"동쪽으로 신공국 병사가 피난 유도를 하고 있어. 도피를 청해. 그쪽은 불길도 아직 약해."

"……. 당신…… 이름은."

"이제 없어. 살아 있던 무렵의 이름은 말이야."

무시무시한 창병과의 교전에서 벗어나 두 사람은 일단 골목 사이에 몸을 숨겼다. 아까와 같은 조우를 하지 않도록 주의할 필요가 있었다.

"……키아. 역시 선생님과 함께 도망쳐요. 라나 씨가 걱정인 건 알아요. 하지만 알잖아요? 이런 건…… 응석만으로는 해결되지 않아요."

에레아는 몸을 구부려 키아의 뺨을 쓰다듬었다. 소녀는 고개를 끄덕였다.

"……그래."

———키아는 아무것도 모른다. 이 참상이 전쟁 그 자체라는 것도, 그녀가 구하려는 라나가 바로 에레아가 죽여야 할 표적이라는 것도. 의심한다는 발상조차 갖지 못한, 어리석은, 미개한 숲의 엘프다. ———하지만 만약, 이라고 에레아는 생각했다.

'내가 이 아이 같았다면.'

언젠가의 에레아가…… 누군가 한 명이라도 믿을 수 있는 어른에게 판단을 맡겨 세계의 악의에 무관심할 수 있었다면 얼마나.

'아니———. 분명 지금보다 훨씬 비참한 인생이었을 거야. 이 세상에 내 편은 없어. 내게는 내 힘밖에 없었어. 나는 내 손으로 행복을…….'

창부였던 에레아의 어머니는 황도 귀족의 첩이었으면서도 어렵게 일생을 마쳤다. 에레아는 그렇게 될 생각은 없다. 가능한 모든 수단을 다하고, 암살이나 첩보처럼 지저분한 일을 맡아가며 마침내 쥔 기회다.

그것이 '세계사'. 가장 순수하고 무적인, 에레아를 위한 힘.

그녀는 얼굴을 들고 에레아의 눈동자를 바라보았다.

"……그래도 돕게 해줘."

"키아……."

"나는…… 뭐든지 할 수 있는데 친구도 도울 수 없는 건 절대로 싫거든. 만약 여기서 아무것도 하지 않는다면…… 어른이 된 뒤 분명 후회할 거야."

뺨에 댄 손을 키아의 작은 손끝이 쥐었다.

"그러니까 같이 가자. **선생님**. 내가 지켜줄 테니 내가 옳은 일을 하는 걸 봐. 함께 있어 주지 않으면, 싫어…… 에레아!"

"……."

에레아는 눈을 감고 스스로도 설명할 수 없는 무언가를 생각했다.

월람의 라나를 처리할 이유는 없다. 그녀는 이미 신공국에도 황도에도 돌아갈 수 없다. 에레아와 '세계사'의 연결고리를 누군가에게 전할 이유도, 그 기회가 돌아올 일도 없을 것이다.

더 이상 키아의 응석을 상대하다가는 '세계사'의 존재가 다른 누군가에게 들킬지도 모른다. 그녀의 전략에서 그것은 완전히 무의미한 일이었다.

"나는 무적이니까. 행복하고 싶어."

손가락에는 키아의 체온과 작은 떨림이 느껴졌다.

행복을 원한다. 줄곧 그렇게 바란다.

"······네. 그러게요."

에레아는 미소 지었다. 키아의 금발을 쓰다듬자 그 어리고 푸른 눈이 글썽였다.

"오히려 제가 배웠네요. 키아는 선생님의 자랑스러운 학생이에요."

탐지의 천 조각에 이끌려 재앙의 한가운데를 달려간다. 하늘에서, 지상에서, 무참하기 그지없는 전투가 펼쳐진대도 키아의 말대로 그 어떤 피해도 두 사람에게 미칠 일은 없다.

하나의 전쟁이 시작되고 차원이 다른 공포에 의해 전쟁 국면은 빠르게 수습되어 갈 것이다. 패배하든 승리하든. 얄궂게도 그것은 경계의 타렌이 내건 압도적 개인의 힘에 의한 제압의 정당성을 증명하기도 했다.

"있지, 에레아! 다시 돌아갈 수 있겠지······! 평화로웠던 그때처럼!"

"그건······."

"왜냐하면 라나가 좋아했던 거리가 이렇게 됐고······ 라나도 험한 꼴만 당하고! 불쌍하잖아!"

"네…… 정말 그러네요."

그녀와 키아의 성장 배경은 크게 다르다. 키아는 아무것도 모른다. 그녀가 나고 자란 이타 수해도는『진짜 마왕』의 참극을 벗어난 몇 안 되는 변경이다. 참극과 공포가 얼마나 되돌릴 수 없는 것인지 아직 모른다.

"……모두 원래대로 돌아가면 좋겠네요."

◆

신공국의 메이지시 포격을 발단으로 발발한 일련의 전투는 황도 진영에 유리하게 기울고 있었다.

평범한 관점에서 보자면 메이지시의 기지 기능 함락을 예기하고 사전에 병사를 나누었던 걸쇠의 히도우의 지휘와, 본래대로라면 와이번병의 공격에 전멸했어야 할 메이지시병이 정숙의 하르겐트를 따라 반격에 나선 것이 두 가지 요인일 것이다.

신공국은 본래부터 강한 와이번병의 방공망을 구축하기보다 먼저 재빨리 본토 결전으로 끌고 갔다.

하지만 전쟁 국면을 뒤집은 최대의 요소는 신공국측의 상정을 훨씬 능가한 두 수라였다.

전투에 난입하여 다량의 와이번병을 비롯하여 통솔 개체 레그네지를 격파한 최강의 모험가 질주하는 별의 아르스. 그리고 지상의 방어선을 홀로 쳐부수고 후속 병력을 불러들인 마족 병기 남회능력 니히로.

───가령 '저편'의 세계라면 국가 병력을 압도하는 개인의 존재가 허용될 일은 없다.

그 허용되지 않는 일탈자들이 '손님'으로서 다다른 이 세계에도 『진짜 마왕』이 살아 있던 25년의 암흑시대 동안에는 세계 각지에 잠든 위협도 눈뜨지 못했다.

하지만 이제 다르다. 던전 골렘은 나간을 멸하고, 자욱한 연기의 비케온이 죽고 새로운 마왕 자칭자가 최고의 강자를 이곳 리치아 신공국에 소집시켰다.

『진짜 마왕』의 공포에 의해 정체를 이어가던 시대가 그 죽음에 의해 움직이기 시작했다.

"저 분수가 마음에 들었는데."

까치 다카이는 지붕 위에서 무너진 광장의 분수를 내려다보았다.

북서쪽의 시가지에서 피어오르는 연기가 중앙 요새에 가까운 이 지점에서도 보였다. 질주하는 별의 아르스가 난전 중 쏜 스스로 달리는 마구의 불은 도시의 구조를 무시한 이상한 연소를 이어가며 그 일부는 군사 시설에도 이르기 시작했다.

하늘을 보니 순회하는 와이번병 일당이 절단되어 추락하는 모습이 보였다. 중추부에 진격을 이어가는 남회능력 니히로가 하늘의 위협을 계속해서 떨어뜨리고 있었다.

"지겠네."

다카이는 하늘을 올려다보며 멍하니 중얼거렸다.

궐련에 불을 붙였다. 얇은 연기가 신공국의 바람에 흘러갔다.

멸망의 맛이다.

수준이 다른 통찰력을 자랑하는 그도 거대한 전략을 좌우하는 두 위협의 개입을 읽을 수는 없었다. 신공국의 힘이 약했다고는 생각하지 않는다. 질주하는 별의 아르스의 앞에서는 와이번병이 아닌 통상적인 군대로는 반격조차 할 수 없을 것이다. 남회능력 니히로의 유린을 막을 방위선은 '저편'의 세계의 기술력으로도 구축할 수 없다.

시선 끝에 있는 첨탑이 비명처럼 삐걱거리며 밑동부터 무너졌다. 지면을 뒤흔드는 파괴가 이어졌다. 그 진동 속에서도 맨발로 선 다카이의 모습은 미동도 하지 않았다.

……마침내 적이 나타났다.

건물 잔해 사이에서 거대하고 검은 다리가 나와 돌바닥을 깼다. 밤의 어둠 속에도 명료하게 빛나는 붉은 눈빛이 악몽처럼 깜빡였다.

다카이는 통화 중인 라디오를 발밑에 던지고 무시무시한 괴물과 맞섰다.

"이곳의 부대는 이미 물러갔어. 나뿐이다."

"그래? 친절하군. 고마워."

죽은 타란튤라는 소녀의 목소리로 대답했다.

"너도 그래야 했어."

"무슨 소리야……? 그렇게 죄스러운 짓을 할 리 없잖아?"

병사를 물린 것은 방해를 막기 위해서였다.

그의 검은 유엽도 같은 칼몸을 가졌다. 라즈코트의 별의 마검. 수많은 공격에 선수를 치는 절대속도의 검이다. 그 자신과 마찬가지로 '저편'의 조리에 반한 추방의 기물. 이 세계에 전이하기 전까지 까치 다카이와 싸움이 성립된 자는 어디에도 없었다.

"───이렇게 재미있는 세계에서. 전부 내 거야."

"키득키득…… 그래. 그렇다면 마지막으로 잘 봐둬."

음속을 돌파하는 충격음이 일었다. 다카이는 순식간에 벌의 마검을 휘둘러 살인적인 실의 포격을 피했다. 엄청난 장력으로 오른팔은 크게 휘어졌다.

그때에는 거대한 몸이 돌진을 마쳤다. 생체전차 헤르네텐은 다카이가 선 지붕 그 자체를 압도적인 속도와 중량으로 파괴했다.

파멸의 잔향 속에서 소녀의 목소리가 키득키득 울려 퍼졌다.

"죄다 먼지가 될 테니까."

다카이는 최소한의 동작으로 돌진을 회피하고 대지에 내려섰다. 그리고 적을 관찰했다.

'……마족이군. 나간에서 본 놈들과 똑같아. 놈들과 마찬가지로 이 타란튤라 자식을 살리는 핵이 있어───.'

밤의 어둠에 붉고 흉악한 빛이 꼬리를 끌며 다카이의 존재 지점을 포착했다. 막대한 힘과 속도뿐만이 아니었다. 비행하는 와이번을 포착하여 정확한 저격이 가능할 정도로 감지 능력도 예민했다.

여덟 개의 다리가 움직였다. 한 손을 호주머니에 찔러넣은 채 다카이는 그 동작을 관찰했다. 다리 하나가 선회할 예비 동작을 시작했고, 다음 다리가 뒤따랐다. 그다음 다리가. 가슴과 이어진 부분이 움직였다. 머리. 턱. 배. 일탈자의 지각은 장갑 너머여도 근육과 신경의 흐름을 알 수 있다.

'몸통 속인가?'

탑승자가 존재한다. 그렇게 판단했다. 인족주의인 황도가 이 거친 장난감 같은 마족을 선전(宣戰)에 투입할 수 있던 이유가 있다면 탑승자의 유무로 **제어할 수 있는** 전력이기 때문이다.

슝, 하고 공기가 울렸다. 다카이는 반 발 움직여 회피했다. 등 뒤의 돌벽이 참사(斬絲)에 절단되어 비스듬히 미끄러졌다. 그는 검을 들지 않은 왼팔의 손가락을 움직였다.

'이 녀석의 알맹이를 죽인다. 자, 어떻게 하지?'

연이어 돌격이 찾아왔다. 쓰러지듯 상반신을 피했다. 여덟 개의 다리 안쪽, 타란튤라의 몸통 밑에 파고드는 형태로 피하고 동시에 적의 돌진 속도를 얹은 마검의 참격을 내질렀다.

"……하하. 이봐, 이봐."

칼날을 통해 전해진 감촉으로 알 수 있었다. 작은 상처도 낼 수 없다. 절대선수의 속도를 가진 라즈코트의 벌의 마검이 가한 일격은 장갑 표면을 미끄러질 뿐이었다.

"너무 단단하잖아."

"솜씨가 좋군. 검사님."

마검이 노린 곳은 다리가 이어진 관절부였지만.

"하지만 나를 이길 수는 없어."

"……검사. 검사라. 흐~음……."

조금 전의 교착에서 다카이가 시험한 공격은 하나 더 존재했다. 아까 사출된 타란튤라의 단단한 실을 원처럼 얽어 니히로 자신의 돌진력을 이용하여 목을 비틀어 끊으려 했다. 방금 왼손의 동작은 그 공격을 펼치기 위해서다.

그것조차도 보아하니 유효타는 되지 않았다. 붉은 다섯 개의 눈빛이 빛나는 머리는 자신들의 공격 부하를 한 점에 집중시키며 비뚤어지지도 않았다.

'……검사라───.'

니히로가 쫓는 타란튤라의 머리는 그 절반이 날아가 있었다.

까치 다카이가 가능한 공격 수단에 이 적의 장갑을 파괴하는 방법은 없는데, 그렇다면 그 참상(斬傷)은 어느 누가 새긴 상처일까?

"아아, 거기. ……그 분수 말인데."

생체전차를 정면에서 포착하는 위치까지 움직이며 다카이는 끊임없이 이야기했다.

"꽤 마음에 들던 건데. 풍경이나 건물은 좋아한다고. 훔칠 수 없으니까."

재차 실의 저격이 스쳤다.

"하핫."

다카이는 웃었다. 적의 상황을 관찰했다.

남회능력 니히로의 장갑이 젖어 있었다. 방금 그 돌격으로 분수의 수도 부분을 파괴했기 때문이다.

돌진 예비 동작이 보였다. 지금까지 수없이 본 동작이지만, 그 한 번은 조금 달랐다.

'……실을 이용할 셈인가?'

돌진 궤도의 끝에 실이 둘러쳐져 있었다. 지금까지 계속 쏜 실은 그녀의 둥지이기도 한 것이다. 최초의 돌격을 피해도 실의 반동으로 등 뒤에서. 무게를 반사하기에 충분한 강도를 가진 타란튤라의 실은 그 유린 기능을 강화하는 것이기도 했다───.

"자…… 죽어라."

전차가 돌진하기 직전. 다카이는 손을 뒤로 움직여 지시를 내렸다.

"어느 쪽이?"

격렬한 빛이 쏟아졌다. 폐허가 된 광장은 그 주위만이 낮처럼 변했다.

"……으! 크으……윽."

갑자기 상공에서 쏟아진 빛이 니히로를 포착하여 돌바닥을 부글부글 끓게 했다. 녹아내리는 대지에 검은 다리가 잠겼다. 엄청난 열기를 견디며 다리를 움직이려 했지만, 그것도 발판이 없어 잠겼다. 공기가 서서히 불타며 모든 것이 흑과 백의 그림자가 되었다.

교전 직전에 다카이가 통신한 이유는 포격 준비를 위해서였다.

그것은 신공국이 가진 최대의 화력. 도시 간 포격용 마구. '차가운 별'.

"……큭."

포격용 첨탑에서 떨어진 모든 것을 죽여 없애는 광선은 신공국의 적을 무자비하게 비추었다. 한 번의 빛이 끝나기도 전에 소녀의 고통스러운 목소리도 멎었다.

"키득. 키득……키득, 키득키득키득."

웃음소리로 변했기 때문이다.

다리가 잠겼던 차가운 돌바닥이 갈라졌다. 괴물 같은 여력으로 자신의 몸을 끌어올린 것이다.

직후에 실이 공기를 때리며 첨탑의 포격수를 반격하여 섬멸

20. 악천 **313**

했다.

"그렇게 됐어."

그 장갑 재질은 성심역강이라는 이름의 초현실적인 마석이다. 엄청난 힘도 열기도 흠집 하나 낼 수 없는 재질이다. 검도, 화살도, 포격조차도 통하지 않는다.

초현실적인 '차가운 별'도 예외는 아니었다.

"쓰러뜨릴 수 있을 줄 알았나?"

'……큰일이군.'

까치 다카이가 정말로 위기를 느낀 것은 '차가운 별'이 무효라는 사실 때문이 아니었다.

포격 직전, 그는 니히로가 분수의 물을 맞게 했다. 광선의 포격을 받으면 내부에서 뜨거워진 공기가 팽창하여 무적인 장갑의 틈새를 거품으로 확인할 수 있을 터였다.

하지만 다카이의 초현실적인 시력으로도 그럴싸한 결과는 전혀 관찰되지 않았다.

'완전 밀폐로군. 공기 구멍조차 없나? 안쪽에 있는 놈은 어떻게 살아 있지?'

장갑에 틈새가 없다는 말인즉, 다카이가 인식하는 약점―――몸통 내부의 탑승자에게 유효타를 날릴 수단이 **어디에도 존재하지 않는다**는 뜻이었다.

'질식은 노릴 수 없어. 수몰시키는 것도 무의미해. 마검의 날도 통하지 않아. 지면에 묻어도 자력으로 나와. 실로 비틀어 끊는 잔재주도, 관절을 노려도, 『차가운 별』을 직접 쏴도 아무 효과가 없어―――.'

파괴가 불가능하다고 인정할 수밖에 없었다.

틀림없이 나간에서 보았던 던전 골렘도 능가하는 마족일 것이다. 이 세계의 궁극의 병기는 '저편'의 일탈자의 상상도 넘어서는 것이었다.

"정말…… 하하. 어떻게 베지? 이런 놈을……."

"너는 방해돼."

양팔을 내린 채 다카이는 눈앞에 다가온 타란튤라를 보았다. 베어서 날린 머리의 장갑 단면은 마치 매끄러운 거울 같았다. 마석의 장갑은 살 안쪽에도 스몄는지 안쪽의 살과 신경도 타서 문드러진 모양이었다.

집게다리가 들려 올라갔다. 평범한 사람이라면 호흡도 맞추지 못할 동작을 다카이의 눈은 인식할 수 있었다. 붉은 눈빛을 관찰했다. 관찰했다. 옆에서 일격이 왔다. 최소한의 동작으로 힘을 보내어———.

"……크억!"

압도적인 힘이 다카이를 날려버렸다. 광장에 타고 남은 철 기둥에 돌격했다.

공격을 막은 왼팔이 간신히 부러지지 않은 것은 힘을 흘려보낸, '손님'으로서의 초현실적인 체술이었다. 평범한 사람이 받았다면 육체에 제대로 힘이 전해져 산산조각이 났을 것이다.

"……."

다카이는 한쪽 눈에서 피를 흘리며 사람 좋은 미소를 지었다.

"……좋아."

즐겁다. 까치 다카이는 이 세계를 즐기고 있다. 이 세계로 전이하기 전까지 까치 다카이와 싸움이 성립된 자는 어디에도 없었다.

"좋아. 좋아……. 어디 한번 시도해볼까?"

"……살아 있어?"

소녀의 목소리가 의아해했다. 방금 그 반응이 가능하다면 본래 공격 자체를 피하고자 움직였을 터였다. 즉, 일부러 맞았다는 말이다.

"왠지…… 콜록, 알아줄 녀석은 없지만."

다카이는 손에 든 마검을 회전시켰다. 적은 이미 눈앞에 있었다.

"나는 도적이야. ……사실은 검사도 의사도 아니지."

"그래. 그건 마음이 잘 통할 것 같네."

니히로는 연이은 공격을 가했다. 지금 다카이의 모습은 실 저격을 회피하기 위한 자세라는 것을 알 수 있었다. 다리로 튕겨내는 공격도 유효하지는 않다. 지면에 짓누르거나 두 개의 집게발에 끼워 뭉갠다.

"나도 미니어와 친해지고 싶은데 이해하질 못해."

"하하하하. 그래? 처음으로 너와 잡담을 나눴네. 내 진짜 주특기는."

접근. 말이 끝나기도 전에 거대한 몸의 다리가 순간적으로 흐려졌다. 적의 반응 속도를 고려하여 미처 회피할 수 없는 찰나의 일격이었다.

그것이 하늘을 갈랐다. 육체의 속도를 뛰어넘는 속도로 다카이는 움직였다.

"이렇게."

'……실!'

니히로는 알아챘다. 지금까지의 전투로 전장에 둘러쳐진 실을 이용한 것이다. 반동을 이용하여 니히로의 품으로 파고들 듯이.

"———무기를 훔치거나."

타란튤라의 손상된 안면. 그 유일한 단면에서 일탈의 도적은 검을 뽑았다.

"자물쇠를 연다거나."

그것은 라즈코트의 벌의 마검이 아니었다. 장검조차 아니었다. 그러기는커녕 다카이가 처음으로 쓰는 검이었다.

갑자기 탈 것의 안면을 찔린 니히로는 거리를 벌리고 재정비를 시도했다. 설령 머리를 공격당한대도 불사의 전기가 활동하는 데는 아무런 지장이 없다. 활동과 지각과 공격이 가능하다.

"……무……."

소녀는 그 감각에 당황했다. 밤바람에.

"……무슨, 짓을."

그녀는 맨살에 밤바람을 느꼈다. 탈 것인 헤르네텐에서 전해진 감각이 아니라 **자신의 맨살로 그것을 느꼈다.**

"———어디 보자. 상상한 대로 귀엽게 생겼네."

여전히 탈 것을 움직일 수 있다. 운동 기능에는 전혀 지장이 없다. 하지만.

헤르네텐의 탑승부가 열리며 안쪽에 있던 본체인 니히로가 훤히 드러났다.

"생각했어."

"……!"

일탈자인 도적의 모습이 눈앞에 있었다. 니히로는 탈 것에 탑승한 적과 맨몸으로 대치했다.

"그 녀석이 생체를 이용한 전차라면 움직이는 건 신경이야. 탑승구를 움직이는 것도 근육에 전해지는 신경의 지령이겠지. ……그렇다면 쳐부술 수 있지 않을까?"

까치 다카이의 왼팔에는 전혀 특별할 것 없는 단검이 있었다.

"신경에서 폭발하는 맨드레이크의 독으로."

바다의 히그아레의 단검이었다. 처음에 얼굴을 마주하고 홍과를 절단하는 걸 본 그때 이미——— 다카이는 히그아레가 체내에 숨긴 무수한 단검 중 한 자루를 **가까이에서 보고 있었다.** 인파 속에서 그 자리의 누구도 알아채지 못할 솜씨로 필살의 독검을 이미 훔쳤다.

신경의 흐름조차도 파악하는, 세계 수준을 벗어난 관찰력. 신경을 거슬러 오르는 독으로 뇌의 모든 부분에 침입하여 고장 내면 개폐 기능을 **해제**할 수 있을지를 관찰로 확인했다. 오직 지근거리에서 관찰하기 위해서 일부러 일격을 받았다.

버드나무 검의 소지로가 새긴 작은 상처는 까치 다카이에게 열쇠 구멍이었다.

사자(死者)인 자신의 죽음을 깨닫고 니히로는 웃었다.

"키득, 키득…… 키득. 정말로 잡담을 좋아하는군."

"내 얘기는 재미있지?"

"……그럴지도 모르겠어."

니히로의 등에 있던 촉수가 번쩍이며 금속 단자가 목덜미를 노렸다.

그보다 훨씬 빨리 절대 선수인 벌의 마검이 소녀의 목을 잘라 냈다.

◆

"히, 히그아레가…… 살해됐어."

검게 그을린 탑 하나를 비틀비틀 오르며 월람의 라나는 두려움에 신음했다. 넓은 지평의 끝에서 신공국이 마침내 찾아낸 최강의 일각일 터였다. 하지만 그 이상의 힘이 바다의 히그아레를 갓난아기처럼 대하여 대수롭지 않게 짓뭉개는 모습을 보았다.

라나의 시점에서는 '세계사'의 힘이 그를 즉사시킨 것으로만 보였다.

"하, 하하……."

하늘을 보았다. 무적을 자랑하는 레그네지의 군이 단 한 마리에게 몰려 괴멸되고 있었다. 와이번의 종에서 일탈한 영웅인 질주하는 별의 아르스에 의해서.

타렌이 키운 리치아의 병사도 죽었다. 이 탑 안에는 무참한 사체뿐이어서 그들은 무슨 일이 있었는지 말할 수도 없었다.

신공국의 그들은 라나의——— 황도의 적이었다. 언젠가 멸망할 적이라고 믿고 그들을 쓰러뜨려 평화를 되찾기 위해 위험한 잠입 임무를 오늘날까지 이어왔다. 그것이.

"이렇게 간단하게."

그들은 적이었다. 하지만 리치아가 얼마나 강대하고 무시무시한 전력을 가졌는지 가까이에서 보아 온 사람은 라나 자신이다. 최후의 마왕 자칭자를 꿈꾼 그들의 힘이, 의지가, 이토록 쉽게 짓밟혀도 될 리 없었다.

살이 타는 죽음의 냄새가 감돌았다. 화재의, 전화(戰火)의 열기인가? 작은 라나의 몸에서는 끊임없이 비지땀이 흘렀고 그것이 피인지, 아니면 둘 다 뒤섞인 것인지 그녀 자신도 알 수 없었다.

"허……억, 헉."

마지막 계단을 기어오른 라나는 목표하던 것을 손에 넣었다. '차가운 별'. 죽은 포격수는 몸통이 반으로 잘리고도 그것을 쥐고 있었지만, 사후경직된 손가락을 억지로 떼어냈다. 나간 대미궁이 오랜 세월 동안 햇빛을 축적한 마구였다. 일격을 방출할 만큼의 힘은 충전되어 있었다. 이것을 이용하면.

"……라나, 뭐 하고 있어요?"

등 뒤에서 목소리가 나무랐다. 붉은 지전의 에레아였다.

전능한 사술사이자 재앙 그 자체였다. '세계사'를 이곳 리치아에 초래한 장본인이었다.

"에레아…… 됐어. 내, 내가 할게."

라나는 떨리는 목소리로 말했다.

———그래야만 한다.

지금 이 광경이야말로 타렌이 걱정한 것이었다. 세계를 적으로 돌리기에 충분한 이유였다.

『진짜 마왕』이 쓰러져도 이 세상에 있어서는 안 될 존재만이 이 세상에 남아 있다.

"모조리 죽여주마. 이런 건…… 너, 너무 심해. 괴물뿐이야.

이 거리를 모두 '차가운 별'로 날려 보내겠어! 누군가가…… 누, 누군가가 하지 않으면 끝나지 않을 거야!"

"라나……!"

에레아의 다음 말을 기다리지 않고 라나는 마구의 방아쇠를 당겼다. 수정 렌즈가 한낮 같은 빛을 뿜었다. 라나 자신을 포함하여 중앙 요새와 시가지를 모두 날려버릴 직하 방사였다.

빛이, 파멸이 내달렸다.

그리고.

"【멈춰라】."

──그리고 빛은 정지했다.

'차가운 별'의 빛이 공중에 떠오른 채 구체로 멈추었다.

파멸을 초래하는 빛이 더 이상 나아가지 못하고 공간에 정지한 채 있었다. 세계의 법칙을 무시하는 말도 안 되는 광경이었다.

"【흩어져라】."

어린 소녀가 한 마디를 고하자 도시를 멸하는 빛은 폭발하며 무엇 하나 부수지 않고 사라졌다.

"아……아, 아아……."

라나는 절망하고 힘이 빠져 무너져내렸다.

빛을 멈출 정도의 강대한 권능에 인간이 어떻게 맞서면 좋다는 말인가.

세계 그 자체였다. '세계사'를 죽이는 일을…… 이 세상의 누가 할 수 있다는 말인가.

"진정해, 라나. 너는 아마…… 너무 무서워서 이상해진 거야. 내가 아는 라나가 아닌걸……. 응? 그렇지?"

이해할 수 없는 존재가 마치 평범한 소녀 같은 말을 했다.

마치 걱정하는 듯한 표정을.

어린 엘프의 모습을 했지만, 그 상태는 한없는 전능을, 형태를 얻은 사악한 신성 그대로인데———.

"이렇게 심한 일이 일어나니까⋯⋯."

탑에서 보이는 마을의 불꽃을 내려다보았다.

무수한 재앙과 비극이 흩어져 있었고, 그것은 겨우 열네 살 키아의 상상력으로는 도저히 미치지 않을 무참한 세계일지도 모른다.

"⋯⋯있지, 에레아. 내 힘은 사람을 행복하게 하기 위한 힘이라고 했지?"

"키아!"

에레아가 키아를 말리려는 것이 보였다.

소녀가 무엇을 할 생각인지 아는 모양이었다.

"안 돼요, 키아! 힘을 보이면———."

"【사라져라】."

말과 같은 일이 일어났다.

리치아에 퍼져 있던 화재가, 전화가 일제히——— 바람도 없이 소실되었다.

밤의 정숙과 어둠이 거짓말처럼 되돌아왔다.

인지를 초월한 무시무시한 이 수라는 재앙을 일으키는 것도, 아무 일도 없었던 듯 사라지는 것도 가능했다.

"⋯⋯불을 껐어, 라나. 이제 두려울 건 없어. 있지, 저기⋯⋯

사실은…… 나, 뭐든 할 수 있는데……. 숨어서 미안해. 더 빨리 너희 마을을 구하지 못해서……."

"뭐, 뭐야…… 뭐냐고, 너희들은……!"

"라나……!"

"라나 씨. 그만 돌아가요."

움직이지 못하는 라나를 에레아가 안아주었다.

부드럽고 따뜻한 체온이 전해졌다. 살아 있는 인간의 고동이 었다.

"……에레아. 나를."

울며 웃는 얼굴로 라나는 말했다. 과거에 첩보부대의 동료였던 여자는 지금 황도 29관이다.

스스로 힘을 얻는 일에도, 적을 무찌르는 일에도 주저하지 않는 에레아이기에 그 지위에 오를 수 있었으리라.

그리고 그녀가 라나에게 접근한 이유는.

"죽일 셈이야? 응?"

"……."

"알아. 못 하지?"

목소리는 잠겼고 속삭이는 듯한 공갈에 지나지 않았지만 그거면 됐다.

'세계사'에게 들릴 일 없는 귓가의 목소리로 라나는 마지막 증오를 토해냈다.

"정말로 즉시 죽일 셈이라면 얼마든지 그럴 수 있었을 거야. 너, 너는…… 못 해. 키아의 앞에서는 죽이지 못하잖아……!"

붉은 지전의 에레아가 얼마나 비정한지를 생각한다면 그것은 농담 같은 익살이었다. 이 악몽 같은 밑바닥의 상황에서도 웃을 수 있는 이야기였다.

"키아의 앞에서만은…… 그 녀석이 괴물이라도 아름답고 다정한 선생님으로 있고 싶잖아! 에레아 **선생님!**"

"……라나 씨."

에레아도 속삭여 대답했다. 그녀는 곤혹스러움과 고독 때문에 울 것 같은 키아를 보았다.

너무 많은 일이 일어났다. 하지만 이제 모두 끝났다.

그녀는 월람의 라나를 죽이기 위해 왔다.

"그런 걸——— 선생님이 할 리 없잖아요?"

◆

그 문이 재차 열린 것은 거리의 화재 소동이 전해지고 얼마 지나지 않았을 무렵이었다. 유노의 구치소는 불길이 인 북서부에서 멀었고, 그것이 그녀의 목숨을 구했다.

"나와. 머나먼 갈고리발톱의 유노."

"……다카이."

"왜 그래? **말했다시피** 구하러 왔어."

유노는 다시 나타난 고향의 원수를 노려보았다. 시가지가 불에 타고 전쟁 국면이 혼란스러운 이 상황에 까치 다카이는 이상하리만큼 담담했다.

"이……이제 와서 무슨 소리야……! 당신네 군이 싸우고 있잖아! 나를 풀어줄 틈이 있나?!"

"내 군이 아니야."

다카이는 아무렇지도 않게 말했다.

"울고불고 해봤자 결과는 바뀌지 않아. 하지만 그 전에 약속은 지킬 뿐이야. 여하튼 너는 히그아레에게 말려들었을 뿐이고, 나간의 일도 있으니까. 게다가 나 같은 악당이라도 거짓말만은 한 적이 없어."

"우, 웃기지 마……! 강하다면 자기 마을이 멸망해가도 아무렇지 않다는 거야?! 슬프거나 괴롭지 않아?! 죽을 때까지 싸우지 않냐고?!"

──나는 단 한 명이 죽었을 뿐인데 지옥 한복판에 있는 것 같은데.

나라가 멸망한다. 백성이 불에 타고 수많은 인연을 잃어간다. 똑같은 일에도 고통을 느끼지 않는다면 나간이 멸망한 복수는 영원히 할 수 없지 않은가.

"……그러게. 이제 와서 무슨 생각이 들겠어. 확실히 타렌은 좋아했지만. 살아 있으면 또 다른 만남도 있을 테지."

유노는 '손님'들의 경우를 생각했다. 자신이 살던 '저편'의 세계에서 단절된 자들.

소지로도 다카이도 정말로 강하기에 아무 생각도 없을 뿐일까? 그들은 미니어 속에서 태어난 돌연변이 일탈자라 같은 인족에 섞여 있어도 늘 혼자만 강하다.

지금 이렇게 다카이가 살아남았듯 설령 마을이나 국가가 멸망한대도 그들만은 언제나 살아남을 것이다. 그것은 정말로 유노가 생각한 것처럼 강자의 특권일까? 멸망과 종언에 **익숙해지는** 것은 과연 그들에게 구원일까?

다카이의 뒷모습이 멀어져갔다. 유노의 복수는 이루지 못한 채 끝나고 있었다.

"기다려, 까치 다카이……!"

"왜? 아직 내게 볼일이 있어?"

"복수할 거면 **지금 하라**고 했잖아?"

유노는 양쪽 소매 끝을 향했다.

소매 속에 감춘 화살촉을 날리는 역술을 조종할 수 있다.

또래 소녀보다도 식물학에 밝다.

뤼셀스와 함께 발견한 별을 기억한다.

몹시 불합리하게 멸망한 나간 미궁 도시에서 마지막으로 생존한 수습 학사니까.

머나먼 갈고리발톱의 유노가 가진 것이라고는 그뿐이었다.

저 멀리 손 닿지 않는 최강과 대치하며 그녀는 혼자였다.

"나와 싸우자."

"……카테. 얼른 도망쳐. 멍청아."

함락하는 리치아의 한 첨탑 안에서 레그네지는 웅크리고 있었다. 숨을 깔딱거리며 끝까지 와이번의 보고를 모아 명령을 내렸다. 카테는 중증 열상을 입은 친구의 몸을 걱정하면서도 거절당해 다가가지 못하고 있었다.

"레그네지. 어, 어째서……. 이거 네 피야? 네가 지다니 믿을 수가 없어……."

"리치아는 끝장이야. 타렌에게는 은혜를 입었어. 무리도…… 크, 크크크. 계속 내가 지켰어. 늘리고, 지배하고, 이끌었어. 못 말리는 쓰레기들을. 통쾌하군."

레그네지는 씁쓸하게 웃었다. 그 자신은 와이번 무리 속에 쉽사리 섞여 들어갈 법한 작고 평범한 개체에 지나지 않았다.

"하지만, 모두, 이제 물거품이 됐어. 아아. 하지만――― 마지막에, 마지막에, 나는 이겼어. 카테."

"……."

"내, 보물은…… 크, 크크크."

항상 욕설을 퍼부으면서도, 만지는 것조차 거절하면서도 레그네지는 늘 눈먼 소녀의 곁에 있었다. 그가 정말로 바란 것은 나라가 아니다. 무리의 안녕도 아니었다.

도통 인정할 수 없었다. 그 자신도 사실은 와이번 무리를 버리고 싶었다. 그저 와이번 개체로서 카테와 함께 살 수 있다면 얼마나 좋았을까? 안도 속에서 그녀의 노래를 들을 수 있다면 레그네지는 그걸로 족했다.

"……도망쳐. 황도군이 이곳에 오기 전에…… 너만은…… 그 래도, 돼……."

아르스는 레그네지를 보내주었다. 이제 하찮은 사병(死兵)이라 고 여겨졌으리라. 하지만 상관없었다. 그날 잘못된 선택을 한 어리석고 한심한 패배자여도 좋다.

"내가 마지막에는 이겼어……. 질주하는 별의 아르스……. 꼴 좋다."

"……레그네지."

카테는 쓸쓸하게 웃었다. 손에 일기가 없어도 그와 보낸 나날 을 떠올릴 수 있다. 홀로 살아갈 힘을 갖지 못한 소녀를 항상 날 개를 피로 물들여가며 구해준 누군가가 있었다는 걸 알고 있다.

그녀는 죽어가는 레그네지를 향해 무슨 말을 걸려 했다.

──그때 문이 열렸다. 머스킷을 들고 지친 기색의 병사가 그곳에 서 있었다. 도저히 장군이라고는 생각할 수 없는 피폐한 모습이었다.

"……우, 움직이지 마라! ……?!"

통솔 개체의 방으로 들어온 남자의 이름은 정숙의 하르겐트 였다.

혼돈에 빠진 전쟁 국면 속에서 다른 메이지시병이 차례로 탈락 해가는 가운데, 와이번 토벌이라는 역전의 경험을 가진 그 한 명 만이 통솔 개체의 위치를 특정하고 여기까지 돌입할 수 있었다.

혼란스럽기 그지없는 적지에서 극한의 전투를 빠져나와 다다른 중추일 터였다.

하지만 그 결사의 진력도 각오도 흔적도 없이 사라질 정도로 그는 실내의 모습에 당황했다.

와이번의 소굴이 아니었다. 그냥 소녀가 사는 방이었다.

"그, 그럴 수가……. 말도 안 돼……."

"……. 누구세요?"

소녀는——— 맑은 하늘의 카테는 보이지 않는 눈으로 제6장군을 바라보았다. 그 너머에서는 열상을 입어 숨을 헐떡이는 레그네지가 종자인 양 적을 노려보았다.

"나, 나는…… 황도 29관, 제6장군. 저, 정숙의 하르겐트다. 메이지 시민의 요청에 따라 외적을 토벌하기 위해…… 여기에 왔다……!"

"……그렇군요. 황도……. 역시 끝이네요. 전부."

카테는 스르륵 일어섰다. 싸움의 기술이라고는 없는 눈먼 소녀였지만, 그 모습에, 아주 길고 색소가 엷은 머리카락에 하르겐트는 오히려 주춤했다.

이 소녀가 와이번에게 사로잡힌 포로라고 생각하고 싶었다.

하지만 알고 있었다. 아무도 믿지 않는대도 '날개 제거자'인 하르겐트는 알고 있었다.

설령 피식자와 포식자의 관계일지라도, 결코 융합될 수 없는 큰 적일지라도———.

"그만둬."

미니어와 와이번의 사이에도 유대가 존재할 수 있다고.

"그만둬. 그건 안 돼. 좋지 않아. 그건 백성을 학살한 무시무시한 존재야. 이, 인족의 의무로서…… 제거해야만 해."

"레그네지는…… 레그네지는 제 친구예요. 미니어인 누구보다도 저를 도와준 소중한."

"네놈은…… 아, 아직 젊은 여인이잖아! 그…… 그렇게 잔혹한 죄를 짊어져서는 안 돼! 그들을 보내줘. 부탁이야. 백성이 죽고 있어. 이제 충분해. 나, 나도…… 사실은 나도 사람을 죽이고 싶지 않아. 그러니까 부탁이야……."

"……알고 있어요. 모르는 척을 했을 뿐 오래전부터…… 제가 무엇을 하고 있는지. 레그네지가 어떤 이인지———."

"그만해……!"

증오해 마땅한 와이번에게 총구를 향하면서도 하르겐트는 움직이지 못하고 있었다. 방아쇠를 살짝 당기기만 하면 되는데 손끝이 얼어붙은 듯 무거웠다.

"당신은 줄곧…… 저의 천사였어요. 레그네지."

"———그건 인족의 적이야! 와이번이라고!"

"말하지 마, 쓰레기야! 쓰레기에 무능한 루저 자식아! 더 이상 카테를———."

날아든 레그네지의 발톱이 하르겐트의 두개골로 향했고———.

탕, 하는 소리가 와이번의 목을 관통했다.

총탄은 직선상에 있던 카테의 가슴도 꿰뚫었다. 만약 서 있지 않았다면 맞지 않았을 궤도였는지도 모른다.

활짝 열린 창문으로 가해진 저격이었다.

"내 친구를."

저 멀리에서 치명적인 일격을 가한 자가 중얼거렸다. 아무에게도 들리지 않는 말을.

"———얕보지 마."

한 번은 레그네지를 놓쳤을 터인 와이번의 영웅이었다.

왜 질주하는 별의 아르스는 이곳 리치아에 왔을까? 왜 하르겐트가 싸우는 메이지시의 하늘에 가장 먼저 나타났을까? 무엇보다도 탐욕스러운 모험가.

하르겐트는 그 이유를 알고 있었다. 한 번은 쓰러뜨려 보물을 빼앗았던 자욱한 연기의 비케온을 치기 위해 질주하는 별의 아르스가 협곡으로 되돌아온 이유를 알고 있었다.

———친구를 구하는 게 당연하잖아.

피바다를 앞에 두고 하르겐트는 아연실색하여 무릎을 꿇었다.

"아…… 아아아아아……!"

해치워야 할 통솔 개체 와이번과 지켜야 할 소녀는 지금 바닥에 아무렇게나 쓰러져 있었다. 둘의 피가 뒤섞여 절망적인 기세로 바닥에 검붉게 퍼지고 있었다.

그 광경이 하르겐트의——— 무능한 제6장군의 전쟁의 결말이었다.

"아아아, 아르스…… 아르스……!"

분노가.

절망이.

비탄이.

후회가.

자책이.

다 끌어안을 수 없는 모든 것이 얽혀 하르겐트는 엎드려 외쳤다.

"아르스으으으! 이 자시이이이이익!"

◆

수많은 추억이 아무것도 보이지 않는 눈동자 속에 주마등처럼 지나갔다. 그날, 『진짜 마왕』에게 모든 것을 빼앗긴 날 이후로 아주 많은, 그녀만의 일들이.

하르겐트라는 장수는 구조자를 부르기 위해 떠나갔지만, 이 정도의 상처를 입은 카테가 구조자가 올 때까지 살아 있으리라고는 분명 믿지 않을 것이다.

약해져 가는 자신의 고동을 느꼈다.

손끝으로 바닥을 기며 카테는 죽은 레그네지를 처음으로 만졌다.

"아아……레그네지……."

보이지 않는 눈동자에서 눈물이 흘렀다. 카테는 알고 있었다. 하지만 그는 그것을 들키고 싶지 않은 듯, 그녀의 몽상을 깨지 않으려는 듯 계속 만지지 못하게 했다.

"정말로 와이번이었군요……."

문이 조용히 열리는 소리가 들렸다. 그 모습을 볼 수는 없지만, 하르겐트는 아닌 것을 알 수 있었다. 보폭이 긴 발소리는 카테의 옆에서 발을 멈추었다.

숨을 깔딱이며 그녀는 물었다.

"……누구세요……?"

낮은 목소리는 다정하게 대답했다.

"천사님이라고 하면 믿겠니? ……아가씨를 데리러 왔단다."

그 남자는 몸을 구부려 카테의 등을 쓰다듬었다. 크고 따뜻한 손이었다.

천사가 왔다. 자신이 그날 들었던 것은 분명 천사의 노래였으니까.

"그래요……? 고마워요……. 천사…… 사, 사실은…… 계속…… 바라던 게……."

"그래. 누구나 구원받을 권리가 있어. 뭐든 바라도 된단다."

"어머니를———."

마지막 순간까지 카테는 노래를 불렀다. 레그네지에게 들려주기 위한 노래를.

죽음의 천사의 칼이 그 고통을 조용히 끝냈다.

◆

많은 일이 끝났다. 적어도 경계의 타렌에게는.

오른손의 감각은 이미 사라졌지만, 검을 떨어뜨리지는 않았다. 방위선을 깨고 여기까지 쳐들어온 황도군과 메이지시병을 홀로 몇 명이나 베었을까? 열 명일지도 모르고 스무 명일지도 모른다.

중앙 성쇄를 나아가는 그녀의 앞길에 넝마를 두른 용병이 서 있었다. 스켈톤이었다.

"……마왕 자칭자의 최후치고는 썩 괜찮군, 타렌."

"훗. 샤르크냐……? 네놈도 고생이 많았다."

"아니야. 내가 한 것도 없어."

"글쎄. 그런 것 같지는 않은데."

샤르크의 하얀 창은 마찬가지로 피로 물들어 있었다. 소지로라는 괴물을 온 힘을 다해 막은 뒤의 상태로 주어진 보수도 없이. 마지막에는 그만이 타렌에게로 돌아왔다.

"패배한 싸움을 후회하나?"

"……설마. 싸움을 건 이상은 져서 잃어버릴 것도 받아들여야지……. 아니, 아니지."

벽에 기대어 거칠게 숨을 쉬었다. 그리고 자조 섞인 미소를 지었다. 리치아의 영주가 된 뒤로는 그런 웃음이 많아진 것 같았다.

"거짓말이야. 사실은…… 나를 사랑하는 병사를, 백성을…… 카테를 행복하게 해주지 못한 게 원통해. 아직 보지 못한 이상을 위해 모두를 끌어들였고, 보답도 하지 못한 채 죽는 게 분해."

"……그래?"

"훗. 평화를 만들 왕의 그릇은 아니었어……. 내가 산 세계는 계속 전장이었으니까……."

"신경 쓰지 마. 나도 비슷한걸. 여하튼 죽은 뒤에도 이 모양이야."

"소리 절단의 샤르크.『진짜 마왕』이 죽은…… '최후의 땅'의 정보를 알고 싶지?"

"……."

"이상하지 않아?『진짜 마왕』을 아무도 몰라. 나도. 너도…….
입에 올린 적도 없어. 『진짜 마왕』이 얼마나 무시무시한 자였는
지 모두가 아는데. 하지만 분명…… 우리도 언젠가 알아야 하겠
지……."

타렌은 검에 지탱하며 다른 한 손으로 호주머니 속의 종잇조
각을 꺼내더니 샤르크에게 건넸다.

"나는 글을 읽을 줄 몰라."

"그럼 누군가에게 읽어달라고 해. '최후의 땅'을 몇 번 뒤지게
했지만 조사 부대는…… 모조리 저지당했어. 역시 그 땅에는 정
체불명의 괴물이 있어. 미지의 땅이야. ……하지만 약간 조사가
미친 곳도 있어."

"……."

"용사의 시체도, 마왕의 시체도 아직 찾지 못했어."

"……그걸 알면 충분해. 더 움직여서 너를 구할 수 있었겠지."

"더 이상의 보수는 도저히 못 줘. 그만 어디로든 가. 이런 장
군 밑에 있었단 게 알려지면 네놈에게 득 될 것도 없을 거야."

이내 그녀를 데려갈 자가 나타날 것이다. 그냥 죽을 생각도 없
지만, 소리 절단의 샤르크 정도의 병사를 패배한 전쟁에 끌어들
이고 싶지는 않았다.

"……왕의 그릇이라. 너라면 나쁘지 않은 왕이 될 수 있다고
생각했어."

"훗. 착각하지 마."

타렌은 자조 섞인 미소를 지었다.

"마왕이야."

소리 절단의 샤르크는 돌아보지도 않고 떠나갔다. 이제 돌아올 일은 없을 것이다.

◆

"으아아앗!"

이게 몇 번째일까? 죽음을 각오한 용기를 쥐어 짜낸 유노의 주먹은 전혀 무의미하게 허공을 갈랐다. 애초에 격투의 기본조차 없었다.

"……이봐."

다카이는 왜 유노가 그런 행동에 이르렀는지 진심으로 이해할 수 없는 모습이었다.

"너도 슬슬 도망치는 게 좋을 거야."

"시끄……러워! 허억, 으, 하, 한 방이라도…… 때리고……."

"아아, 그래……?"

아주 가벼운 타격음이 울려 퍼졌다. 유노의 주먹이 다카이의 뺨을 때린 소리였다. 소녀의 힘으로는 목을 흔들 수조차 없었다. 다카이는 어깨를 움츠리며 말했다.

"한 방? 이게 다야? 내가 이렇게까지 어울려주는 건 아주 드문 일이야."

"으, 으으으……!"

유노는 웅크려 앉아 울었다. 그녀의 증오와 비통은 그녀 말고는 무엇도 의미 없는 무가치한 것이었다. 나간도, 분명 이곳 리치아도.

"이제 만날 일은 없겠군. 유노."

다카이는 그 모습을 보지도 않고 떠나갔다. 평범한 사람의 손에는 닿지 않는 일탈의 강자. 유노에게는 그 뒤를 쫓는 일도, 하물며 목숨을 빼앗는 일도 불가능할 것이다.

"……기다, 려……."

붙잡고자 뻗은 손은 닿지 않았지만, 그래도 다카이의 발은 멈추었다.

그가 나아가는 곳, 감옥 밖에 유령처럼 선 누군가가 있었다.

"――위."

유노는 쫓을 수도 죽일 수도 없다. 그래도 복수할 수단이 딱하나 있었다.

"마침 재미있어 보이는 게 있네."

검호는 뱀을 연상시키는 얼굴에 좌우 비대칭의 미소를 지었다.

"……처음부터 당신에게 이길 수 있다고는……."

그 평원에서 싸운 뒤로 어쩌면 살아남았을지도 모른다고 생각했다. 어쩌면 늦지 않았을지도 모른다고 생각했다. 실력 차이가 너무나도 큰 다카이라면 어쩌면 유노를 죽이지 않고 시비에 적당히 응하리라고 생각했다.

"생각하지 않았어. ……나는."

어쩌면.

모두 불확실하고 너무나도 불리한 도박이었지만, 이 세상에서 유노 한 명에게만은 그것에 전부를 걸 가치가 있었다.

"그래……. 그 양쪽 소매의 화살촉."

다카이는 격자창을 보았다. 그저 취객을 위한 유치장이라 충분한 틈이 있었다.

"묘하게 줄었다고 생각했어."

유치장에 홀로 남은 유노는 창문 틈에서 역술로 화살촉을 날렸다. 가능한 한 멀리, 다양한 곳에 흔적을 새기듯.

그녀가 날린 것은 자신이 만든 이 화살촉뿐이다. 함께 여행한 버드나무 검의 소지로라면 꽂힌 그것을 판별할 수 있다. 직선으로 새겨진 흠집의 방향을 역으로 쫓을 수 있다.

———별명은 머나먼 갈고리발톱의 유노.

"하, 하하하하……! 재미있군……! 굉장해! 정말이냐……! 내가 이런 아이에게 당한 거냐! 살다 보니 재미있는 일도 다 있군 그래……!"

다카이는 손뼉을 치며 웃었다. 표면적인 사람 좋은 미소가 아니라 진심으로 웃고 있었다.

그리고 소지로 쪽으로 방향을 틀었다.

"……그래, '손님'. 네 이야기는 들었어. 타란튤라를 벤 검사지? 좋은 검을 가진 모양이더군."

소지로가 가진 검의 모양을 보니 남회능력 니히로의 탈 것에 참격의 흔적을 새긴 것임을 알 수 있었다.

그 어떤 공격도 통하지 않던 무적의 방어를…… '차가운 별'조차 미치지 못한 그 장갑을 벨 수 있던 남자가 이 세계에 존재한다면 이 남자밖에 없었다.

"너는 검사가 아닌 모양이로군."

"대단하네. 한눈에 나를 그렇게 말해준 녀석은 처음이야."

다카이는 즐거운 듯 웃었다. 같은 세계에서 일탈자인 '손님' 중 어느 쪽이 위에 있는지 단순히 재미있어서 참을 수 없다고 말하고 싶은 듯이.

"타렌을 암살하러 가지 않았나? 그게 너희들의 일이었잖아?"

"관계없어. 나는 베고 싶어서 왔어. 내 검으로 아직 벤 적 없는, 베어도 시시하지 않은——— 이 세계에만 있는 무언가를 말이야. 타렌이라는 놈을 처리하러 가기보다…… 유노 녀석을 따라가는 게 더 **무슨 일이 일어날지 알 수 없었지**. 그래서 왔어."

"……소지로."

유노는 자신의 옷자락을 쥐었다.

언젠가 이 남자를 쓰러뜨려야 한대도——— 원수일지라도, 증오해야 할 무관심한 강자일지라도, 적어도 유노에게 소지로와 다카이는 달랐다. 그녀의 괴롭기 그지없던 그 지옥을 '버드나무 검'은 검 하나만으로 끝낸 남자다.

"———이야기는 그만해도 되겠지. 얼른 시작하자고."

"서두르지 마. 어차피 한 쪽은 죽을 거야. '저편'의 추억 이야기라도 할까? 소지로."

"변변한 추억은 없어. 밥은 맛없고, 매일 살인 공격을 받고, 약한 놈을 베기나 하고, 정신을 차리고 보니 이런 곳까지 흘러 들어 왔지."

"그래. 나도 마찬가지야. 이렇게 사람이 죽어도 아무렇지도 않아. '저편'으로 돌아가고 싶다거나 아쉬운 마음이 든다거나 하는 느낌도 받은 적이 없어. ……'손님'은 그런 일탈자겠지. 너무 강해서 늘 혼자야."

"마치 너무 강한 게 **좋지 않다는 것** 같군."

"하하. 그런 식으로 생각하는 녀석은 꽤 있는 모양이야."

버드나무 검의 소지로. 까치 다카이. 이 두 사람은 사술이 작용하지 않는 '저편'의 세계에서 얼마나 굉장한 존재였을까? 싸우고 또 싸우며 싸울 상대를 잃은 끝에——— 이 수라의 세계에 이른 것일까?

"혼자라는 건 자유롭다는 뜻이야. 그러니까…… 정말로 나는 지금의 내가 좋아. 이 세계에 추방된 의미가 있다면 분명 그거라고 생각해……."

"……죽여."

문득 유노가 중얼거렸다. 유노 자신도 생각하지 않은 한 마디였다.

모든 것을 잃었다는 것은 자유롭다는 것. 그것은 소지로가 유노에게 처음으로 한 말이기도 했다.

자신이 납득해야 한다. 그것의 방향이 잘못된 증오일지라도, 환상 같은 가능성일지라도 유노가 유노 자신을 구하기 위해 복수를 이루어야만 했다.

유노도 알고 있었다. 그날, 정말로 증오해야 할 것은 자기 자신이었다. 잘못한 것은 자신이다. 유노가 약했으니까. 자신을 용서할 수 없었다. 항상 자신을 나무라야 했다.

하지만 그런 정론으로 구할 수 있는 것은 아무것도 없다.

정말로 자유롭고, 무엇을 택하든 허용된다면 그렇게 외치고 싶었다.

"죽여…… 소지로! 무엇을 하든 자유롭다면 **죽여달라고 바라는 것도** 자유라는 뜻이잖아! 의미가 없대도, 사악한 바람인 걸 알고 있대도 나를 나무랄 사람은 아무도 없다는 뜻이잖아?!"

다름 아닌 자기 자신이 나쁘고, 약하고, 용서할 수 없는, 나무라야 할 존재라면.

그런 인간은 **그렇지 않은 다른 누군가**에게 기댈 수밖에 없지 않은가.

이 세계도 줄곧 그렇게 바랐다. 아무도 쓰러뜨릴 수 없는『진짜 마왕』의 시대를…… 자신이 아닌 누군가가. 약한 자신이 아닌 '진짜 용사'가 무찔러 주기를 바랐다.

"그래. 그렇다면 이걸 하느냐 마느냐도 내 자유야."

"나 참. 아까까지 얼른 도망치자고 생각했는데. ……하지만 안심했어."

다카이는 쓴웃음 지으며 마검을 손바닥에서 돌렸다.

전쟁은 이미 끝난 것을 모두 알고 있었다. 이런 '시합'에 생사를 거는 데 아무 의미도 없다는 것도.

"마지막으로 놀아줄 시간 정도는 충분히 있어."

소지로는 검을 잡았다. '저편'의 펜싱처럼 손목을 비틀어 장검 끝을 향하고 왼손을 칼자루 끝에 댔다. 기묘한 자세였다.

한편, 다카이는 움직이지 않았다. 미니어끼리의 접근 전투에서 상대가 먼저 나오기를 기다렸다가 선수 치는 궁극의 기술을 체현하는 벌의 마검과 다카이의 우월한 관찰 능력은 준비 자세가 거의 필요하지 않았다.

한 발.

소지로가 먼저 발을 내디뎠다.

다카이의 우월한 시력은 피어오르는 모래 연기 하나까지 포착했다. 검의 궤도는 준비 자세부터 보고 판단한 대로였다. 소지로의 동작 하나하나를 사진처럼 관찰했다. 소지로가 내지르는 형태부터 검의 사각으로 교묘하게 숨긴 칼자루 끝의 왼손 동작까지도 알 수 있었다.

인식한 광경을, 적의 생각을 모두 훔쳤다. 관찰을 기반으로 전술을 세웠다.

다카이는 마검을 들지 않은 왼팔을 뒤로 돌린 채 죽음의 도달을 기다렸다. 직전. 순간. 찰나를 더욱 쪼갠 한없이 0에 가까운 그때까지.

'──온다.'

소지로의 왼손이 칼자루 끝을 때렸다. 손을 떠나 튀어나온 검은 살짝 간합이 벌어진다. 아주 살짝. 벌의 마검의 간합의 약간 바깥쪽. 그리하여 눈을 흩트리려는 생각을 다카이는 이해했다.

벌의 마검이 눈앞에 다가온 검을 튕겨냈다. 절대선수의 요격. 아래로 잡은 검이 휘둘려 올라가기까지의 속도는 0이었다.

동시. 소지로의 왼손이 교차되며 마검을 쳐든 다카이의 오른팔을 잡았다. 한쪽으로 쏠린 공격에 선수를 치는 절대속도의 마검. 하지만 사용자의 반응과 완전히 동시에 그 검을 쥔 팔 그 자체를 제어한다면.

동시의 동작. 의식에 내달리는 전류 정도의 시간 차이도 보이지 않는 절대 기술이었다.

"잡았다."

오른팔의 검이 잡혔다. 다카이는 그 자리에서 움직이지 않았다. 그는 처음부터 움직이지 않고 방금처럼 소지로가 파고들기를 기다렸다.

맨발의 발바닥에 바다의 히그아레의 독 단검을 숨기고 있었으니까.

사고보다도 빨리 발가락으로 잡고 소지로의 정강이를 벤다.

───할 수 없다.

'아아. 역시 제법이군.'

다카이의 발등은 소지로가 파고든 발에 억눌렸다.

두 자루째의 검도 봉쇄되었다.

"너는─── 그게 목숨이야."

"그래. 하지만."

세계 수준을 벗어난 도적의 진가는 그 안력에 있다. 적이 초절정 검사라도 미래를 읽고 통찰할 수 있다. 인식한 광경을, 적의 사고를 모두.

자신의 팔을 내어주고 적의 오른팔을 봉쇄한 것은 다카이 쪽이었다. 소지로는 지금 자신의 오른팔이 교차되어 왼팔을 쓸 수 없었다. 비어 있는 오른쪽 몸통을 방어할 수단은 없었다. 옆구리의 동맥을 노릴 수 있는 자세가 아니라 오른팔을 잡혀 몸을 뒤틀 뿐인 방어도 불가능하지만, 다카이의 힘이라면 갈비뼈와 함께 내장을 절단할 수 있다.

아무것도 없는 왼손. 세 자루째의 검이 그 손에 있다면.

처음부터 다카이는 왼팔을 뒤로 돌리고 있었다.

그 왼손 안에 칼자루가 들어왔다. 그것은 튀어 올라간 소지로의 검이 낙하한 지점이었다. 절대속도의 참격으로 검을 부러뜨리지 않고 띄운 의도는 그 때문이었다.

첫 번째 방법을 쓴 시점에 까치 다카이는 모든 흐름을 읽은 것이다.

"빼앗는 건 내 전매특허야."

———세 자루째. 그것은 적의 검.

도적의 검은 마침내 야규를 넘어 검사의 몸통을 참격했다.

왼팔을 통해 참격의 느낌이 전해졌다.

그리고 깨달았다.

'———이 자식.'

"위."

베인 소지로가 웃고 있었다.

그리고 양손에 검을 쥔 다카이가 치명적인 실수를 깨달았다.

'이 자식의 이…… 검은.'

검의 품질은 일목요연하게 인식하고 있었다. 지극히 질 낮은 나간시의 연습 검이다.

하지만 설마. 눈에 보이는 것이 그 검이라면 애초에 타란튤라의 장갑을 절단한 자체가 **말도 안 되는** 일일 터였다.

검을 휘두른 다카이는 이미 알고 있었다.

이 검에 초현실적인 능력이라고는 전혀 없다. 갈비뼈를 부러뜨릴 수조차 없다. 이 연습 검으로, 이 소지로의 체격으로 가능한 참격이었단 말인가?

오른팔을 붙잡힌 상태로 밀렸다.

"말했잖아. 잡았어———. 네 목숨을."

"처음부터…… **마검이 아니었나**……!"

이 지평에는 초현실적인 마검이 존재한다. 활과 총기가 보급된 이 세계에서 그 조건만이 무쌍의 검사를 만들어낼 수 있다. 다카이의 검기도 모두 마검의 성능을 전제로 한 것이었다.

———좋은 검을 가진 모양이로군.

다카이의 오인을 소지로는 처음부터 전술에 끼워 넣은 것인가? 다카이가 자세를 잡은 시점에 절대선수의 자신감을 이미 독파한 것인가? 그렇다면 검을 훔치고 반격에 나서기까지 다카이가 펼친 검기의 원리까지 모두 이 남자의 손안에 있었다는 말인가?

그렇다면 같은 '손님'이라도 다카이와 소지로의 사이에는 어느 정도의 간격이 벌어져 있었을까? 다카이의 관찰안은 이 남자의 기량의 어디까지를 볼 수 있었을까?

'저편'의 법칙을 일탈한 자가 이 세계에 표착한다면——— 그것이 **어느 정도**의 일탈일지를 보증할 수 있는 자는 어디에도 없지 않은가.

팔과 함께 잡힌 오른쪽의 마검이 서서히 밀리며 다카이의 사고는 결론을 뒤집을 수 없었다. 역전의 술책을, 적의 약점을 꿰뚫어 보고자 시험할수록 심연에 떨어졌다.

상상조차 할 수 없었다. 어떻게 하면 이 남자에게 이길 수 있을까? 무엇을 하면 이길 수 있었을까?

밀쳐낼 수 없다. 같은 검을 쥐고 있는데 검 그 자체가 소지로를 선택한 듯이.

"하하…… 믿을, 수가 없군……!"

"네가 말한 대로네."

싸울 상대를 원한다. 그 바람이 불러온 진짜 괴물인가?

"———역시 검사가 아니야. 너."

자신이 쥔 마검에 베여 도적은 감옥 속에서 목숨을 잃었다.

◆

"아가씨를 만나고 왔어. 타렌."

경계의 타렌에게도 마침내 죽음이 찾아왔다. 검은 제복을 입고 불길한 인상을 주는 남자였다.

"황도의 암살자인가? 카테는……."

"도와주고 싶었어. 늦었지만."

"그래?"

남자는 가까이에 있는 의자에 앉아 타렌을 보았다. 사력을 다해 싸워 온 타렌보다도 더 슬프고 지친 듯한 눈이었다.

"……아가씨를 위해 물어주지. 경계의 타렌. 왜 이런 짓을 했어?"

"용병이나 와이번에게 전력을 기댄 나라가 오래 갈 리 없잖아? 그 정도는 나 같은 아마추어도 알아."

"글쎄. 위정자가 야망에 미친 예는 역사적으로 얼마든지 있어."

"……그렇지 않았다고 믿고 싶어."

죽여야 할 상대에게 남자는 분명히 말했다.

"이 작전의 지휘관은 아직 젊은 걸쇠의 히도우야. 사실은……
처음부터 당신은 황도의 윗대가리와 결탁했잖아? 이 싸움은 마
왕이 죽고 단순히 세계의 위협이 된 괴물들을 한꺼번에 제압하
기 위한 것 아니었어?"

———이건 예선이다.

히도우가 한 말의 뒤에는 어쩌면 그것을 넘어서는 생각이 있
었는지도 모른다. 황도 측에 그 계획이 확실히 가능할지를 시험
하기 위한 예선.

"훗. 가령 네놈의 말대로라면 더더욱 그렇다고는 대답할 수
없어."

"아니면…… 이건 정말로…… 내가 생각해도 물러터졌지만."

쿠제는 힘없이 웃었다.

"———아가씨를 위해서였나?"

"됐어."

무패의 장군은 눈을 내리깔고 대답했다. 카테를 위한 세계.
이곳 리치아 신공국 외에 와이번과 미니어가 함께 살 수 있는
세계는 없었다.

"아니고말고."

"……그래?"

설령 그렇더라도 지금은 영원히 이룰 수 없는 꿈이다. 경계의
타렌은 졌다.

"그럼 마지막으로 물을게. 나는 성기사거든. 고해야. 남길 말

이 있으면 들어줄게."

"남길…… 말?"

타렌은 눈을 감았다. 아무것도 떠오르지 않았다.

그녀가 사죄해야 할 카테도 이미 이 세상에는 없었다.

뭔가 영민의 미래를 지탱할 수 있는 말을 남겨야 했을까? 혹은 황도 29관이…… 과거의 동포가 그녀의 패배를 양분 삼아 걸어가 세계를 올바르게 인도할 수 있을 법한 말을.

많은 힘을 얻은 장군은 죽기 직전에 처음으로 이 세계에 남겨둔 게 많다는 것을 깨달은 듯했다.

뭔가 한 마디라도. 그녀는 입을 열었다.

"용사를…… 원해."

"……."

마치 어린아이 같은 바람이었다.

"이 세상에 공포보다도 강한 힘이 확실히 있다고…… 백성의 희망을 이끄는 『진짜 마왕』을……."

『진짜 마왕』은 쓰러졌다. 하지만 '진짜 용사'는 어디에도 없다. 그래서 아무도 공포에서 벗어나지 못했다. 타렌이 진정으로 이루고 싶던 것은 제압에 의한 평화가 아니다. 공포에 일그러진 세계를 되돌릴 수 있는 상징이 있다면 그걸로 족했다.

"……난감하군. 마왕 자칭자의 입에서 그런 말이 나올 줄은 몰랐어."

타렌은 검을 잡았다. 질 줄 알면서도 끝까지 싸울 생각이었다.

지나는 재앙의 쿠제도 그 검만은 방패로 받지 않으려 했다.

"나도 내내 두려웠어. 성기사님."

"그래? 그럼 잘됐네. 아가씨의…… 마지막 소원을 이뤄줄 수 있겠어."

날개 달린 하얀 천사가 타렌의 목덜미에 내려왔다. 그녀는 일격에 사람을 죽이지만, 거기에 고통을 초래하지도 않는다.

전장에서 죽어가는 자에게는 더 바랄 나위 없이 자비로운 죽음의 검이니까.

"———어머니를 구해달라는."

◆

'차가운 별'의 포격으로 시작된 리치아 신공국의 동란은 날이 밝기도 전에 수습되었다. 무적을 자랑하는 병력의 대부분이——특히 와이번병은 그 7할 가까이가 이 싸움의 소용돌이에 빠져 쓰러졌다.

시민의 피해는 화재로 인한 것을 제외하면 적었고, 일련의 전투는 타렌 및 와이번군의 폭주와 그 습격을 받은 일부 메이지시병의 과잉 반응에 의한 것이었다고 정보가 통제되었다.

전후 처리의 형태로 개입한 황도가 재차 리치아를 영지로 편입시키는 형태로 정치적인 추세도 조만간 결정될 것이다.

하지만 큰 화재가 갑자기 소화된 원인은 누구도 알지 못했고, 또한 두려워해 마땅한 존재인 우월한 강자들이 이 사변의 뒤에 존재한 것을 정확히 아는 자도 없었다.

─── 그리고 아침.

재가 된 거리의 외곽을 비참하게 도망치는 여자는 월람의 라나였다. 붉은 지전의 에레아에게 목숨을 빼앗기는 일만은 면했지만, 그 목숨밖에 남아 있지 않았다. 황도에도 리치아에도 돌아갈 곳은 없었다.

"이게…… 이게『진짜 마왕』이 죽은 결과인가……?"

시대를 지배한 엄청나게 거대한 공포는 제어 불능의 힘을 낳았다. 두려워해 마땅한 병원균에 대한 방어 반응이 자기 자신의 세포마저 파괴하듯이.

그 위협은『진짜 마왕』이 쓰러지고도 이 지평에 지금도 계속 남아 있다.

지금은 누구 하나…… 상상하지도 않았던 최강이자 최악의 '개체'가 존재한다.

"누, 누가 그런 놈들을 쓰러뜨릴 수 있겠어……. 우리가 가능할 리가……."

그녀가 헤매는 교회에 인적은 없었다. 타고 남은 참극의 흔적만 있었다.

전능한 '세계사'. 무적의 군을 단독으로 괴멸시킨 '질주하는 별'.

끝없이 전투를 바라는 '버드나무 검'. 모든 것을 죽이는 '지나가는 재앙'.

'그들'이 살아남은 한 언젠가 모든 것이 이 광경처럼 될 것이다.

"이래서야 전부…… 마왕이잖아! 언제 공포가 끝나는 거야! 젠장, 아아아……."

라나의 발은 휘청거리며 그 자리에 쓰러졌다.

기침을 하며 검은 피를 왈칵 토했다.

"콜록, 컥…… 아아, 젠장……."

──그런 걸 선생님이 할 리 없잖아요.

"언제, 당했지……!"

감옥에 나타난 에레아가 그녀의 입가에 손을 댔을 때였다. 히그아레의 공격에 섞여 에레아는 속삭이고 있었다. 모든 것을 아는 월람의 라나가 황도의 본진에까지 귀환할 수 없게 하려고…… 그 시점에 이미.

"생술…… 지효성의, 독이……! 에레아……!"

괴로움에 바닥을 긁으며 라나는 답을 바랐다. 자신이 왜 죽어가는지에 대한 답이 아니다. 타도할 수 없는 괴물이 이 지평에 여럿 존재하고 타렌이 만든 신공국마저도 졌다.

『진짜 마왕』이 죽었는데 미래에는 파멸밖에 없다.

"어쩌면 좋지……? 우, 우리는 어떻게 해야 해……? 어떻게 해야……."

긴 밤이 밝았다. 파괴가 지나간 시가지에 새로운 아침이 찾아왔다.

월람의 라나는 그날을 맞이하지 못하고 절망스러운 미래를 보기도 전에 죽었다.

22 ◈ 수라

밤이 밝고 동란이 지나간 리치아를 출발한 마차가 있었다.

큰 화재와 전투는 리치아의 대부분을 끌어들였지만, 지금 시점에는 경계의 타렌의 죽음과 신공국의 붕괴까지는 백성 모두에게 전해지지 않았다.

그런데도 적잖은 백성이 이른 아침의 마차로 마왕 자칭자의 나라를 떠날 것을 택했다. 집이 불타 살 곳을 잃은 자. 혹은 불안과 공포의 기색에서 벗어나려는 자.

"―――에레아. 있어?"

사람이 가득 찬 마차의 한구석에서 키아가 조용히 중얼거렸다. 눈부신 금발이 잿빛 인파에 흐려져 보였다.

"여기 있어요. 왜 그러죠? 키아."

"있잖아. 만약…… 황도에서 공부가 끝나고 이타에 돌아갈 때는…… 다시."

"……"

"……아니. 아무것도 아니야."

양 무릎을 안은 키아는 천막 틈으로 보이는 신공국을 바라보았다.

번영의 자취가 남은 잔해와 연기가 희미하게 보였다. 그녀가 처음 본 미니어 도시의 마지막이었다.

"사실은―――사실은 더 구할 수 있었어."

절대 강자인 키아도, 그 밤의 싸움 속에서 알게 된 건 주위에 앉은 백성들과 마찬가지였다.

엘프인 그녀는 황도와 신공국의 대립을 알 턱이 없었다. 그래서 키아가 싸움을 막을 방법은 없었다. 잃은 목숨을 되살리는 일은 그녀의 전능으로조차 불가능했다.

"나는 무적이고 뭐든 할 수 있는데. ……그런, 화재나 싸움이나…… 사람이 죽거나 다치거나…… 아무리 슬프고 싫은 것이 상대라도 반드시, 반드시 이길 텐데———."

"……절대 키아의 탓이 아니에요."

"알아!"

분명——— 분한 마음을 품고 있을 것이다. 그 전능이 작은 세계의 모든 것에 굴했고, 좌절을 모르던 고향에서는 조금도 맛볼 필요 없던 마음을.

'나도 알아. 그녀의 손이 미치지 않는 일도 있어.'

———그리고 붉은 지전의 에레아는 누구보다도 키아를 이해한다.

『세계사』는 결코 완전무결한 무적이 아니야.'

'세계사'. 단 한 마디로 적을 격파하고 승리라는 결과를 얻어내는, 이견이 없는 궁극의 존재. 마음이 없이 힘을 행사하는 병기는 아니다.

시합에 가져가기도 전에 키아가 **지는** 일이 있어서는 안 된다. 다른 누군가의 진영에 무구한 소녀의 정체를 들키는 일이 있어서는 안 된다.

싸우면 무적인 존재이기에 싸움 밖에서는 누군가가 계속해서 보호할 필요가 있다.

모략과 배신의 세계를 살아온 붉은 지전의 에레아라면 그것을 누구보다도 잘 할 수 있다.

'나와 키아라면 이길 수 있어. 어떤 곤란이 닥쳐도, 아무리 손을 더럽힌대도, 반드시…… 나는『세계사』를 계속 승리로 이끌 수 있어.'

이것은 모든 것이 보답 받을 때까지의 싸움이다. 탄생도, 모략도, 배신도, 모든 것이.

작은 소녀는 문득 불안하게 중얼거렸다.

"저기, 에레아. 라나에게…… 화나지 않았지?"

"마지막에 그렇게 헤어졌으니까……. 라나는 그런 짓을 하려 했지만, 괴로운 마음이나 슬픈 마음으로 가득하면 누구나…… 나도 어쩌면 좋을지 몰랐을 거야. 그러니까 만약 그래서 라나와 싸웠다면……."

맑고 푸른 눈이 에레아를 바라보았다. 전능하고 무적인 '세계사'에 대해 그 소문을 아는 자들이 많은 인물상을 상상했다.

하지만 에레아가 만난 그녀는 그런 상상 속의 어떤 인물상보다도 훨씬 순수하고 섬세하며 지극히 평범한 소녀에 지나지 않았다.

"리치아의 화재를 막지 못한 것은 **내 탓**이니 가는 길에 다시 리치아로 돌아가서…… 화해했으면 좋겠다고……."

"그건……."

불가능한 일이다. 밤은 밝았고 독은 진즉에 그녀의 몸에 퍼졌을 것이다.

"……네, 선생님도 그러고 싶네요."

"그럼 약속했다?"

리치아의 거리가 멀어져갔다. 다음에 찾아올 무렵엔 이 영토는 신공국이 아닐 것이다. 첨탑 위를 나는 와이번의 모습을 볼 일도 두 번 다시 없으리라.

"……나도 선생님과 한 약속을 이번에야말로 지킬게. 힘은 쓰지 않아. 하지만 괴로운 일을…… 못 본 척하거나 망치고 싶지 않아."

──당신의 힘은 사람을 행복하게 하기 위한 재능이니까요.

"올바르게 쓰는 법을 선생님이 가르쳐줄게요."

"……응."

에레아는 키아가 내민 작은 손가락을 살며시 잡았다. 에레아가 오래전에 잊었던 신뢰를 키아는 손가락을 잡은 힘으로 전해주었다.

"계속 함께 가요. 키아."

두 사람의 여행은 계속된다.

지독하게 위험하지만 확실한 인연과 함께.

◆

"안녕하신가? 묘지기 씨."

동란 다음 날. 신공국의 교회 뒤에서 열심히 일하는 남자에게 말을 건 이가 있었다.

검은 제복과 천사의 그림을 그린 큰 방패는 성기사의 복장이었다. 하지만 패기 없는 표정과 몸에 두른 분위기는 몹시 불길해 보였다.

"남자 손이 필요한가?"

"그래. 고맙지. 이놈들을 좀 봐줘."

묘지 끝에 늘어선 관은 양이 엄청났고, 2단 넘게 포개져 쌓인 것마저 있었다.

"어제 대화재와 와이번의 폭주가 일어났어. 특히 병사들이 많이 죽었지. 가엾어라. 봐, 이 형씨는 이틀 전에 결혼식을 올렸어. 이 교회에서 말이야."

"……."

지나가는 재앙의 쿠제는 시체를 향해 묵도를 올렸다.

경계의 타렌을 죽이고 전쟁의 발발을 막았다.

암살자로서 그의 공적은 걸쇠의 히도우에게도 높게 평가받았고, 보수와 용사를 결정하는 상람 시합에 출장하도록 확약을 받았다. 이 전쟁이 세계에 퍼지기 전에 이례적이리만큼 조기 종결할 수 있었던 것은 쿠제와 나스티크가 아주 신속하게 리치아군의 수뇌부를 전멸시켰기 때문이다.

———하지만 그 잠입 과정에 얼마나 많은 적의를 받고 얼마나 많은 사람의 목숨을 빼앗았을까? 쿠제가 살해되기도 전에 살의를 보인 자를 죽인다. 나스티크의 칼날은 자동적이고 무자비하다.

"그쪽은…… 메이지시의 병사 같은데."

"그래. 죽으면 리치아고 메이지고 없지. 와이번도 어제까지는 이 나라를 지켜준 병사였어. 광장에서 불탈 게 아니라 더 멀쩡한 묘를 만들어주고 싶은데."

"후헤헤. 나도 그렇게 생각해. ……죽어도 되는 놈은 사실 없었어."

"맞아."

새로운 묘에 관을 내리며 남자는 혼잣말을 했다.

"———사신님은 이런 때 아무 도움도 안 주네."

"……."

『진짜 마왕』의 시대. 그 시대에 펼쳐진 비극을 앞에 두고 모두가 그렇게 생각했다. '교단'의 사람들조차 그랬다. 리치아 동란보다도 훨씬 심각하고 대규모인 참극이 매년, 매월, 매일같이일어났다.

비극을 앞에 두고 무력할 수밖에 없던 자들은 그 책임을 떠넘길 무언가를 바라지 않을 수 없었다. 그런 자들을 구하기 위해서만 존재한 '교단'의 가르침조차 『진짜 마왕』이 탄생한 비극의무게를 이길 수 없었다.

사신은 아무것도 구해주지 않는다.

'그 말이 맞았어.'

'교단'은 사람의 손을 떠난 커다란 무언가가 사람을 구한다고가르쳐준 적은 없다. 그들의 가르침은 본래 백성이 그렇게 바랄법한 전능한 구제를 설명하는 것이 아니었다.

사람의 마음에는 다른 무언가를 구하고픈 양심이 있고 그 선한 마음이야말로 사신이 사람을 구하기 위해 준 축복이라고.

'그래서 나는 최소한 내 의지로 구해야만 해…….'

뒤에 우뚝 솟은 교회의 지붕 위를 보았다. 그곳에는 쿠제에게만 보이는 순백의 소녀가 앉아 마음도 감정도 없는 눈으로 아무말 없이 사자들을 내려다보고 있었다.

'……내가 할 수 있는 최대한을.'

조용히 노래하는 나스티크. 그 천사의 모습은 어린 시절부터 보였지만, 그 마음을 가늠할 수는 없었다. 무슨 생각을 하고, 왜 쿠제 같은 남자를 계속 구하는지, 천사가 말한 적은 한 번도 없었다.

어렸을 때는 그녀가 부르는 조용한 노래가 들렸지만, 지금은 그녀가 노래를 흥얼거리는 일은 없었다.

……그런데도 이따금 그녀가 무언가를 말한다고 생각하고 싶을 때가 있다.

말이 들린다. ───『구원받고 싶어?』

"어떻게 하면…… 모두가 구원받을 수 있지?"

묫자리에 관을 넣으며 말한다. 거의 혼잣말 같은 중얼거림이었다.

늘 생각한다. 쿠제를 지키는 힘은 무적이어도 그것은 무언가를 죽이는 이외의 일을 할 수 없다.

오직 죽이기 위한 힘으로 정말 사람을 구할 수 있을까?

시대에 암흑을 초래한 『진짜 마왕』이 아직 살아 있던 무렵이었다면 그것을 죽이는 일이 모든 사람을 구하는 길이었을지도 모른다.

하지만 『진짜 마왕』은 죽고 아직 세계에 평화는 찾아오지 않았다. 타렌을 죽임으로써 그 앞에 이어질 수많은 목숨을 구할 수 있대도 누군가를 죽임으로써 손에 들어오는 평화의 시대는 사실 어디에도 없을지 모른다.

"나도 오랫동안 묘지기로 있다 보니 가끔 형씨 같은 생각을 할 때가 있어. 하지만…… 결국 사람은 사람이 구할 수 있는 것 정도밖에 못 구할 거야."

"후헤헤. ……그러게. 정말 맞는 말이야———."

『진짜 마왕』의 타도. 그것은 틀림없이 사람이 사람의 영역을 넘어선 위업이었을 터였다. 25년 동안 끊임없이 이어진 공포의 시대를 떨쳐낸 얼굴도 내력도 모르는 누군가가 이 세계에 실존한다는.

진짜 용사라면 쿠제처럼 새로운 피나 비극을 낳지 않고 모든 것을 구했을까?

멸망해가는 '교단'을 올바른 형태로 이끌 수 있었을까?

'나는 그 녀석에게 답을 듣고 싶어.'

용사를 찾아낼 필요가 있다.

지나가는 재앙의 쿠제는 용사가 아니라 **용사에게 도전하는 자**니까.

◆

머나먼 갈고리발톱의 유노가 소지로와 동행한 기간은 길지 않지만, 그에 대해 안 것도 있다.

그는 차를 좋아하지 않는다. 마을에서 마을로 가는 여로도 마차가 아니라 두 다리를 택하고, 따라서 유노도 그에게 맞추어 이렇게 도보로 이동한다.

"소지로. 이제 와서 하는 말이기는 하지만."

리치아에서 뻗은 가도를 걸으며 유노는 돌아보았다.

"……그때 나를 고르길 잘했어? 작전은 성공했다지만…… 그, 혹시 소지로의 상람 시합 이야기는 없던 일이 될지도 모르는데……."

소지로가 히도우에게 받은 명령은 경계의 타렌을 암살하는 일이 아닐 터였다. 임무 후 보고에서는 그런 점을 추궁받지는 않았고, 그것을 이유로 상람 시합의 후보 선고에서 소지로가 불이익을 받을 것은 충분히 생각할 수 있었다.

"정말 뒷북이네."

"그렇지? ……정말 뒷북이야."

애초에 그런 걱정을 한 것 자체가 모순이다.

버드나무 검의 소지로는 나간이 멸망하는 자리에 있던 원수 중 한 사람인데.

"괜찮아. 나는 다카이와 싸워서 즐거웠어. 나는 내가 선택한 일만 하고 후회도 하지 않아. 옆에서 유노가 상관할 일이 아니지."

"……그거, 똑같은 소리를…… 까치 다카이도 했지? 다른 사람이 어떻게 생각하는지는 상관없다고."

자유란 자신의 의지에 다른 누군가에 대한 마음을 개입시키지 않는 것. 그렇다면 다른 누군가와 서로 도와야만 살아갈 수 있는 약자는…… 뤼셀스나 나간에 대한 과거의 마음에 얽매인 유노는 영원히 자유로워질 수 없는 건가?

"───역시 용서할 수 없어."

"그래? 용서할 수 없구나?"

소지로는 뱀 같은 눈을 도도록 움직일 뿐이었다. 그가 짊어진 것은 특별할 것 없는 연습 검이었다. 나간이 멸망한 그 불꽃의 날에는 절대적인 힘의 '손님'에게 항변하는 일은 무서워서 도저히 할 수 없었다.

하지만 말해야 한다고 생각했다. 유노가 정말로 그날의 복수를 이루기 위해서는 이 이해할 수 없는 '손님'을 언젠가 이해해야 한다.

"우리의 세계를 바꿀 만한 놈들이 우리를 **보지도 않는** 게 싫어. ……우리가, 우리가 산 인생이 있든 없든 상관없는, 가치 없는 무언가로 취급되는 게…… 싫어. 왜냐하면, 소지로는."

유노는 알고 있었다. 소지로가 믿는 가치관은 단 하나고 아주 명료하다.

"자신과 살육을 벌이는 상대밖에 관심 없잖아?"

"……."

그가 인정하는 것은 평범한 사람을 훨씬 뛰어넘어 자기 자신과 대등한 강자뿐이다. 따라서 분명 그런 자와만 인연을 맺을 수도 없을 것이다.

버드나무 검의 소지로는 이 세상에서 인정할 수 있는 소수의 누군가와 만나기 위해 그자를 죽여야만 한다. 그는 영원히 아무것도 짊어지지 않는 방랑자다.

"그러면 안 돼?"

"안 된다거나…… 틀리다는 게 아니라…… 그러니까 용서할 수 없어."

다카이나 소지로 같은 자유는, 어쩌면 굉장한 것일지도 모른다. 그것을 인정하고 싶지 않은 것은 세계의 법칙에 반하지 못한 채 책임과 유대의 무게를 안으며 살아갈 수밖에 없는 평범한 사람의 질투심일지도 모른다.

"왜냐하면, 세계를 생각하지 않을 수 없으니까."

다카이와 대결하고 그것을 알았다. 유노가 바라는 복수는 결코 일방통행이어서는 안 된다. 상대에게 앙갚음하듯 그자가 직접 짓밟은 것의 가치를 깨닫고 후회하지 않으면 의미가 없다.

유노가 줄곧 품고 살 수밖에 없는, 사라질 일 없는 증오가——단순한 독선도, 오답도 아니라는 것을 다른 사람이 아닌 복수해야만 할 상대에게 인정받고 싶다.

"그럴지도 모르지."

높이 뜬 태양을 올려다보며 소지로는 멍하니 중얼거렸다.

"하지만 나는 몰라. 이전의 세계에서도 쫓겨났지. 이곳에는 막 온 참이라 아무것도 몰라. 아는 거라고는 검을 휘두르는 것과 어떻게 하면 죽일 수 있느냐 뿐이야……."

"맨 처음에 만났을 때 말했지?"

유노는 소지로의 앞에 서서 걸었다. 그가 도보를 선택한다면 그녀는 망설이지 않고 그랬다.

진정한 복수를 하려면 그래야 한다고 생각했다.

"——내가 안내할게. 이 세계도. ……황도의 상람 시합도. 그러니까 소지로도 가르쳐줘."

"뭘?"

"뭐냐니, 그게, 그러니까."

유노는 문득 생각했다. 소지로가 이 세계를 아는 것과 마찬가지로 소지로에 대해 아직 모르는 것을 알아가고 싶다.

"당신이 온…… '저편'에 대해서라거나."

◆

전란의 밤이 밝고 걸쇠의 히도우는 리치아 신공국의 전후 처리의 최전선에 서 있었다. 신공국이라는 통칭조차 앞으로는 쓰일 일이 없을 것이다———. 마왕 자칭자 타렌을 잃고 이곳 리치아는 국가로서는 멸망했다.

그리고 황도의 젊은 관료는 시가지의 건물 잔해 한가운데에서 찾던 상대를 발견했다. 탑승자의 목 없는 시체를 드러내고 정지한 칠흑 같은 타란튤라를.

"……죽었나?"

히도우는 거대한 사체 옆에서 허리를 숙였다.

"이렇게 봐도 믿을 수가 없네. 죽으면 아무리 나라도 소원은 이뤄줄 수 없어."

시가지를 파괴하고 적의 주력인 와이번병을 격멸한 무적의 기동병기. 히도우가 남회능력 니히로에게 요구한 역할은 소지로나 쿠제가 암살 임무를 수행하는 동안 리치아의 강자에게 지속적으로 주의를 끄는 거대한 미끼였다.

"미안해. 니히로."

니히로의 폭주에 몇몇 리치아 백성이 끌려드는 걸 피할 수 없었대도, 인간의 편을 들고 싶다는 소녀의 소망이 진실이었단 걸 안대도 황도 29관은——— 인간의 정치의 정점에 선 자는 늘 천칭의 양쪽 무게를 견주어볼 필요가 있다.

'차가운 별'이 해방되고 전쟁 개시를 피할 수 없게 된 단계에 그녀를 놓아주고 리치아 신공국의 전력 모두를 처분하는 것이 가장 피해를 내지 않고 끝내는 최선이라고 히도우는 판단했다.

"다시 한번 인족의 동료로———."

재차 일어서서 시가지의 외곽으로 홀로 나아갔다.

가옥을 잃은, 혹은 가족인 병사를 잃은 자들의 한탄이 보였다.

그런 작전을 명령한 책임자가 걸쇠의 히도우였대도 죄책감에 괴로울 틈은 주어지지 않았다. 과거를 캐묻는 것이 아니라 리치아가 앞으로 다다라야 할 미래를 더욱 개선하는 것이 그의 책무다.

……인간이 비극에 괴로워하는 것은 비극에 맞설 힘을 갖지 못했기 때문이다. 니히로는 그 힘을 제 의지로 버리려 했다. 스스로 짓밟아온 인족과 비슷해지고 싶었다.

"인족. 그렇게 좋은 것도 아닌데."

교회로 나아가자 이윽고 발밑의 돌판은 드문드문해졌고 짧은 초원이 그 밑에서 모습을 드러냈다.

히도우는 한 손을 호주머니에 넣었다. 되도록 다른 백성이나 병사에게 들키지 않는…… 그리고 하늘에서는 보이는 탁 트인 지점으로 향할 필요가 있었다.

"역시 아직 있었군."

발을 멈추었다. 등 뒤에 내려선 존재의 이름은 돌아보지 않아도 알 수 있었다.

"……황도의 장군이지?"

세 개의 팔을 가진 와이번은 역시 음울한 목소리를 냈다.

"……하르겐트와 마찬가지로 대단한 놈이야."

"나는 장군이 아니라 문관이야. 이걸 원해서 왔잖아? '질주하는 별'."

　히도우가 호주머니 속에서 꺼낸 것은 수정 렌즈가 박힌 용도 불명의 기계였다. 신공국이 자랑하는 최대의 마구이자 결전 병기―――'차가운 별'.

　"그 소란 뒤에도 살아 있다면 이걸 노릴 줄 알았어. 나를 죽이고 빼앗는 것도 좋지만, 거래할 생각은 없나?"

　"……딱히 필요 없어. 내 목적은 '차가운 별'이 아니야."

　"그럼 왜 나를 쫓아왔지? 처음부터 죽일 생각이라면 일부러 내려오지 않아도 하늘에서 머리를 쏘기만 하면 되잖아?"

　"……나는 알고 있어. 황도에서…… 큰 상람 시합이 열리지……? 용사를……."

　모험가는 담담히 고했다.

　"'진짜 용사'를 정하는 시합이야."

　"그래."

　『진짜 마왕』이 멸한 이 시대에 영웅의 상징이 되어야 할 용사를 정해야 한다. 세계에서 유일하게 권위 있는 마왕 자칭자를 토벌한 것도, 그 싸움 속에서 소지로나 쿠제처럼 규격을 벗어난 강자를 선별한 것도 모두 그 하나의 목적을 위해서였다.

　"……내가 나갈게. 나는 하르겐트와 싸우겠어."

　"……훗. 깜짝 놀랐어. 나도 마침 그 이야기를 하려고 했는데."

　자신과 마찬가지로 '손님'을 제거하고 세계 수준을 벗어난 실력을 보인 소지로. 엄중한 중앙 요새에 잠입하여 표적인 타렌을 처리한 쿠제. 그들은 전장의 상식을 크게 뒤집은 초월자다.

　하지만 거기서 가장 두려워해야 할 존재는 단 한 마리로 병력 전체를 상대로 싸운 것도 모자라 그 싸움 속에서 **실력의 바닥을 보이지조차 않은** 이 와이번 모험자라는 걸 히도우는 알고 있었다.

"그렇게 요란하게 날뛴 건 와이번병 무리 속에서 너를 판별할 수 있는 놈은 없다는 걸 알고 있었기 때문이지? 거기까지 계산하고, 더구나 비장의 수단을 숨긴 채 황도 29관이 너를 옹립할 수 있도록 한——— 지혜로운 와이번이야. 괜히 최강의 모험가라는 게 아니로군."

"……대답은?"

히도우의 입가가 웃었다.

"내가 너를 옹립하지."

단 한 명의 '용사'를 결정하는 지평 궁극의 시합——— 독자들은 이미 알고 계실 것이다.

"첫 번째 후보자는 너야."

이것은 첫 번째 인물의 이야기다.

1년 전.

왕궁에서 약간 동쪽. 임시 정부 기관으로서 설치된 중추의사당은 황도의 다른 건조물과 비교해도 눈에 띄고 새것처럼 보였다. 과거에는 지평을 세 개의 왕국으로 나누고 싸웠던 자들이 지금은 이 한 곳에서 함께 정사를 논의한다.

말할 것까지도 없이 그것은 쉬운 길이 아니었다. 백성이 국가의 형태를 버리고 병합의 길을 어렵사리 받아들일 수 있던 것은 그곳에 『진짜 마왕』이라는 위협이 존재했기 때문이었다.

공포와 광기의 침식을 받은 도시는 차례로 포기되었고, 현재 인족의 생존권은 과거 시대의 10분의 1도 되지 않는다고 한다.

하지만 그렇기에 황도는 전에 없을 정도로 번성했다.

다른 문화권이 뒤섞였고, 남은 소수의 도시에 수많은 인구가 집약되었다.

암흑의 시대는 새로운 통일국가를 향한 새싹을 남긴 것이다.

———그렇기에 지금 만사를 제쳐놓고 용사를 찾아낼 필요가 있다.

남은 유예 시간은 너무나도 짧다. 조사 부대의 보고를 받으며 황도 제3경 빠른 먹의 제르키가 그렇게 생각했다.

"……보고는 이상입니다. 확실하다고 단언할 수 있는 자는 없습니다. 이번에도 나선 자는 이름을 팔 목적인 자칭자인 것 같습니다."

"알았어. 물러가. ……마왕 자칭자 시대의 다음은 용사 자칭자인가?"

"……계속 조사하겠습니다."

험악하게 찌푸린 미간에 안경을 고쳐 쓴 제르키는 의사당 복도를 홀로 걸었다.

그는 타고난 문관이며 황도 29관 중에서 보유한 병력의 규모는 밑에서 세는 게 빠르다. 하지만 따르는 첩보부대는 29관 제일의 숙련도를 갖추었다.

그것이 약 9개월을 움직이며 아직 용사의 이름을 특정조차 하지 못했다. 애초에 타당한 결론은 알고 있다. 모두가 당연한 귀결로 그 답에 이를 것이다.

하지만 그것은 앞으로의 세계에 있어서는 안 될 가능성이다.

'———어쩌면 용사는 남몰래 죽은 게 아닐까?'

발광. 혹은 자해. 『진짜 마왕』의 힘을 생각하면 가령 쓰러뜨릴 수 있었대도 그런 결말에 이르렀을 가능성은 지극히 크다.

하지만.

"여전히 화난 표정이네. 괜찮아?"

문 앞을 지나자 굵은 목소리가 들렸다. 제르키는 언짢은 표정을 지은 채 그쪽을 보며 생각을 고치고 미간에 손가락을 댔다.

"……유카 군. 그 안건 때문이야. 얼굴이야 늘 그렇잖아……?"

"그 말은 여느 때처럼 용사를 못 찾았다는 뜻이네? 상담해줄게."

동글동글 살찐 붉은 경갑주 차림의 거한이었다. 제14장군 광훈뢰(光暈牢)의 유카.

제르키와는 맡은 분야도 과거의 소속 국가도 다르지만, 권모

술수가 판치는 29관에서는 소수의 신뢰할 수 있는 남자라고 인식하고 있었다.

"네게 어울리는 종류의 문제는 아니야. 인간에게는 적성이 있어. 네 일은…… 아니. 또 반란분자 진압이었나? 그래서 갑주 차림인 거야?"

"응. 실은 그래. 둘을 베어 죽였어. 기분 더럽다니까. 마왕군과 싸움이 끝났는데 이번에는 같은 인족인걸."

"……. 마왕군도 같은 인족이었어."

"아…… 뭐, 그렇지. 말이 그렇다고. 응. 마음은 알지?"

실제로 숙청이나 진압 등의 지저분한 일을 솔선하여 떠맡는 유카의 움직임은 제르키의 마음고생을 조금 덜어주기는 한다. 적어도 이 마당에 다른 종족을 토벌하는 데 힘을 쏟는 제6장군 하르겐트 따위보다도 훨씬 높게 평가되어야 한다.

이것은 일의 적성 문제다. 진짜 용사를 찾을 때까지——— 그런 풍조가 커지지 않도록 누군가가 시간을 벌 필요가 있다.

"유카. 그 용사 일 말인데…… 잠깐."

제르키는 이야기를 이어가려다 복도 너머에서 나타난 자에게 주의를 기울였다.

"제3경?"

새로 나타난 그림자는 여성이었다. 영리한 미모는 평범한 사람에게 호감을 일으키기 충분했다.

"……아직 용사 일에 마음 쓰고 계시는군요."

하지만 제르키의 미간의 주름은 더욱 깊어졌다. 그녀의 이름은 붉은 지전의 에레아라고 한다.

제3경 제르키는 같은 문관으로서 이 제17경 에레아를 진심으로 혐오한다.

"그대와는 관계없는 얘기야. 그대의 병사가 지난번에 리치아 병사를 고문했다는 소문을 들었어. 그런 여자가———."

제르키의 날카로운 시선이 에레아의 등 뒤로 향했다.

햇빛에 짙게 잠긴 그림자 속에 크고 붉은 눈동자가 있었다.

"여왕 폐하를 꾀어내어 앞으로 무엇을 꼬드기려는 거지?"

"……. 외람된 말씀을 하시는군요. 아까 여왕님께서 친히 함께 산책하자고 지명해 주셨습니다."

"그렇군. 여왕 폐하를 꾀어낸다는 부분은 취소하지."

"……."

"폐하의 앞이니 싸우면 안 돼. 안 그래? 폐하."

유카는 여느 때처럼 부담 없이 시선을 맞추고 웃었다.

낮은 위치에 있는 눈동자가 깜빡이며 딱 한 마디 했다.

"그러게."

마지막 왕족이었다.

길고 매끄러운 은발과 인형처럼 단정한 얼굴은 왕족 대대로 이어진 우수한 혈통을 나타내는 듯한——— 그야말로 한 떨기 꽃처럼 가련했다.

정통 북방 왕국. 한 나라의 왕족은 최초 6년 동안 『진짜 마왕』의 침공을 틀어막았지만, 왕국에 만연한 공포와 희생 속에서 혁명이라 칭하는 백성의 광란으로 모조리 처형되었다.

중앙 왕국. 한 나라의 왕족은 아들들을 죽음으로 몬 것과 마찬가지인 병에 걸리면서도 백성의 통제에 몸을 바쳤고, 지금의 황도의 기반도, 싸움의 끝을 보지도 못하고 쓰러졌다.

서연합 왕족. 한 나라의 왕족은 『진짜 마왕』과 화해할 가능성을 찾았지만, 그 때문에 왕도에 침략을 받아 백성들과 함께 학살되었다.

서연합 왕국 학살의 소용돌이 속에서 홀로 남은 여성. 이 세상에 남은 마지막 왕족의 이름이 여왕 세피트다. 나이는 겨우 열 살. 이 나이에 행동거지에는 늘 어두운 죽음의 그림자가 드리운다.

여왕은 담담히 물었다.

"제르키. 용사님은 어딘가에 있겠지?"

"……있기를 바랍니다."

"그렇다면 왜 나타나지 않지?"

"……. 아직 수색이 미치지 않은 지역이 있습니다. 어쩌면 미니어라고 단정할 수도 없겠습니다. 전 세계를 수색하겠습니다."

그녀와 이야기할 때는 제르키도 무릎을 꿇고 시선을 맞추며 대답한다. 설령 정치 실세가 황도 29관의 의회제에 이행되었대도——— 3왕국이 병합한 이곳 황도는 지금 왕국이며 사신에게 선택받은 '올바른 왕'의 혈통을 웃도는 권위는 존재하지 않는다.

"에레아는 어떻게 생각해?"

"……용사가 없어도 저희에게는 세피트 폐하께서 계십니다. 지금은 아직 정무에 관계하지 않으시지만…… 여왕 폐하께서는 언젠가 반드시 백성을 통치하실 그릇이라고 이 붉은 지전의 에레아가 보증합니다."

───그래서는 안 된다.

확실히 세피트의 명석함은 드물게 제르키도 놀라게 한 적이 있다.

용모나 행동을 봐도 백성을 이끌 왕의 그릇이 준비되어 있다는 것은 확실하리라.

하지만 어린 그녀에게 언젠가 실권이 주어진다면 그것은 반드시 꼭두각시 정권이 될 것이다. 제르키는 그녀의 옆에 선 에레아를 보았다. 전 제17경 살해 용의마저 있는 천한 혈통의 여자를.

세피트가 입을 열었다.

"유카. 당신의 의견도 듣고 싶어."

"음. 나는 잘 모르겠어. 하지만 용사가 나와서 곤란할 일은 없을 것 같아."

유카는 목 뒤를 긁적이며 태연히 말했다. 살짝 엿보인 소매에 베어 쓰러뜨린 백성의 피가 물들어 있는 것이 제르키의 눈높이에서는 보였다.

"용사가 만약 어딘가에 있다면 우리 모두를 구해준 은인인걸."

여왕은 눈을 빤히 뜬 채 고개를 약간 갸웃거렸다.

"그럼 찾자. 명예와 보상을 주면 되잖아?"

"……그건 현시점에도 충분히 제시하고 있습니다. 그런데도 진짜가 나타나지 않아요."

"진짜가 필요해?"

"……윽…… 그…… 말씀은?"

"진짜가 아니면 안 돼?"

"……."

……그래야 할 터였다.

가짜 용사를 세우면, 예컨대 제2장군─── 절대적인 로스클레이에게 그렇게 시키기만 해도 백성은 납득할지도 모른다.

하지만 그 뒤에 진짜를 발견한다면? 그 증거가 나오면 그 반동의 불신이 어디에서 어떤 형태로 폭발할지 제르키는 도저히 산출할 수 없었다.

"용사님을 정한다고 공고를 내도 나오지 않는 분이라면……분명 정한 뒤에도 나오지 않을 거야."

어린 여왕의 말을 들은 에레아가 작게 중얼거렸다.

"우리가 용사를 찾는다는 걸 백성에게도 널리 알린다……."

지금까지처럼 간첩대를 이용하여 찾게 하는 것이 아니라 더 큰 포고를 할 수 있다면. 백성의 관심을 일거에 모을 거대한 계획을 일으킬 수 있다면. 그 뒤에 다른 누군가가 '진짜'를 주장해도 무의미할 정도로 결정적인 주지다.

"하하하하. 그럼 차라리 제르키 밑으로 용사 자칭자를 모아서 왕성 시합이라도 해볼까? 용사라면 가장 강할 테니까."

"……유카."

"그래, 난폭한 소리였어. 미안, 미안."

"……. 아니. 신경 쓰지 않아. 나야말로 미안해."

제르키는 다시 한번 가련한 세피트를 보았다.

그 붉은 홍채를 엿보자 소용돌이치는 듯한 심연에 빠질 것 같았다. 낙성을 그 눈으로 보며 홀로 살아남은 왕의 눈동자 속에는 지금도 멸망의 불꽃의 잔재가 있었다.

"제르키?"

"……아닙니다. 잠시 생각할 게 있어서요. 여왕 폐하. 물러가 겠습니다."

"그래. 잘 지내, 제르키."

방금 그의 뇌리에 떠오른 공상은 아무에게도…… 여왕에게조 차 밝힐 수 없었다.

빠른 먹의 제르키는 늘 생각한다. 남은 유예의 시간은 너무나 도 짧다.

미래의 시대를 위해서는 용사가 필요하다. 『진짜 마왕』의 시대 를 끝낸 왕족과도 견줄 권위의 상징이.

그 용사의 권위로 여왕 세피트를 폐위한다.

이제부터 시작될 새로운 시대에 지금까지와 같은 왕정은 지속 불가능하다. 사신에게 선택받은 '올바른 왕'의 혈통은 이제 세피 트 말고는 존재하지 않는다. 하지만 용사라는 다른 우상이 나타 나지 않는 한 언젠가 백성은 반드시 왕의 통치를 바랄 것이다. 그리하여 찾아오는 것은 음모와 대립으로 가득 찬 꼭두각시 정 권이다.

어린 왕은 병합한 이 왕국을 통치하지 못하고 마왕의 위협 앞 에서 일단 모인 백성이 재차 분열되어 싸우기 시작할 것이다. 의회에서 배반한 제23장군——— 경계의 타렌도 그 점에서는 정확한 견해를 가졌다고 판단한다.

'……누군가가. 누군가가 이 사업을 해내야 해.'

지금의 29 관료에 의해 운영되는 의회 정치를 백성에게 선택 받은 정치가에게 운영시킨다. 3왕국에서 모인 전시체제인 황도

29관은 그 자신도 포함하여 폐지한다.

그리고 일부의 마왕 자칭자가 행했듯 공화제 국가로 전환시킨다. 그것이 가능한 시대가 있다면 지금밖에 없다.

인간이 너무 많이 죽었다. 평화를 너무 많이 잃었다.

두 번 다시 전란과 혼돈의 시대로 세계를 역행시킬 수는 없다.

'누군가가 해야만 해. 이 일을 알아챈 누군가가.'

용사 자칭자. 그들이 용사를 자칭할 만큼 자신의 힘에 자부심을 갖는다면——— 그들은 언젠가 통일국가에 원수진 마왕 자칭자로 변할 것이다. 힘을 가진 자가 각각 '마(魔)의 왕'을 자칭한 과거의 시대가 그랬다.

『진짜 마왕』이라는 공통의 적이 존재하는 한 그들은 국가의 위협이 되지 않았다. 하지만 지난 25년 동안은 마왕을 쓰러뜨려야 할 영웅을 너무 많이 만들었다.

용사는 한 명이면 된다.

새로운 시대를 시작하려면 그들을 모두 일소해야 한다.

그럴 구실은 있다.

'그게 가능한 건.'

제르키는 미간에 안경을 고쳐 쓰고 의사당 복도를 홀로 걸었다.

지금은 무엇을 해야 할지 알고 있다.

'———나쁜이야. 지금 그 방법이 필요해.'

그리하여 만들어진 평화로운 시대에 제르키가 앉아야 할 자리는 남아 있지 않을 것이다.

누구보다도 그 자신이 잘 알고 있었다.

───그리고 1년.

지평의 모든 것을 공포로 떨게 한 세계의 적『진짜 마왕』을 누군가가 쓰러뜨렸다.

그 한 명의 용사는 아직 그 이름도 실체도 알려지지 않았다.

공포의 시대가 종식된 지금, 그 한 명을 결정할 필요가 있었다.

───지금, 수라의 이름은 네 명.

버드나무 검의 소지로.

질주하는 별의 아르스.

세계사의 키아.

조용히 노래하는 나스티크.

작가 후기

늘 신세가 많습니다. 케이소입니다. 하지만 서점에서 이 작가 후기를 가장 먼저 읽으시는 단계에는 아직 이 이수라라는 책을 구매하지 않은 분도 계실지 모르겠네요. 그런 분께는 앞으로 신세를 지겠다고 인사드려야 하겠지요.

따라서 여기서는 후기를 읽으시는 것만으로 구매 욕구가 팍팍 솟구치는, 나아가 가족과 친구에게 이건 훌륭한 책이라고 권유하고 싶어질 법한, 전 세계에 널리 도움이 되는 정보를 적어야 합니다.

맛있는 까르보나라를 만드는 법에 대해서 말이죠.

여러분께서는 까르보나라에 어떤 이미지를 갖고 계시나요? 여하튼 분말 치즈를 듬뿍 사용하는 요리고, 불 조절이니 뭐니 몹시 어려우며, 냉장고에 남은 생크림을 어떻게 처리할까, 오래 보관할 수도 없고, 커피에 넣으면 될까…… 하고 고민하게 하는 성가신 요리라는 이미지를 가진 분도 많으실 줄로 압니다. 또한 본고장 이탈리아에서는 애초에 까르보나라에 생크림을 사용하지 않는다는 토막 지식도 분명 아실 겁니다.

제가 항상 만드는 까르보나라는 그런 레시피보다도 훨씬 저렴하게 만들 수 있습니다. 우선 치즈는 본고장인 이탈리아인이라도 까르보나라를 만들 때는 반드시 사용하는 것이므로 준비해 두면 좋겠지요. 단, 슈퍼 등에서 살 수 있는 원통형 용기에 든 것이 아니라 인터넷 사이트에서 살 수 있는 500g~1kg 정도의 덩어리로 파는 파르미지아노 레지아노를 추천합니다. 1kg에

4,000엔 정도로 가격이 꽤 되지만, 시판 분말 치즈는 80g에 400엔, 즉 1kg당 5,000엔인 상품입니다. 본래 치즈는 보존식이므로 적절하게 보존하면 반년은 여유롭게 유지할 수 있습니다. 파르미지아노 레지아노는 까르보나라뿐만 아니라 다양한 요리에 사용할 수 있는 대단히 맛있는 치즈이므로 이게 오히려 이득일 겁니다.

그리고 베이컨은 가까운 슈퍼에서 살 수 있는 덩어리 베이컨이나 두껍게 썬 베이컨이면 충분합니다. 판체타나 구안치알레처럼 어려운 고기를 무리해서 사용할 필요는 없습니다. 비싸고 말이죠. 생크림을 사용하지 않으므로 여기서 300엔 정도를 더 절약하게 됩니다.

달걀은 평범한 달걀입니다.

재료 준비가 다 되었다면 우선 파스타를 삶기 시작합니다. 조금 부드럽게 삶는 게 까르보나라에는 잘 어울릴 겁니다. 옆 화구에서는 프라이팬에 조금 넉넉하게 두른 기름에 네다섯 장 정도의 두껍게 썬 베이컨을 튀기듯 굽습니다.

파스타와 베이컨을 조리하는 동안 파르미지아노 레지아노를 1~2큰술 정도 잘게 다져 파스타를 담을 그릇에 투입합니다. 다음으로 같은 그릇에 달걀을 넣는데요, 노른자 하나와 흰자 반 정도가 딱 좋습니다. 저는 달걀을 깰 때 흰자 절반을 버립니다. 아까우니 독자 여러분께서는 달리 쓸 방법을 생각해보세요. 제게 버려진 흰자들도 분명 화려한 마카롱 같은 게 되고 싶지 않았을까요?

마카롱 생각을 하다 보면 슬슬 베이컨이 바삭바삭하게 노란빛으로 익어갈 무렵일 겁니다. 양면을 모두 바삭하게 구워 파스타가 익기를 기다립니다.

세간에서 까르보나라를 만들 때 가장 중요시하는 불 조절에 대해 말씀드리자면, 사실 이것은 전혀 신경 쓸 필요가 없다는 게 증명되었습니다. 다진 치즈와 달걀이 든 그릇에 1인분의 파스타를 그대로 투입하고 마찬가지로 베이컨을 넣어(여담입니다만, 저는 여기까지 만들어두고 베이컨을 깜빡한 적이 있습니다) 그대로 빙글빙글 잘 섞으면 갓 삶은 파스타의 여열과 물기로 딱 좋은 불과 수분량의 까르보나라가 완성됩니다. 놀랍지요?

이리하여 완성된 까르보나라는 파스타 전체에 달걀의 윤기가 코팅되고, 치즈를 갈지 않고 다져 넣음으로써 녹지 않은 작은 덩어리가 맛에 농후한 악센트를 더하여 생크림을 사용하지 않았는데 크리미한 훌륭한 맛입니다.

그리고 저는 이렇게 만든 까르보나라에 굵게 간 후추를 마구 뿌린 뒤, 무리한 요구에 응하여 종족이 뒤섞인 여러 등장인물의 멋진 일러스트를 완성해주신 쿠레타 님, 작가와 비슷할 정도의 정열로 표현과 구성에 정확한 조언을 해주신 담당자 나가호리 님, 이수라를 응원해주신 독자 여러분께 깊은 감사를 바치며 먹고 싶습니다.

이리하여 까르보나라를 다 먹었는데, 아직 끝이 아닙니다. 방금 먹은 그릇에는 아직 까르보나라의 소스가 조금 남아 있을 겁니다. 여기에 냉장고에 있는 양배추나 피망이나 토마토 등을 적당히 썰어 섞으면 드레싱으로 맛있고, 무엇보다 영양 균형도 잘 잡힌 기분이 드는 후식 샐러드도 즐길 수 있습니다.

하지만 이 레시피의 가장 훌륭한 점을 아직 전해드리지 않았습니다. 그것은 다 먹은 뒤에 씻을 식기나 조리기구가 매우 적다는 것입니다. 소스를 만들고 섞을 때까지 모두 먹을 그릇에서 해결하므로 식기는 이것 하나를 닦기만 하면 문제없습니다. 베이컨을 구운 프라이팬은 이 베이컨에서 나온 기름으로 또 다른 요리에 쓸 수 있습니다. 그 밖에 씻을 기구는 식칼과 도마와 파스타를 삶은 냄비 정도겠지요.

여러분께서 읽으시는 이수라는 이렇게 보급된 에너지로 인해 집필되었습니다. 각각 흉악무도하고 무적인 이능을 가진 최강의 주인공이 몇 명이나 등장하며, 가차 없이 서로를 죽이는 이야기입니다. 다음 권에서는 더 많은 수라가 나와 황도에서 토너먼트전을 펼치게 되는데, 최강 대 최강의, 책모도 이능도 모두 존재하는 살육이라는 점은 변함없습니다. 가격도 1,300엔으로 저렴하니 꼭 다음 권 이후로도 구매해주세요.

여담이지만, 이 작가 후기에 기재한 까르보나라 레시피를 실천하시면 치즈는 1kg당 1,000엔, 생크림은 300엔, 합계 1,300엔을 절약할 수 있습니다. 이 1,300엔으로 뭘 하면 좋을지 서점 등에서 이 작가 후기를 읽고 계시는 현명한 독자 여러분이라면 이미 아실 테지요.

그리하여 여러분께서 이 책을 계산대로 가져가 주신다면 앞으로 신세를 지겠다며 말을 얼버무리지 않고, 마침내 스스럼없이 신세가 많습니다, 라고 할 수 있을 겁니다. 신세가 많습니다.

ISHURA Vol. I SHIN MAO SENSO
ⓒKeiso 2019
First published in Japan in 2019 by KADOKAWA CORPORATION, Tokyo.
Korean translation rights arranged with KADOKAWA CORPORATION, Tokyo.

이수라 1
신마왕 전쟁

2022년 12월 14일 1판 1쇄 발행

저　　　자	케이소
일 러 스 트	크레타
옮 긴 이	조민경
발 행 인	유재옥
본 부 장	조병권
담 당 편 집	정영길
편 집 1 팀	김준규 김혜연 박소연
편 집 2 팀	정영길 조찬희 박치우 정지원
편 집 3 팀	오준영 이해빈
디 자 인	김보라 박민솔
라 이 츠	김정미 맹미영 이승희 이윤서
디 지 털	박상섭 김지연
발 행 처	(주)소미미디어
등　　　록	제2015-000008호
주　　　소	서울시 마포구 토정로 222, 403호(신수동, 한국출판콘텐츠센터)
판　　　매	㈜소미미디어
제 작 처	코리아피앤피
영　　　업	박종욱
마 케 팅	한민지 최원석 최정연
물　　　류	허석용 백철기
전　　　화	편집부 (070)4164-3962, 3963 기획실 (02)567-3388
	판매 및 마케팅 (070)4165-6888, Fax (02)322-7665

ISBN 979-11-384-0581-2 (04830)
ISBN 979-11-384-0580-5 (세트)